크렌스피
사가

과니 판타지 장편 소설

크렌스피 사가

5

오우거를 잡아라

뿔미디어

CONTENTS

†제1장†

가뭄

위릿이 무슨 일인지 영주성 안을 빠른 속도로 뛰어가고 있었다. 얼굴이 잔뜩 굳어 있는 것으로 보아 무슨 일이 벌어진 것이 확실했다.

"지금 같은 시기에 이 무슨 말도 안 되는 일이란 말인가."

위릿의 입에서 탄식이 터져 나왔다.

크렌스피 영지는 지금 가장 중요한 시기를 보내고 있었다. 레츠의 의도대로 영지의 전력이 빠른 속도로 성장하고 있는 것이다. 그런데 생각지도 못한 일로 발목이 잡히고 있었다.

"영주님께는 뭐라고 설명해야 한단 말인가."

위릿은 레츠에게 보고하는 것에 상당한 부담감을 느끼고 있었다.

레츠가 직접 위릿에게 조사를 명했다고 하더라도 막상 안 좋은 소식을 전하게 되자 부담되는 것이 사실이었다.

"가뭄이라니."

위릿의 입에서 다시 한 번 탄식이 터져 나왔다.

그렇다. 크렌스피 영지는 지금 가뭄으로 인해 밀 생산에 차질을 빚고 있었다.

위릿이 건네준 자료를 살펴본 레츠의 표정이 굳어졌다. 예상했던 것보다 상황이 좋지 못했다.

"밀 수확량이 작년 대비 10% 정도 감수했습니다."

"생각보다 상황이 심각하군."

레츠의 목소리에 짜증이 가득 묻어 나왔다.

제국은 지금 가뭄에 시달리고 있었다. 하지만 심각한 수준에 이른 가뭄은 아니었다. 언제나 있었던 것처럼 그저 그런 가뭄이었다.

과거의 크렌스피 영지였다면 아무런 문제도 되지 않을 정도의 가뭄이지만, 현재의 상황에서는 심각한 문제를 야기할 수 있었다. 아니, 야기하고 있었다.

영지의 예산 중 80%를 쏟아부어서 군사력을 증강시키고 있었다. 영지에 여윳돈이 부족하다는 말과도 같았다. 자금이란 자금은 전부 군비로 지출하고 있었기 때문이다.

제국의 귀족으로 살아가기 위해서는, 더군다나 한 영지의 영주로 살아가기 위해서는 상당히 많은 돈을 필요로 한다.

귀족들과의 교분을 쌓기 위해서 매 시기마다 한 번씩 무도

회를 개최해야 한다. 그리고 다른 귀족이 개최하는 무도회도 빠지지 않고 참석해야 한다.

옷은 무조건 최고급으로 입어야 하며, 음식 또한 최고급으로 매 끼니를 해결해야 한다. 이 모든 것이 귀족으로서 품위를 유지하기 위한 최소한의 수단이었다.

레츠는 이 모든 것을 포기했다. 단 한 푼의 자금이라도 아껴서 영지의 전력을 증강시키는 데 사용했다. 당장의 체면보다는 훗날의 영광을 위해 과감하게 포기한 것이다.

귀족의 품위는 좋은 옷을 입고 좋은 음식을 먹는다고 생기는 것이 아니었다. 귀족의 품위는 그 귀족의 신분에서 나오는 것이다. 레츠는 그렇게 믿었다.

신분이 높으면 높을수록 그 귀족의 품위는 저절로 높아지는 것이다. 지금 당장은 귀족의 품위를 찾더라도 한계가 존재했다. 바로 백작이라는 신분상의 한계였다.

백작은 대귀족이다. 이는 누구도 부인할 수 없는 사실이다. 그러나 레츠에게 백작은 그저 한계점일 뿐이었다.

그 어떤 노력을 기울여도 백작의 한계를 벗어날 수 없었기 때문에 레츠는 이 모든 것을 과감히 포기했다. 개인적으로 사용되는 돈을 줄이고 줄여 군비로 지출하고 있는 것이다.

80%를 뺀 나머지 20%의 예산 중 거의 대부분이 세금으로 사용되고 남은 것으로 고아원을 운영하는 것을 보아도 얼마나 많은 돈을 군비로 지출하고 있는지 알 수 있었다.

일 년에 한 번씩 있는 몬스터를 토벌하는 것조차 따로 예산을 편성하지 않았을 정도였다.

레츠가 이렇게 거의 모든 예산을 군비로 사용하자 영지 곳곳에서 많은 문제가 발생했다.

몬스터들의 습격으로 영지의 제반 시설이 부서졌지만 이를 보수하는 데 필요한 자금을 확보하지 못해 문제가 발생했다.

고아원에 지원되는 자금을 삭감함으로써 많은 수의 아이들을 다시 한 번 배고픔에 허덕이게 만들었다. 그로 인해 자이엔느와 마찰을 빚기도 했었다.

가장 큰 문제는 영지민들의 식량 수급이었다.

몬스터랜드의 척박한 땅을 개간하여 농사를 짓는 현실에서 영지민들의 식량 문제는 곧잘 많은 문제로 발전했다.

대대로 크렌스피 영지의 영주들은 그 해 작황에 따라 상당히 많은 돈을 들여 다른 영지에서 식량을 수입하곤 했다.

레츠가 영주가 된 이후에도 작황이 나쁜 적은 몇 번이나 있었다. 그때마다 그가 숨겨 둔 자금으로 식량을 조달했지만 그것도 한두 번이었다.

자금이 바닥난 상태에서 가뭄으로 인한 흉년이 찾아왔고 당장 밀농사에 차질이 발생했다. 작년도 대비 10% 정도의 손실을 본 것이다.

"올해까지는 남아 있는 자금을 모두 사용한다면 아무런 문제없이 넘어갈 수 있을 것입니다. 문제는 내년에도 올해와 같이 가뭄이 계속된다면 어떻게 손쓸 수 있는 방법이 없다는 것입니다."

"지금 같은 중요한 시기에 가뭄이라니."

영지의 군사력이 빠른 속도로 증강하고 있는 상황에서 찾아온 가뭄이 너무나 못마땅했다.

"내년에는 올해보다 상황이 더 나빠질 수도 있습니다."

"……."

"만약을 대비해야 하지 않겠습니까?"

"……."

레츠도 위릿의 걱정이 무엇인지 알고 있었다. 알고는 있지만 막상 군비를 줄여서 자금을 확보해 두자는 말은 떨어지지 않았다.

계획했던 모든 일들이 탄력을 받고 있었다. 그런 상황에서 가뭄으로 인해 자금 사정이 나빠진 것 때문에 스스로 제동을 걸고 싶지는 않았다. 앞으로 몇 년만 지나면 원하는 것을 손에 넣을 수 있기 때문이다.

눈앞에 먹이를 두고 한발 뒤로 물러선다는 것은 여간 어려운 일이 아닐 수 없다. 그리고 한발 뒤로 물러선다면 다시는 그 먹이를 손에 넣지 못할지도 모른다. 그러한 생각이 레츠의 결정을 방해하고 있었다.

"가뭄이 지속될 것이라고 보나?"

레츠의 질문에 위릿이 고개를 가로저었다.

"모릅니다."

"모른다?"

"그렇습니다. 저 아니라 그 누구도 장담할 수 없는 것이 날씨입니다. 그러나 내년까지 가뭄이 지속될 것인지 그렇지 않을 것인지에 대해 따져 보고 대비해야 합니다."

"따져 본다?"

"가뭄이 지속될 경우 영지가 받게 될 타격이 어느 정도일지 따져 봐야 하며, 반대로 군비를 줄였을 때 군사력 증강 계획에 얼마나 많은 차질을 빚을지도 따져 봐야 합니다. 그리고 영지에 가장 이익이 되는 것을 선택해야 합니다."

"음. 너무 부정적으로만 보는 것이 아닌가?"

"모든 일이 긍정적으로 풀린다면 그보다 좋을 수는 없습니다. 하지만 영주님도 잘 아시는 것처럼 지도자는 최악의 상황을 염두에 둬야 합니다."

레츠도 최악의 상황이 어떠한 것인지 알고 있었다. 누구보다 잘 알고 있지만, 정말 피하고픈 상황이었다. 정말 피하고픈 상황이기에 현실을 받아들이고 싶지 않았다.

레츠의 솔직한 심정은 가뭄으로 인해 식량 수급이 원활하지 않더라도 군비를 절감하고 싶지 않았다. 영지민들이 배를 곯는 한이 있더라도 군사력은 증강해야 했다.

레츠의 욕심은 그러했다. 그러나 그렇게 제 욕심만 채울 수는 없었다. 그가 바로 크렌스피 영지의 영주이기 때문이다. 그리고 군사력을 증강시키기 위해서는 무엇보다 영지민들의 자발적인 참여가 중요했다.

레츠는 작금의 현실이 여간 못마땅한 것이 아니었다. 그의 얼굴에 짜증이 가득 묻어 나왔다.

"앞으로 몇 년만 지나면, 처음 정했던 목표를 달성할 수 있다. 그런 상황에서 군비를 줄인다는 것은 있을 수도 없는 일이다."

레츠가 결국 속에 품고 있던 생각을 밖으로 꺼내 놓았다. 위릿 또한 레츠의 내심을 짐작하고 있었지만 막상 그의 의중을 듣고 나니 마음이 착잡해졌다.

장담은 할 수 없지만 위릿은 내년에도 올해와 같이 가뭄이 지속될 것이라 여기고 있었다.

비가 내리지 않는 것은 아니다. 그러나 밀농사에 필요한 만큼 충분히 내리지 않았다. 작년에도 그랬고, 재작년에도 그러했다.

매해 그래 왔듯이 내년에도 비는 땅을 촉촉하게 적셔 주지 않을 것이다. 이런 상황에서 가뭄에 대비하지 않는다는 것은 있을 수 없는 일이었다.

위릿은 다시 한 번 레츠에게 군비를 줄여서 자금을 확보해야 한다고 말하려 했다. 그러나 레츠가 한발 앞서 자신의 의견을 피력했다.

"가뭄으로 인해 밀 수확량이 줄어들었다고 하지만, 가뭄이 그리 심각한 수준은 아니다. 제대로 대비만 한다면 내년에는 문제가 되지 않을 수도 있다."

"……."

제국에 가뭄이 든 것은 맞다. 그러나 가뭄은 그리 우려할 만한 수준이 아니었다. 농지 사정이 여의치 않은 몇몇 영지만이 가뭄으로 인해 식량 생산에 차질이 발생했을 뿐이다.

이와는 반대로 평야라 불릴 만한 기름진 땅을 소유하고 있는 영지는 강하게 내리쬐는 태양으로 인해 오히려 밀의 알갱이가 굵어지면서 밀 생산량이 증가했을 정도다.

몇몇 영지에만 고통이 되는 가뭄.

레츠가 못마땅하게 여기는 것도 바로 이 부분이었다. 더군다나 테스린 영지나 메이노프 영지는 이번 가뭄에 아무런 영향도 받지 않고 있었다. 오히려 밀 수확량이 증대했을 정도다.

가뭄은 경쟁자들에게는 아무런 영향도 주지 않았다. 그런데 크렌스피 영지는 이리 치이고 저리 치이며 흔들리고 있었다. 경쟁자들보다 못하다는 사실에 레츠의 자존심이 여지없이 구겨지고 있는 것이다.

레츠는 차라리 가뭄이 심각해지길 바랄 정도였다.

어느 영지나 할 것 없이 가뭄으로 인해 타격을 입는 상황이 벌어진다면 전체적으로 대부분 영지들의 전력이 떨어질 것이다. 그렇게 된다면 영지 간의 전력 차이는 크게 벌어지지 않을 것이고, 레츠의 바람을 이루기에는 한결 편해지기 때문이다.

바람은 역시나 바람일 뿐이다. 현실은 아주 미미한 가뭄으로 인해 몇몇 영지만이 흔들리고 있었다. 그 흔들리는 영지에 크렌스피 영지가 포함되어 있는 것이다.

목표를 달성할 때까지는 무슨 일이 있어도 예산을 확보하고 전력을 유지해야 한다. 그래야지만 목표했던 바를 이룰 수 있다.

레츠는 군비를 줄이지 않으면서도 가뭄에 대비할 수 있는 방법을 찾아내야 했다. 한동안 그의 침묵이 길어질 수밖에 없었다.

"영지에 저수지가 몇 개나 존재하고 있나?"

"크고 작은 것을 전부 합치면 8개가 존재하고 있습니다."

"음……."

크렌스피 영지의 척박한 농지 사정을 봤을 때, 많지도 적지도 않은 숫자였다.

"저수지를 더 만들어 가뭄에 대비해야겠다."

"저수지를 만드시겠단 말씀입니까?"

"가뭄이라고 해서 비가 아예 오지 않는 것은 아니다. 비가 내리는 양이 충분하지 않았기에 문제가 발생하고 있는 것이다. 내리는 비를 제대로 활용할 수만 있다면 가뭄은 별다른 피해 없이 넘길 수 있을 것이다."

레츠는 저수지를 만들어 가뭄에 대비할 생각을 했다. 하지만 위릿은 그것만으로는 부족하다고 여겼다.

"가뭄을 대비해 저수지를 만든다는 것은 좋은 생각입니다. 하지만 당장 내년부터 저수지를 사용해야 하는데, 일 년이란 짧은 시간 안에 제대로 된 저수지를 만들 수는 없습니다. 더욱이 저수지를 만들 인력을 확보할 수조차 없습니다."

영지의 모든 전력은 군사력 증강에 집중되고 있었다. 저수지를 만들 인력과 자금이 없는 것이다.

"저수지를 만들 인력은 존재하고 있다."

레츠는 저수지를 만들겠다고 결심했을 때부터 방법 또한 염두에 두고 있었다.

"따로 충당할 수 있는 인력이 존재한단 말입니까? 허나 인력을 확보했다고 해도 여전히 부족한 것이 사실입니다."

위릿은 따로 인력이 존재한다는 소리에 놀람을 표시했다. 그가 알기로 영지에는 따로 인력을 확보할 만한 여력이 없었기 때문이다.

인력이 확보되었다고 해도 문제였다. 저수지를 만든다고 해도 가뭄에 대비해서 만전을 기했다고 할 수는 없었기 때문이다.

가뭄이다.

그 누구도 예측할 수 없는 상황이다. 과거에 그랬다고 미래도 그럴 것이라고 단정 지을 수는 없었다. 가능성이 높은 것은 사실이다. 그러나 그 가능성에 모든 것을 걸 수는 없었다.

아주 미약해 보이지만 가뭄이 해갈될 가능성도 충분히 존재한다. 반대로 지금은 미미한 가뭄이 내년에는 비 한 방울 내리지 않을 정도로 심각한 수준으로 변할 수도 있었다.

가뭄이 어떻게 변할지 알 수 없기에 여러 가능성을 따져 보고 충분히 대비를 해 놓아야 한다. 저수지 하나 만든다고 끝날 상황이 아닌 것이다.

레츠도 저수지만으로는 충분치 않다는 것을 잘 알고 있었다.

"저수지 하나 만든다고 손 놓고 있을 생각은 없다. 저수지는 저수지고, 가뭄으로 인해 식량 생산에 차질이 발생하면 곧바로 군비를 줄여 그 예산으로 식량을 사들일 생각이다. 다만 처음부터 군비를 줄여서 따로 예산을 확보해 놓을 생각은 없다. 내년 밀 생산 시기에 맞춰 상황을 지켜보며 군비를 탄력적으로 운영할 생각이다."

위릿이 레츠의 결정에 고개를 끄덕이며 만족감을 드러냈다.

80%에 달하는 군비를 줄이지는 않는다. 단, 군비를 일 년을 사절기로 나눠서 매 절기마다 차등 지급한다. 그리고 매 절기마다 영지의 식량 사정에 따라 군비를 줄이고 그 예산으로 식량을 수입한다.

처음부터 군비를 줄여서 식량을 수입할 돈을 확보해 놓는 것이나 매 절기마다 영지의 식량 사정을 보고 군비를 줄여서 식량을 수입하는 것은 결과만을 놓고 봤을 때 똑같은 조치였다.

말이 아 다르고 어 다를 뿐이지만, 레츠의 입장에서는 엄청난 차이였다.

첫째, 군비로 책정된 예산을 줄이지 않음으로써 레츠의 의지를 보여 준 것이다. 영지의 주된 목표가 군사력 증강에 있음을 다시 한 번 상기시키는 계기가 되었다.

둘째, 레츠 자신이 영지민들의 아픔을 함께 공유한다는 것이다. 영지의 주된 목표는 군사력 증강이지만, 그것보다 더 중요한 것은 영지민들의 삶이라는 것을 보여 준 것이다.

첫 번째는 영지의 귀족들에게 보여 주기 위한 행동이었다. 무슨 일이 일어나도 자신의 의지는 변하지 않는다는 것을 귀족들에게 보여 준 것이다.

두 번째 경우는 영지민들에게 보여 주기 위한 행동이었다. 영지민들의 자발적 참여를 이끌어 내기 위한 레츠의 선심성 정책인 것이다.

레츠는 가뭄에 대비한 대책을 여기서 그치지 않았다.

"주변 영지들 중에 그나마 식량 사정이 괜찮은 영지가 어디인가?"

"토랜스 영지입니다."

"역시나 토랜스 영지인가."

토랜스 영지는 몬스터랜드를 방어하는 영지들 중 하나이다. 그리고 몬스터랜드를 방어하는 영지들 중 식량 사정이 가장 좋은 영지이기도 했다.

매번 크렌스피 영지에서 식량을 수입하는 곳이 토랜스 영지인 것을 본다면 토랜스 영지의 밀 수확량이 어느 정도인지 알 수 있었다.

크렌스피 영지가 그 무엇보다 군사력 증강에 힘써 왔다면, 토랜스 영지는 척박한 몬스터랜드의 땅을 개간하는 데 영지의 모든 전력을 쏟아부었다.

토랜스 영지의 선택은 이웃 영지들의 비난에 직면하게 되었다. 몬스터를 방어하는 데 쏟는 노력보다 땅을 개간하는 데 더 많은 노력을 기울였기에 어쩌면 너무도 당연한 일이었는지도 몰랐다. 하나 토랜스 영지는 이를 무시할 뿐이었다.

몬스터를 방어하는 것도 물론 중요했다. 그러나 그것보다 더 중요한 것은 영지민들의 생활이었다.

몬스터랜드의 척박한 땅으로 이주한 영지민들이 조금이라도 편안한 삶을 영위할 수 있도록 하는 것이 토랜스 영지의 목표였다.

황제의 지원만을 바라고 있기엔 너무도 요원한 일이었다. 당장 영지민들이 배고픔에 허덕이고 있는데 황제의 지원만을 바라며 넋 놓고 앉아 있을 수는 없었다.

토랜스 영지는 많은 비난에도 불구하고 끝까지 포기하지 않았고, 결국 그들이 원하는 것을 손에 넣을 수 있었다. 몬스터랜드를 방어하고 더군다나 척박한 대지를 개간해서 밀을 수확해 낸 것이다.

땅을 개간하고 밀농사를 지음으로써 황제의 지원 없이도 영지를 운영할 수 있게 된 것이다.

비난하던 이웃 영지들도 토랜스 영지의 성공에 그네들도 땅을 개간하고 밀농사를 짓기 시작했다.

"그들은 영지에 정착했는가?"

"그렇습니다. 이제는 현지인이 다 되었습니다."

레츠가 누구라고 명확히 표현하지 않았지만, 위릿은 레츠가 말하는 그들이 누구인지 알 수 있었다.

"좋아. 이제 곧 그들을 움직일 시기가 도래할 것이다."

"그들을 움직일 생각이십니까?"

위릿이 놀라서 레츠에게 되물었다.

"계획보다 빠르지만 어쩔 수 없는 일이다."

"하지만 시간에 쫓기듯 이렇게 그들을 움직인다면 생각지도 못한 문제가 발생할 수도 있습니다."

위릿의 걱정과는 다르게 레츠의 결심은 확고했다.

"시기의 빠름과 늦음은 상관없다."

"……."

"언젠가는 그들을 이용해야 한다. 그렇게 하기 위해 각 영지마다 그들을 잠입시킨 것이다."

이미 각 영지에 완벽하게 정착했다. 정착했기에 언제라도 그들을 이용할 수 있었다. 시기의 문제는 아무런 상관이 없는 것이다.

"알겠습니다. 그들에게 연락을 취해 놓겠습니다."

레츠가 고개를 끄덕이며 만족감을 드러냈다.

가뭄이 찾아왔지만 군비를 줄일 수는 없다.

군비를 줄이지 않고 가뭄을 이겨 낼 방법을 찾아내야 했다. 그리고 그 방법은 바로 영지전이었다.

레츠가 처음 세운 계획은 지금과는 달랐다.

영지의 군사력을 증가시키기 위해서는 필수적으로 영지민의 수가 늘어나야 했다. 하지만 영지민을 증가시키는 것이 그렇게 쉽지만은 않았다.

20년 내에 영지민의 수를 5배로 증가시키는 것은 불가능하다고 보는 것이 정확했다. 그래서 생각해 낸 것이 영지전이었다.

영지전을 승리로 이끌어 상대 영지의 영지민을 흡수 통합하는 방법만이 유일한 방법이었으니 말이다. 그렇게 영지민의 수를 5배로 증가시킬 계획이었다.

가뭄으로 인해 계획이 변경되었다. 이제는 인구수 증가의 목적이 아닌, 식량 확보를 위해 영지전을 벌일 생각인 것이다.

"허크 아저씨, 오늘 피엘 보지 못했나요?"

"영애님, 안녕하세요. 오늘은 피엘을 보지 못한 것 같네요."

에이미의 물음에 허크가 곧바로 대답했다.

"아이참, 얘가 어디에 숨어 있는 거지?"

에이미가 피엘을 찾기 위해 동분서주하고 있는 그때였다. 저 멀리서 일단의 무리가 이동하고 있었다.

"어, 뭐지?"

"고아원 아이들이군요."

에이미가 관심을 보이자 허크가 아는 체를 했다.

"고아원이요?"

고아원이라는 말에 에이미가 관심을 보였다. 자이엔느로 인해 고아원이 친숙했기 때문이다. 그러고 보니 아는 얼굴도 몇몇 보였다.

"저 애들이 어디로 가는 거죠?"

"아마 저수지를 만드는 곳에 투입되고 있는 모양입니다."

"저수지?"

에이미가 의문을 드러냈다. 처음 듣는 이야기였기 때문이다.

"가뭄이 들어서 밀 생산에 차질이 발생하자 영주님의 지시로…… 영애님!"

에이미는 허크의 말이 끝나기도 전에 고아원 아이들이 있는 곳으로 뛰어갔다. 허크에게 설명을 듣는 것보다 아이들이 하는 것을 직접 눈으로 볼 생각이었다.

레츠는 저수지를 만드는 작업에 고아원 아이들을 투입시켰다. 그의 입장에서는 놀고먹는 그들이 곱게 보이지 않았기 때문이다.

고아에 나이까지 어리다.

레츠에게 나이가 어린 건 전혀 고려할 사항이 아니었다. 매년 고아원에 투입되는 자금이 그렇게 아까울 수가 없었다.

자신만의 무력단체를 만들기 위해 고아들을 모았다. 그리고 얼마 있지 않아 목표를 달성할 수 있었다. 위릿에 의해 선발된 아이들은 지금 혹독하게 길러지고 있었다.

고아원에서 소모되는 자금은 엄청났다. 대부분이 식비로 사용되고 있지만 그 양이 만만치가 않았다.

목표는 이미 달성했기에 레츠에게 고아원은 필요 없는 존재였다. 그런 상황에서 엄청난 자금까지 소모하고 있으니 고아들은 레츠에게 눈엣가시 같은 존재였다.

놀고먹는 아이들. 레츠에게는 상당한 골머리를 앓게 했다. 그런데 뜻하지 않은 가뭄으로 인해 고아원의 아이들을 활용할 기회가 찾아왔다. 이를 놓칠 레츠가 아니었다.

그들을 활용해 저수지를 만든다고 하자 자이엔느가 반대했지만 이 또한 레츠에게는 고려할 사항이 아니었다.

병사들이 아이들을 계곡으로 이끌어 가고 있었다. 저수지를 만드는 곳이 계곡 내에 위치해 있었던 것이다.

가뭄으로 인해 물이 부족했다. 저수지를 만들 때 물을 가장 쉽게 모을 수 있는 곳을 선택할 수밖에 없었다.

비가 조금만 많이 와도 넘쳐나는 곳이 계곡이었다. 하지만 지금은 전혀 고려할 사항이 아니었다. 물이 넘칠 때 넘치더라도 지금은 계곡에 저수지를 만드는 것이 가장 효율적이었다.

계곡의 한쪽을 파 들어가기 시작했다. 깊게, 그리고 넓게 말이다. 계속해서 계곡을 파 들어가니 흙이 무너져 내렸다. 처음에는 그렇게 크게 무너지지는 않았다.

그런데 며칠을 쉬지 않고 땅을 파내자 결국 산이 무너져 내렸다. 산사태가 발생한 것이다. 다행히 인명피해는 발생하지 않았지만 그동안의 노력이 물거품이 되었다.

계곡을 계속 파내자 한쪽 구석에 흙이 쌓여 가기 시작했다. 계곡 근처에서는 농사를 짓지 않기에 마땅히 치울 곳도 없었다.

레츠는 그 흙을 상당히 멀리 떨어져 있는 자갈밭까지 옮기도록 명령했다. 자갈밭을 개간하는 것이 아니라 그 위에다 흙을 덮어 농사를 지을 생각이었다.

저수지를 만들기 위해 땅을 파는 일보다 흙을 지정된 장소로 옮기는 작업이 더 힘이 들었다.

에이미는 저수지를 만들기 위해 땅을 파고 있는 아이들의 면면을 보고는 할 말을 잃었다.

자신이 아직도 어리다고 생각하고 있었는데, 이곳에 있는 아이들 중에는 그녀보다 더 어린 아이들도 있었다.

아주 작고 여린 손으로 흙을 파고 땅을 다지는 모습은 에이미에게는 너무나 큰 충격이었다. 피곤에 찌든 아이들의 모습이 에이미의 뇌리에 박혀 들었다.

에이미는 한동안 멍하니 작업하는 모습을 지켜봤다. 그러다 어느 순간 그들 틈에 끼어 흙을 파고 나르기 시작했다.

"영애님, 이곳에는 웬일이십니까?"

"……!"

"영애님."

고아들을 관리 감독하는 병사가 깜짝 놀라서는 막아섰지만 에이미는 병사를 일별하고는 그저 묵묵히 아이들 틈에 섞여 일을 했다.

병사뿐만이 아니었다. 저수지를 만들고 있던 아이들까지 에이미의 행동에 놀람을 금치 못했다. 영주의 딸이 자신들과 똑같이 땅을 파고 흙을 나르고 있었기 때문이다.

그날 에이미는 힘든 노동으로 인해 몸살이 났지만 다음 날에도 어김없이 저수지를 만드는 곳에 나왔다. 그리고 삼 일째 되는 날은 피엘도 나와서 에이미와 같이 일을 했으며, 오 일째 되는 날엔 자이엔느까지 나와서 저수지를 만드는 일에 동참했다.

† 제2장 †

사랑하는 나의 아들

자이엔느는 레이진과의 면담으로 골머리를 앓고 있었다.

'황족을 제외한 그 어떤 여성도 기사의 주군이 될 수 없다.'

아스렌 제국의 백성이라면 누구나 지켜야 하는 지엄한 법이었다.

지금까지는 자이엔느도 이를 그리 신경 쓰지 않았었다. 하지만 오늘부터는 상황이 달라졌다.

같은 또래들보다 체력이 약했던 알렌이 어느 순간부터 두각을 나타내기 시작하더니 이제는 그 천재 레이진과도 호각을 이룰 정도였다.

알렌이 아무리 영지에 소속되어 있다고 하더라도 성인식이 지나 기사 서임을 받게 되면 알렌을 노리는 자들이 많아질 것이다. 특히 황궁에서 움직일 가능성이 아주 높았다.

영지의 정식 후계자인 레이진도 좋은 조건을 제시하며 근위 기사로 만들고 싶어 하는데, 알렌에 대한 소문이 퍼지면 더욱 난리가 날 것이 뻔했다.

이보다 더 큰 문제는 레이진이 알렌을 자신의 기사로 삼고 싶다는 의사를 밝혀 왔다는 사실이다.

알렌은 에이미의 기사이다. 이것은 결코 변하지 않는 사실이다. 알렌이 원하고 에이미가 원한다. 그리고 자이엔느 또한 원하는 바였다. 그렇다고 영지의 후계자인 레이진을 무시할 수도 없었다.

"그가 다른 평범한 기사와 같은 실력이라면 얼마나 좋을까."

알렌의 실력이 뛰어났기에 에이미의 기사로 낙점된 것이 아니다. 검술 실력은 전혀 고려 사항이 아니었다. 그저 알렌이 바로 그 알렌이기 때문이었다.

결국 그녀는 크게 한숨을 내쉬고는 알렌을 찾았다. 그의 의견을 묻고 싶었기 때문이다.

"알렌 경, 여자는 기사의 주군이 될 수 없음을 알고 계시죠?"

자이엔느의 말에 알렌이 쓸쓸한 표정으로 고개를 끄덕이며 말했다.

"네."

"기사로서 주군을 섬길 생각이 있나요?"

"아닙니다."

자이엔느 또한 알렌의 대답을 예상하고 있었다.

기사가 된다고 무조건 주군을 섬길 필요는 없었다. 한곳에 정착하지 않고 이곳저곳을 돌아다니며 살아갈 수 있는 것이다. 그렇지만 알렌이 떠돌이 기사가 된다면 다시는 에이미 곁에 머물 수 없게 된다. 자이엔느도 알고 알렌도 알고 있었다.

"떠돌이 기사가 될 생각인가요?"

에이미만의 기사가 되기 위해서는 떠돌이 기사가 유일한 방법이었다. 주군을 선택하지 않고 에이미를 기사의 레이디로 섬기면 되는 것이다.

알렌은 자이엔느의 물음에 답하지 못하고 한동안 말이 없었다. 그에게는 에이미를 위해 검을 들었던 순간부터 다짐한 것이 있었다.

"아닙니다."

알렌의 대답이 의외라는 듯 자이엔느의 표정이 변했다.

떠돌이 기사가 될 생각이 없다니. 떠돌이 기사 말고 에이미와 함께할 다른 방법이 있단 말인가? 자이엔느의 얼굴이 조금 상기되어 갔다.

"떠돌이 기사 말고는 주군을 섬기지 않으면서 기사가 될 수 있는 방법이 없어요. 물론 에이미의 곁을 떠나야 하지만, 알렌 경의 장래를 위해서는 이 방법이 최선이에요."

"전 영애의 곁을 떠나지 않을 것입니다."

"……!"

"전 기사가 될 생각이 없습니다."

"용병이 될 생각인가요? 에이미만의 기사가 되는 것을 포기할 것인가요?"

자이엔느의 목소리가 점점 높아져 갔다.

기사의 신분을 버리고 용병이 될 생각을 하다니. 어쩔 수 없는 현실이지만, 기사의 맹세를 포기한 알렌이 조금은 미워졌다. 하지만 그건 그녀의 섣부른 판단이었다.

"용병 또한 될 생각이 없습니다. 전 처음부터 기사가 될 생각이 없었습니다. 영애님의 웃는 모습을 지켜 주고 싶어서 검을 들었고, 영애님이 기사의 레이디를 꿈꾸기에 기사가 되고자 했을 뿐입니다. 영애님이 성인이 되면 기사의 맹세 후 제 본분으로 돌아갈 생각입니다."

"본분이라면?"

"제 부모님이 그랬던 것처럼 저도 태어나면서부터 크렌스피가의 하인이었습니다. 아니, 에이미 크렌스피 영애님의 하인입니다."

에이미의 하인이 되겠다고 말하고 있었다.

자이엔느는 온몸을 휘감아 도는 전율에 진저리가 쳐졌다. 그녀는 자신의 앞에 서 있는 알렌이란 남자가 얼마나 대단한 인간인지 그제야 알게 되었다.

레이진이 왜 그토록 이 남자를 가지길 원하는지 그 이유를 알게 되었으며, 이 남자의 사랑을 받고 있는 에이미를 자신 또한 한 명의 여인으로서 부러워하고 있다는 사실을 깨닫게 되었다.

"알렌 경은 에이미를 사랑하고 있나요?"

"모르겠습니다. 사랑이란 걸 해 본 적이 없습니다. 그리고 사랑이 무언지도 모르겠습니다."

"……."

"에이미를 위해 무언가를 했을 때, 저 자신도 모르게 행복을 느낄 수 있다는 것이 좋았습니다."

"제가 생각했던 것보다 알렌 경이 에이미를 생각하는 마음이 더욱 커다랗다는 것을 알게 되어 매우 기쁘군요. 그 마음 변치 않길 기원할게요."

'그거 알고 있나요? 에이미 또한 기사의 레이디를 원하는 게 아니에요. 기사의 맹세를 위해 땀을 흘리며 노력하는 알렌이란 사람 자체에 푹 빠져 있는 것이에요.'

자이엔느가 알렌을 향해 푸근한 미소를 지어 보였다.

"일주일 뒤에 레이진의 생일이 돌아오는 것을 알고 계시죠?"

"네."

"레이진이 자신의 생일 선물로 알렌 경을 수하로 받길 원하고 있어요. 영주님과도 상의가 끝난 모양이에요. 오늘 저에게 알렌 경과 에이미의 관계를 명확하게 구분 지어 주길 원했어요."

"……."

"레이진에게 들어 알고 계셨죠?"

"네."

"레이진은 알렌 경이 하인이 된다고 해도 절대 포기하지 않을 거예요. 오히려 하인이 되겠다고 한다면 환영할 거예요."

"……."

"전 레이진이나 에이미가 행복해지길 바라고 있어요. 그러기 위해선 제가 어떻게 해야 하는지도 알고 있어요."

자이엔느는 알렌과의 대화를 통해 자신이 무엇을 해야 하는지를 깨달았다.

레이진의 생일을 축하해 주기 위해 정말 많은 귀족들이 참석했다.

레츠는 물론 자이엔느까지 주인공인 레이진보다 더욱 분주하게 움직이고 있었다. 그리고 그들의 입에서는 한시도 웃음소리가 사라지지 않았다.

본격적인 파티가 시작되려면 아직 한참이나 남아 있었지만, 주인공이 주인공인 만큼 축하객들이 끊임없이 몰려오고 있었다.

알렌은 아직 기사 신분이 아니었기에 그들 틈에 섞여 어울릴 수 없었다. 멀리서나마 레이진의 모습을 바라보며 축하해 주고 있었다.

그날 정오 무렵, 한 무리의 기사들이 나타났다.

웃고 떠들며 파티를 즐기던 이들이 그들의 신분을 확인하고는 놀라움을 금치 못했으며, 레츠는 아무도 몰래 회심의 미소를 지었다.

레츠가 기다리던 이들이 찾아온 것이다.

아스렌 제국 근위 기사단.

황태자의 특명을 받고 레이진의 생일을 축하해 주기 위해 그들이 직접 나타난 것이다. 레츠와 레이진이 당장에 달려 나가 그들을 환대했다.

장차 제국을 이끌어 갈 인재 중의 인재인 레이진 크렌스피.

현재의 검술 실력 또한 발군이지만, 미래가 더욱 기대되는 인물. 예비 소드 마스터로 불리는 그를 위해 황태자가 순백의 군마를 선물로 보내온 것이다.

정확히 말하자면 황태자의 뒤에 있는 어퓨네스 공작이 보내온 선물이었다. 하지만 뒤에 누가 있든 황태자의 이름으로 보내온 선물이라는 것은 변하지 않았다.

황제파의 수장인 어퓨네스 공작이 제국의 인재를 끌어모으고 있다는 것은 공공연한 비밀이었다. 귀족파보다 우위에 서기 위한 작업의 일환이었다.

치레이 후작과 동수를 이룬 레츠. 그리고 장래가 촉망되는 레이진. 크렌스피 영지가 어퓨네스 공작의 관심을 사기에 충분한 이유였다.

근위 기사단은 그들이 왔던 곳으로 돌아갔지만, 파티 분위기는 그들이 오기 이전보다 후끈 달아오르기 시작했다.

"오라버니, 정말 멋있는 말이에요."

"그렇지? 황태자 전하가 군마를 보내 주실 줄이야. 정말 늠름하구나."

"오라버니가 말을 탄 모습을 보고 싶어요. 한 번만 보여 주세요."

"그럴까?"

에이미의 말이 아니어도 레이진은 자신의 눈앞에 있는 군마를 타고 싶은 마음이 들끓었다. 에이미의 부탁을 거절할 이유가 없었다.

레이진이 안장을 준비하는 모습이 주위의 시선을 사로잡았다. 아무리 미래가 촉망되는 인재라 하더라도 그의 나이 열다섯, 주위의 시선에 마음이 들뜨는 건 어쩔 수 없었다.

그가 날렵한 몸놀림을 선보이며 안장에 걸터앉았다. 다 자란 군마 위에 올라타니 모든 이들이 자신을 우러러보고 있는 것 같았다. 천천히 군마를 이동해 파티장 주변을 돌기 시작했다.

"레이진 님, 너무 멋있으시다."

"아~ 백마 탄 왕자님."

귀족 영애들의 감탄사가 쉴 새 없이 터져 나왔다.

노골적인 그녀들의 표현에 레이진의 얼굴이 살짝 붉혀졌지만 그렇게 싫지만은 않았다. 레이진은 파티장을 돌고는 부모님이 계신 곳으로 향했다.

"레이진, 훌륭한 말이구나."

"네, 어머님. 정말 마음에 들어요."

군마는 처음 타 보지만, 처음 몇 번을 제외하고는 자신을 잘 따르는 모습에 흡족해져 말 머리와 목 부위를 두드려 잘했다는 표시를 해 주고는 멋들어지게 땅으로 내려서려 했다.

말은 겁이 많은 동물이다.

위험이 닥치면 앞뒤 가리지 않고 도주부터 하고 본다. 또 말은 본능적으로 예민하여 물, 불 심지어는 멀리 있는 위험까지도 감지할 수 있다.

한 번 경험했던 두려운 물체나 장소는 계속적으로 피하는 특성을 보인다. 하지만 전쟁용으로 키워지고 개량되어진 군마는 이런 말의 특징을 무시했다.

전쟁의 한복판에서 기수의 지시를 한 치의 오차 없이 따라야 하는 것이다. 죽고 죽이는 전장에서 군마 스스로 살아남기 위해 그들도 강해져야만 했는데, 혈통 좋은 군마들은 스스로 투기를 표출시킬 정도로 호전성이 강했다.

말은 본능적으로 기수의 불안이나 두려움을 감지할 수 있어, 기수를 무시하거나 심지어 전혀 말을 듣지 않는 경우도 있다.

혈통이 우수한 말은 특히 더욱 영악해 질투는 물론이고 신뢰나 애정 표현까지 보인다. 특히 군마는 이런 점이 두드러지는데, 기수와 생사고락을 함께해야 하는 군마들은 스스로 주인을 선택하기도 했다.

황태자가 보내온 군마 역시 혈통이 우수한 것으로 전쟁의 선봉장에게 하사되는 군마였다. 그리고 이제 갓 성숙된 것으로 혈기 왕성한 녀석이었다.

군마는 볼품없어 보이는 레이진이 자신의 등에 안장을 올리고 올라타니 기분이 상한 상태였다.

레이진의 실력이 출중하더라도 밖으로 표출되는 그 무엇이 없었다. 열다섯 살의 어린아이일 뿐인 것이다.

속으로 갈무리를 해 두면 뭐하는가 밖으로 나와 그 스스로 군마에게 주인임을 알려야 하는데, 그 과정을 생략했다.

너무나 탐이 나는 군마라 일단 올라타고 본 것이다. 올라타 보니 생각보다 말도 잘 들었다. 약간의 거부의 몸짓이 있었지만 자연스럽게 받아들였다.

주변에 대기하고 있던 마구간지기나 기사들도 처음에만 경계했지, 군마가 레이진을 주인으로 인식하고 있다고 믿게 되었다. 황태자가 알아서 순종적인 말을 보내왔다고 생각한 것이다.

다들 그렇게 믿고 있었는데, 레이진이 군마의 머리를 쓰다

듬자 상황이 돌변했다.

군마는 자신이 어린 인간에게 무시당했다고 생각했다. 자신의 강함을 보여 줄 필요가 있다고 여긴 것이다.

레이진은 등자에서 오른발을 빼며 내리는 와중에 갑작스럽게 말이 앞발을 들어 올리며 반항을 하자 어떻게 손을 써 볼 수도 없었다.

앞으로 달려가는 말로 인해 중심을 잃으며 바닥으로 떨어졌다. 그냥 바닥으로 떨어졌으면 심하면 어디 한 군데 부러지고 말았을 테지만 재수가 없었는지 왼발이 등자에 엉켜들었다.

레이진은 땅바닥에 엄청난 속도로 내동댕이쳐졌다.

쿵!

한 번, 두 번.

연속으로 지면과 충돌하자 레이진도 견디지 못했다. 마나로 몸을 보호했지만 충격이 너무 강했다.

"울컥."

목을 타고 올라온 피를 토해 냈다. 하지만 악몽은 이제부터 시작이었다.

레이진의 왼발과 연결된 안장은 풀릴 줄을 몰랐다. 처음 지면과 충돌 후에 레이진은 본능적으로 머리를 감싸 안았다. 살고자 하는 몸부림이었다.

견딜 수 없는 엄청난 충격에 머릿속이 멍해지며 정신을 놓을 것만 같았다. 그때 레이진은 자신을 감싸 안는 따뜻한 무언가를 느꼈다.

그것이 무언지도 모르고 그 안으로 파고들어야만 자신이 살아남을 수 있다는 느낌을 강하게 받았다. 필사적으로 그 안으로 파고들었다.

말이 달리면서 말발굽이 몇 번이나 그를 덮쳐 왔지만 레이진은 안심하고 기절할 수 있었다. 자신을 감싸는 무언가가 그 대신에 밟혀 주고 있었기 때문이다.

자이엔느는 레이진이 파티장을 돌고 자신의 앞으로 오자 에이미와 같이 아들에게 다가갔다.

"레이진, 훌륭한 말이구나."

"네, 어머님. 정말 마음에 들어요."

레이진이 말에서 내리기 전에 머리와 목 언저리를 쓰다듬고는 내려서는데, 군마가 흥분하기 시작했다. 아니, 적의를 드러냈다고 하는 편이 정확했다.

앞발을 들어 올리며 위압적인 모습을 선보이고는 에이미가 있는 방향을 향해 달려들었다.

"까악!"

"아악!!"

에이미의 비명이 하늘을 가르며 퍼져 나갔다.

그녀의 비명에 이어 파티장에 있던 거의 모든 이들이 비명을 질러 댔다. 파티장은 난장판이 되었으며 잠시 후 벌어질 끔

찍한 장면을 목격하기 싫은 이들이 고개를 돌렸다.

자이엔느가 그 순간 몸을 힘껏 날렸다.

에이미를 지켜야 한다는 생각뿐이었다. 자이엔느의 눈에는 새파래진 얼굴로 공포에 젖어 아무것도 못하는 에이미의 모습만 보일 뿐이었다.

자이엔느는 자신도 모르게 에이미와 군마 사이로 몸을 날렸다.

빡!

"컥!"

충돌음과 누군가의 신음 소리가 연이어 들려왔다.

저돌적인 군마의 힘 앞에 자이엔느가 몸을 날렸던 곳으로 도로 튕겨 나갔다. 에이미는 튕겨 나가는 자이엔느의 몸과 부딪쳤지만 군마와의 충돌은 피할 수 있었다.

자이엔느는 군마와의 정면충돌로 튕겨져 날아가다 우연에 우연이 겹쳐 자신과 부딪쳐 튕겨 나가는 에이미의 모습을 보고는 웃음을 머금을 수 있었다.

군마와의 충돌로 자이엔느의 몸은 만신창이가 되었지만, 아무런 고통도 느낄 수 없었다. 에이미를 구했다는 안도감만이 그녀를 감쌀 뿐이었다.

그때였다.

자신의 또 다른 분신이 무지막지한 군마에 의해 무참히 짓밟히는 모습이 들어왔다.

이럴 수는 없었다.

낙마한 것으로 알았는데 레이진의 발이 안장에 걸려 있었다. 자이엔느는 이미 군마와의 충돌로 멀찍이 떨어져 있었다. 손쓸 수가 없었다.

레이진을 살리고 싶다는 마지막 몸부림이었을까.

아무것도 못해 보고 이대로 포기할 수 없었던 자이엔느가 레이진을 향해 손을 뻗었다. 그런 그녀의 손에 무언가 날아와 잡혔다. 그게 무언지도 몰랐으며, 알 필요도 없었다. 무조건 잡고 볼 뿐이었다.

하늘 위로 나부끼던 고삐가 자이엔느의 손에 날아와 잡혔다.

군마와의 충돌로 튕겨 나가던 자이엔느의 몸이 순식간에 군마의 지척으로 끌려왔다. 아니, 레이진의 품으로 날아갔다.

덥석.

자이엔느는 있는 힘껏 레이진의 몸을 껴안았다.

땅바닥에 내동댕이쳐져도, 말굽에 짓밟혀도, 자이엔느는 아니, 한 아이의 어미는 절대 자신의 아들을 놓을 수가 없었다. 살아 보고자 자신의 품으로 계속 파고드는 아들을 절대 놓을 수 없었다.

워낙 순식간에 벌어진 일이라 그 누구 하나 도움의 손길을 건넬 수가 없었다.

우왕좌왕하는 사람들 틈을 비집고 군마는 자이엔느와 레이진을 유린하며 20여 미터를 끌고 갔다.

그제야 화살 한 대가 날아와 레이진을 옭아맸던 등자를 잘랐으며, 이에 뒤질세라 군마의 옆으로 알렌이 뛰어나와 말의 목을 단칼에 베었다.

알렌이 화살이 날아온 방향을 바라보았다. 삼십 여 미터 떨어진 곳에서 레츠가 시뻘게진 얼굴로 활을 집어 던지고 있었다.

레츠는 지금 미치기 일보 직전이었다.

눈앞에서 벌어진 일에 제대로 대처하지 못했기 때문이다. 아무리 순식간에 벌어진 일이라고 해도 말이다.

그는 자이엔느가 군마의 말굽에 짓밟히는 모습을 눈 한 번 깜빡이지 않고 지켜봤다. 눈을 돌릴 수가 없었다. 자식을 살리기 위해 몸을 던진 그 모습을 외면할 수가 없었다.

크렌스피 영지의 모든 권력과 재력을 쏟아부어 신관과 마법사를 불러들이기 시작했다.

신관의 신력을 전부 소진하고도, 마법사가 마력을 전부 소진하고도 자이엔느의 목숨을 겨우 붙잡고 있을 뿐이었다.

"어머니! 어머니!!"

에이미가 먼저 상처를 치료하고는 어머니에게 달려왔다.

세 시간 후에 깨어난 레이진은 자이엔느가 자신을 살리고 대신 죽어 간다는 소식을 접하고는 자신의 치료도 뒷전으로 미루고 자이엔느 곁에 머물렀다.

"엉엉엉."

에이미의 울음소리가 울려 퍼지는 사이 레이진이 무표정한 얼굴로 서 있었다. 레이진은 그저 자이엔느를 바라볼 수밖에 없었다.

자이엔느는 끝내 마지막의 마지막에 가서야 겨우 정신을 차릴 수 있었다. 그녀는 자신의 죽음을 담담히 받아들였으며, 가족의 품 안에서 죽음을 맞이할 수 있어서 정말 행복해 했다.

결국 그녀는 레이진에게 마지막 한마디를 남기고 가족의 품을 떠났다.

"사랑한다, 아들아."

알렌은 자이엔느의 장례식을 치르고 두문불출하는 레이진의 얼굴을 보기가 힘들었다.

그도 자신이 레이진을 위로해 줘야 한다는 것을 알고 있었다. 하지만 레이진보다 더욱더 고통스러워하는 에이미를 볼 때마다 레이진은 언제나 뒷전일 수밖에 없었다.

레이진과 에이미 둘 다 자이엔느의 희생으로 살아남았지만, 그가 느끼기에는 자이엔느를 잃고 힘들어하는 건 레이진보다 에이미가 더욱더 심각해 보였다.

열다섯 살의 레이진보다 여덟 살의 에이미에게 자이엔느가 더욱 필요해 보였으며 그게 사실이었다.

알렌이 간혹 레이진의 소식이 접하게 되면, 어느 술집에서 행패를 부리는 레이진을 출동한 기사들이 강제로 데리고 왔다는 소식이었다. 처음에는 차라리 그렇게라도 속에 있는 응어리를 풀어 버렸으면 하고 바란 적도 있었다.

세월이 흐르고 에이미도 마음의 상처가 아물어 차츰 웃음소리가 잦아지자 알렌은 그동안 신경 쓰지 못했던 레이진을 찾기 시작했다.

레이진은 성안에서 두문불출하는 날보다 술집을 찾아다니는 날이 많아졌다. 술집에서 술을 먹는 것보다 싸움하는 횟수가 많아질수록 레이진의 평판은 나빠졌으며 이제는 다시없는 망나니로 변해 있었다.

레이진은 짧은 시간 동안 안 해 본 짓이 없었다. 사기, 방화, 강간, 그리고 살인까지 말이다. 처음 한 번이 힘들지 두 번째부터는 아무것도 아니다. 이제는 살인을 해도 아무런 감흥이 없을 정도로 그는 변해 있었다.

레이진을 찾는 건 생각보다 쉬웠다. 영지 안에서 가장 음습하고 소란스러운 술집을 찾아가면 되었다. 알렌은 훗날 그날을 떠올리며 레이진을 찾아가지 말았어야 했다고 회상했다.

자이엔느 크렌스피.

"자이엔느."

레츠는 아내의 묘를 바라보며 추억에 잠겨 있었다. 하루 일과 중 영지 관리에 필요한 최소한의 시간을 제외한 모든 시간을 이곳에서 지내다시피 했다.

레츠는 자이엔느의 죽음을 받아들일 수 없었다. 눈앞에서 자이엔느의 죽음을 지켜본다는 것은 그에게 엄청난 충격으로 다가왔다.

가신들과 몇몇 최측근만 알고 있는 사실이지만, 레츠는 자이엔느의 죽음에 그 누구보다 힘들어했다. 레이진과 에이미와는 비견조차 할 수 없을 정도로 망가졌다.

레츠 스스로도 자신이 이처럼 쉽게 망가질 줄은 몰랐다. 모든 것이 부질없게 느껴졌다. 권력도 싫어질 정도였으니 레츠의 심정이 어떠했는지 미루어 짐작할 수 있었다.

레츠는 자이엔느를 사랑하고 있었다.

레츠 본인이 자이엔느를 사랑한다는 자각이 없었기에 그 충격이 더 컸던 것이다. 자이엔느의 죽음 뒤에 찾아온 감정을 그는 견디지 못했다.

레츠가 한순간에 돌변했다. 자이엔느로 인해 아파했다고는 생각조차 할 수 없을 정도였다.

자이엔느가 죽었다. 레츠는 그 사실을 받아들이기로 마음먹은 것이다.

자이엔느의 죽음을 받아들인 순간, 이제 레츠에게 남은 것은 아무것도 없었다. 단지 권력을 향한 끊임없는 목마름이 더 심해지는 계기가 되었을 뿐이다. 이제 그를 제어할 수 있는 이는 아무도 없었다.

"아내 곁에 있을 때는 그 누구에게도 방해 받고 싶지 않다고 말하지 않았나?"

"죄송합니다, 영주님."

블랙윙 기사 두 명을 대동하고 나타난 위릿이 송구스럽다는 표정으로 레츠를 바라봤다. 이후 무언가를 결심한 듯, 겉으로 표가 날 정도로 입술을 잘근 깨물고는 평상시와 다름없는 목소리로 말했다.

"소영주님께서 살해당하셨습니다."

† 제3장 †

날개를 활짝 펴다

레이진이 남들에게 망나니 소리를 들을 정도로 형편없어졌다는 것은 레츠도 귀가 있으니 잘 알고 있었다. 가신들에게 영지의 하나뿐인 후계자를 포기하라는 말까지 들었을 정도다.

레츠는 남들이 레이진을 검술에 재능이 뛰어나다며 천재라고 치켜세울 때부터 레이진을 별 볼일 없는 애송이라고 여겼다. 즉 레이진은 소드 마스터가 될 재목이 아니라는 것이다.

역시나 그 예상이 맞아 애송이는 애송이일 뿐이란 걸 다시 한 번 확신하는 계기가 됐을 뿐이다.

검술이 경지에 도달한 자가 자신의 감정 하나 다스리지 못하고 스스로 무너져 내리는 모습은 아무리 좋게 이해하려고 해도 할 수 없는 일이었다.

자이엔느가 구한 또 하나의 생명인 에이미는 그 어린 나이에 어미를 잃고도 꿋꿋하게 버텨 내고 있었다. 더 나아가 어설프게나마 영지의 안주인 역할을 척척 해 나가고 있었다.

레츠가 보기에 레이진은 그의 여동생인 에이미의 반만큼도 쓸모없는 존재였다.

관 속에 누워 있는 레이진을 바라보던 레츠는 이내 시선을 거둘 수밖에 없었다.

네이드빌 전 영주와 마르체나의 자식이다. 레츠와 자이엔느의 자식이 아닌 것이다. 더군다나 천하에 둘도 없는 망나니라며 영지민의 원성이 하늘을 찌를 정도였다. 그런데 가슴을 싸하게 울리는 뭔가가 있었다.

레츠는 그것이 마음에 들지 않았던 것이다.

레츠가 옆에 시립해 있는 위릿을 바라봤다.

"누구의 소행인가?"

레츠의 질문에 위릿의 표정이 급격히 굳어졌다.

범인은 사건 장소에서 손쉽게 잡을 수 있었다. 문제는 본인이 범인이라며 자수하는 이가 두 명이라는 데 있었다. 더욱 큰 문제는 범인 중에 절대 있어서는 안 되는 인물이 포함되어 있다는 것이다.

"영애님의 말에 따른다면……."

"……!"

에이미? 레츠는 범인에 대한 질문에 왜 에이미의 이름이 거론되는지 이해할 수 없었다.

테일 남작이 축 늘어져 있는 알렌의 멱살을 한 손으로 잡아들어 올렸다.

"네놈이 범인이라고?"

"제가 …… 죽였습니다."

알렌의 말이 나직하게 테일 남작의 귓속을 파고들었다. 계속 같은 말을 반복하는 알렌이었지만, 말하는 것 자체가 고역일 정도로 성한 곳이 단 한 군데도 없었다. 철저하게 망가져 있었던 것이다.

"네가 죽였다고? 그럼 책임을 져야지!"

테일 남작이 알렌을 멀리 던져 버렸다. 테일 남작의 덩치도 상당했지만, 거꾸로 떨어지는 바람에 상당한 높이에서 지면과 충돌했다.

쾅!

굉음을 동반하며 알렌의 신형이 허공으로 붕 떠올랐을 정도였다. 지면과의 충돌이 상당했는지 숨을 제대로 쉬지 못했다.

"컥, 콜록 콜록 콜록!"

알렌이 기침을 해 대기 시작했다. 한동안 기침을 하던 알렌이 다리를 모으며 몸을 웅크렸다. 테일 남작이 다가오는 걸 알아차린 것이다.

"테일 남작! 알렌 경에게 더 이상 위해를 가하지 말라는 제 말이 안 들리세요!"

에이미가 표독스럽게 테일 남작을 향해 고함을 쳤다. 그러나 테일 남작은 에이미의 말을 한 귀로 흘려들을 뿐이었다.

어제까지는 레츠의 하나뿐인 영애 신분이었지만, 지금은 이유가 어찌 되었든 레이진을 죽인 범인 중 하나일 뿐이었다.

에이미는 테일 남작이 자신의 말을 듣지 않는다는 것을 지하 감옥으로 들어오는 순간 바로 알 수 있었다. 그러나 알렌을 집어 던지는 테일 남작의 모습에 저도 모르게 반사적으로 외쳤다.

"영주님, 알렌 경은 아무런 잘못이 없어요!"

"그 입 다물라."

의자에 앉아 있던 레츠의 목소리가 조용하게 울려 퍼졌다. 레츠는 자신의 앞에 무릎 꿇고 비는 에이미를 싸늘한 시선으로 바라봤다.

에이미의 뒤로 핏덩이로 변한 알렌의 모습도 보였다. 꼴도 보기 싫은 얼굴이다.

레츠가 테일 남작에게 손짓으로 계속하라는 지시를 내리자, 에이미가 이마가 땅에 닿도록 몸을 숙이며 간청했다.

"알렌 경을 살려 주세요, 영주님!"

레츠의 손짓을 본 것이다.

에이미가 레츠를 향해 무릎걸음으로 기어가 발끝에서 머리를 조아리며 오열했다. 알렌을 살려 달라고, 알렌은 아무런 잘못도 없다고 말이다.

"오라버니는 제 손으로 죽였다고 몇 번을 말해야 믿어 주실 건가요? 오라버니는 제가 죽였다고요!"

울분에 찬 외침이 지하 감옥에 울려 퍼졌다.

"그 입 다물라 하지 않느냐!"

레츠가 자리에서 일어나며 외쳤다.

에이미 또한 이에 지지 않았다.

"왜 진실을 외면하세요? 다시 한 번 말씀드릴까요? 제가 오라비를 죽였다구요!"

레츠와 에이미의 목소리가 높아지며 상황이 더욱 악화되자 뒤에서 상황을 예의 주시하고 있던 잉그리안 자작이 앞으로 나와 말했다.

"영애님, 알렌이 소영주님의 심장에 검을 꽂은 것은 사실입니다. 이 하나만 가지고도 그는 살아남을 수 없습니다."

에이미가 곧바로 일어나서는 잉그리안 자작을 잡아먹을 듯 노려보며 외쳤다.

"잉그리안 자작! 그까짓 일로 알렌 경의 목숨을 취한다면 저의 목도 같이 치셔야 할 거예요. 알렌 경이 죽으면 저도 따라 죽을 거예욧!"

짝!

순식간에 주위가 쥐 죽은 듯 조용해졌다. 알렌에게 다가가던 테일 남작까지 주춤거릴 정도였다.

새빨개진 뺨을 부여잡고 믿을 수 없다는 표정으로 레츠를 바라보는 에이미였다. 레츠가 결국 참지 못하고 에이미의 뺨을 때린 것이다.

"못난 놈!"

레츠가 한마디 남기고는 지하 감옥을 빠져나갔다.

뺨을 감싸고 있던 에이미의 신형이 그대로 무너지더니 자신의 두 손을 바라보며 눈물을 쏟아 냈다. 두 손에는 아직도 레이진의 피가 묻어 있는 것 같았다.

"흑흑, 제 손으로, 제 손으로 오라버니를 죽였어요. 으아앙!"

귀족들 사이에서는 진혈을 최고로 치며 친남매끼리 결혼을 하여 후사를 잇는 것이 유행처럼 번지던 때도 있었지만, 시대가 변하고 진혈을 경원시하기 시작하면서 사라진 풍습이었다.

제국에서도 이에 맞추어 법으로 친남매 간의 결혼을 금지하고 있었다. 현실이 이러한데 레이진이 에이미에게 겁탈을 시도했다.

크렌스피 가문이 아직도 사촌 간의 결혼을 올린다고 하지만 친형제 간에는 절대 이런 일이 벌어지지 않게 차단해 왔었다.

있을 수도 없는 일이 벌어진 것이다.

레이진이 술에 잔뜩 취해서는 오랜만에 에이미를 찾아왔다. 레이진은 에이미를 그저 한참을 바라보기만 했었다. 그런데 레이진이 갑자기 에이미를 덮친 것이다.

무슨 이유에서인지 레이진은 에이미를 강제로 자신의 여자로 만들려고 한 것이다. 그 과정에서 다툼이 벌어졌고, 평소 지니고 있던 단검을 꺼내 든 에이미의 손에 레이진이 죽었다.

여기에 레이진을 찾아 에이미의 처소까지 온 알렌이 에이미의 죄를 뒤집어쓸 작정으로 심장에 박혀 있던 단검을 빼내어 자신의 검을 다시 찔러 넣었다고 한다.

증거인멸을 노리고 한 행동이었지만, 알렌과 같이 방 밖에서 대기하고 있던 병사와 시녀는 신경도 쓰지 않고 말이다.

사건의 전말을 들은 레츠는 황당함을 넘어 어처구니가 없었으며 기가 막혀 죽을 지경이었다.

레이진이 죽었다.

영지가 난리가 나는 건 당연한 수순이다. 가신들이 전부 영주성으로 소환되었다.

레이진이 죽었으니 누군가는 책임을 져야 한다. 그런데 개

죽음도 이런 개죽음이 없었다. 책임질 사람이 마땅히 없었던 것이다.

소영주를 직접적으로 죽인 에이미에게 책임을 물을 것인가? 말도 안 되는 소리다. 에이미마저 죽으면 크렌스피 가문의 대가 끊기는 것이다.

레츠가 두 눈 시퍼렇게 뜨고 살아 있었지만, 그에게는 정통성이 없었다. 그 점이 치명타로 작용했다. 황제로부터 직접 백작의 작위를 하사 받았지만 그건 빛 좋은 개살구일 뿐이었다.

레츠는 방계라는 꼬리표를 죽을 때까지 떼지 못할 것이다.

레이진이 죽은 이상 에이미가 백작의 직위를 후대에 물려줄 수 있는 유일한 인물이었다.

한순간에 절대 보호해야 할 존재로 부상했다. 그리고 레이진을 죽였다는 사실도 밖으로 새 나가지 않게 차단해야 했다.

귀족 살인죄는 큰 죄였다. 어떻게 목숨을 겨우 보존할 수는 있어도 귀족이란 신분은 지켜 내지 못할 것이 뻔했다.

레이진의 시신을 훼손한 알렌을 처벌해야 했다.

귀족의 시신을 훼손한 죄 또한 큰 죄다. 목숨이 열 개라도 살아남을 수 없을 정도로 말이다. 하지만 살려 둬야 한다.

알렌이 이번 일로 인해 목숨을 잃게 된다면 에이미가 따라 죽겠다고 엄포를 놓은 상태였다. 그리고 정말로 목숨을 끊으려고 시도까지 했다.

레츠는 레이진의 죽음과 에이미의 행동에 화가 난 상태로 자리를 떠나 버렸다. 남아 있는 가신들과 위릿이 최상의 결과를 이끌어 내야 했다.

일주일 후.

레츠가 레이진의 죽음을 공식 발표했다.

근 몇 년 동안 레이진이 저지른 잘못들이 낱낱이 파헤쳐져 발표되었으며, 그 책임을 물어 레츠가 직접 레이진의 목을 쳐 제국법과 영지법의 지엄함을 널리 알리는 계기로 삼는다는 내용이었다.

영지는 물론이고 제국 전체가 들썩일 정도로 대단한 사건이었으며, 그 후폭풍은 더욱 대단했다.

결국 제국의 황제가 직접 법의 지엄함을 널리 알린 레츠의 노고를 치하할 정도였다. 물론 뒤에서는 자식을 죽인 아비라며 손가락질 받는 건 당연한 것이었다.

레이진 사건에 묻혔지만 에이미는 공식적으로 영지의 후계자가 되었으며, 알렌은 귀족을 기만했다는 이유로 종자 신분에서 노예로 강등되었다.

알렌은 에이미가 후계자로 인정을 받았다는 소식에 웃으면서 노예 신분을 받아들였다.

레이진 크렌스피.

레츠 크렌스피 백작과 자이엔느 크렌스피 백작부인의 일남 일녀 중 장남으로 크렌스피 영지에서 폭군으로 군림했던, 아스렌 제국에서 둘도 없는 망나니.

어려서는 검에 있어서 둘도 없는 천재 소리를 들을 정도로 주변의 기대를 한 몸에 받던 인물이었지만, 오 년 전 어머니의 죽음을 눈앞에서 지켜본 후 엇나가기 시작했다.

사기, 방화, 강간, 그리고 살인까지 온갖 패악을 저지르다 자신의 아버지 손에 죽임을 당한 희대의 망나니. 이것이 영지민과 제국민이 알고 있는 레이진에 관한 전부이다.

크렌스피 영지는 자이엔느가 숨을 거둔 그 해를 기점으로 대외적인 활동의 잠정 중단을 선언했다.

그동안 크렌스피 영지가 차지하고 있던 많은 이권을 포기하는 처사로 호사가들의 말들이 많았지만, 크렌스피 영지는 자신들의 결정을 번복하지 않았다.

영지 안에서 일어나는 사건에만 개입했을 뿐 영지 밖에서 일어나는 사건, 사고에서 그들의 모습을 찾아볼 수 없었다.

크렌스피 영지가 잠정적으로 대외 활동을 중단하고 삼 년이 흐른 어느 날.

"집사! 그걸 말이라고 하는가?"

테일 남작이 위릿을 향해 분통을 터트리고 있었다.

그것도 그럴 것이 자이엔느가 비명횡사당하고 일체의 활동을 하지 않던 레츠가 가신들을 불러 모았다.

가신들은 가신들 나름대로 자이엔느가 죽고 삼 년이 지난 지금 레츠가 활동을 재개하기 위해 자신들을 부른 것이라고 생각했다. 그런데 레츠의 모습은 볼 수 없고 집사인 위릿을 통해 지시 사항을 전달 받기만 했다. 그래도 참을 수 있었다. 대외 활동을 시작할 것이라고 생각했기에. 하지만 이건 아니었다.

"아무리 태풍으로 식량 수급이 어려워졌다고 하지만, 돈을 주고 식량을 살 정도로 식량 보급이 나쁘지 않다는 건 집사 자네도 알지 않나. 오히려 앞으로 반년은 영지민이 먹고 마실 정도의 식량을 저장해 놓고 있지 않나!"

"영주님은 따로 저장해 놓은 식량은 생각하지 말라고 하셨습니다."

"그렇다고 해도 말도 안 되는 소리일세. 영지에 필요한 최소한의 식량과 현재 가용 가능한 식량을 보더라도 충분할 정도일세. 만약 식량을 사들이게 된다면 더 이상의 군사력 증강은 포기해야 할 것일세."

레츠는 자이엔느가 죽기 바로 직전 가뭄으로 인해 군비를 줄이고 식량을 사들였다. 그때도 가신들의 반발은 엄청났다. 한창 영지가 성장하고 있는 와중에 내려진 결정이었기 때문이다.

레츠도 군비를 줄이고 싶지 않았다. 그러나 상황이 여의치 않았다. 가뭄이 생각보다 오래 지속되었기 때문이다.

"란스 자작님의 지적이 정확합니다. 하지만 영주님은 앞으로 다가올지도 모르는 재난에 대비하고 싶어 하십니다."

"다가올 재난? 그것도 확실하지 않은?"

"그렇습니다, 란스 자작님."

회의장 분위기가 급격하게 내려앉았다.

자신들은 가신이다. 주군이 결정하신 일은 믿고 따라야 한다. 하지만 섶을 지고 불길 속에 뛰어드는 일인데 좋아할 사람은 없었다.

"앞에 준비되어 있는 서류를 한번 읽어 보시기 바랍니다."

"여기에 그 이유가 있는가?"

"그렇습니다."

가신들은 위릿이 건네주는 서류를 읽기 시작했다. 한 장, 한 장 넘어가는 서류만큼 그들의 표정도 심각하게 굳어 갔다.

"이 일이 정말 일어날 거라고 보는가?"

"뭐라고 확답드릴 수 없습니다. 하지만 만약이라도 이 일이 발생한다면 땅을 치고 후회해도 늦을 뿐입니다. 일말의 가능성이라도 있다면 그에 대비하여 준비하는 것 또한 지도자의 역할이라고 영주님께서 말씀하셨습니다."

"일말의 가능성만을 보고 움직이기에는 위험부담이 너무 크지 않은가?"

잉그리안 자작의 불안에 위릿이 의미심장한 웃음을 지어 보였다.

"영주님께서는 이 말도 같이 전하라고 하셨습니다. 이번 일을 가뭄에 대비하는 것과 동시에 군수물자를 확보하는 계기로 보라는 것입니다."

"군수물자!!"

위릿의 말에 가신들이 모두 놀람을 감추지 않았다.

드디어, 드디어 레츠가 움직이려 하고 있었다. 가뭄이 지속되지 않아도 상관없었다. 레츠가 원하는 것은 오직 하나, 바로 영지전이었다.

영지전을 대비한 군수물자의 확보. 레츠는 지금 그것을 지시하고 있는 것이다.

크렌스피 영지가 잠정적으로 활동을 중단한 지 삼 년이 지난 어느 날 샤트란 대륙 전반에 걸쳐 태풍이 휩쓸고 지나갔다.

태풍은 아스렌 제국을 직접 강타하며 지나갔다. 많은 이재민이 발생했으며 돌림병이 발생했다. 황제가 직접 태풍의 피해를 최소화하기 위해 움직일 정도였다.

일 년에 영지에서 황제에게 바치는 세금이 절반으로 줄어들었으며, 그러고 나서 몇 달이 지나기도 전에 그 반의반으로 줄어들었다. 그것도 무려 오 년이란 기간 동안에 말이다.

제국의 저력인지 돈의 위력인지 몰라도, 황제에게 들어가는 돈이 줄어들자 피해가 눈에 띄게 복구되어 가기 시작했다. 태풍이 발생한 지 이 년이란 시간이 지나기도 전에 피해 복구를 완료할 수 있었다.

그사이 크렌스피 영지에서 식량을 사들이며 대외활동을 시작했다는 소문이 떠돌았지만, 호사가들 중 그것에 특별히 신경 쓰는 이는 없었다.

태풍의 피해가 막대해 다른 곳에 신경 쓸 정신이 없을 정도였다. 하지만 크렌스피 영지가 일 년 총예산 중 절반 이상의 자금을 들여 식량을 사들이는 데 쓰는 줄은 몰랐다.

태풍이 지난 다음 해부터 일 년 강수량이 눈에 띄게 줄어들었다.

태풍이 오기 전에도 강수량이 신통치 않았었는데 본격적인 가뭄이 시작된 것이다. 다시 일 년이 지나자 가뭄은 더욱더 악화되었다.

일이 년 가뭄이야 대륙 역사에 심심치 않게 발생하던 일이었다. 태풍이 오기 전에도 가뭄은 발생했었다.

이번 가뭄은 태풍과 함께 발생해서 사람들이 피부로 느끼는 피해가 높았지만, 크게 신경 쓰지는 않았다. 곧 만족할 정도의 비가 내릴 것이라고 생각했다.

모든 이들이 가뭄에 대해 낙관적인 전망을 내놓을 때에도 크렌스피 영지에서는 식수 및 농업용수로 사용할 물을 사들이고 있다는 소문이 돌았다. 그리고 크렌스피 영지의 후계자가 망나니짓을 하고 다닌다는 소문도 같이 돌기 시작했다.

주변 영주 및 황궁에서 두 부자가 쌍으로 미쳤다는 소리가 터져 나왔다. 크렌스피 영지는 이를 무시하고 묵묵히 주변 영지에서 식량과 식수, 그리고 농업용수를 사들이기만 했다.

이 년이란 시간 동안 가뭄이 지속되자 물값이 천정부지로 오르기 시작했다. 식수는 물론 농업용수의 값도 천정부지로 치솟았다. 그래도 크렌스피 영지에서는 꾸준히 사들였다.

가뭄이 삼 년간 지속되자 크렌스피 영지처럼 식수를 사들이는 영지가 생겨나기 시작했다. 그들도 이번 가뭄이 보통 가뭄이 아니란 걸 깨달은 것이다.

일 년 동안 내리는 비는 쥐꼬리만큼 적었고 태양은 강렬하게 내리쬐었다. 하지만 아직 저수지의 물은 충분할 정도로 남아돌았다.

대부분의 사람들이 저수지 물이 마르기 전에 만족할 만큼의 비가 내릴 거라고 생각했다.

다시 일 년이 지나자 그들의 예상을 깨고 저수지의 물이 바닥을 보이기 시작했다. 저수지에 가둬 둔 물의 양이 적어지자 급격하게 오염되었다.

사람들이 먹을 식수가 부족해지자 영지에 있는 우물과 저수지를 영주가 직접 관리했다.

사람들이 먹을 물도 부족한데 밭에 뿌릴 물이 있을 리가 없었다. 식량이 부족하다고 느끼는 순간 너무 늦었다. 식량난이 급격하게 찾아왔다.

샤트란 대륙의 가장 영향력 있는 삼대 제국이 주변 왕국을 압박하기 시작한 것도 이쯤부터였다.

왕국에서 가장 가까운 제국에 공물을 보내는 거야 매번 있어 왔던 일이지만, 재물이 아닌 식수와 식량으로 변한 것이다. 국력이 약한 왕국들은 약한 자의 무력감만 느낄 뿐이었다.

일 년이 지나자 삼대 제국이 모여 전쟁 불가 선언을 했다. 그리고 왕국에서 강제로 걷던 공물을 받지 않았다. 각 교단의 교황들이 기우제를 지내기 시작했으며 대륙의 황제와 왕들도 기우제에 동참했다.

가뭄이 오 년을 넘어가자 이 문제는 인간만의 문제가 아니게 되었다. 몬스터가 물 부족으로 미쳐 날뛰기 시작했으며 이종족들이 인간의 황제를 찾아 움직이기 시작했다. 마법사의 도움을 얻기 위해서였다.

이종족들이 원하는 수준의 능력과 노동력을 제공해 줄 수 있는 곳은 샤트란 대륙의 두 제국뿐이었다.

이종족들은 두 무리로 나뉘었다. 엘프가 대표로 이끄는 무리는 아스렌 제국으로, 드워프가 대표로 이끄는 무리들은 파홀 제국을 향해 움직였다. 바닷물의 염분을 제거하고 식수로 사용하기 위해서였다.

이종족의 의견을 황제가 받아들여 엘프의 정령, 인간의 마법, 드워프의 기술로 바닷물을 식수로 바꾸기 시작했다.

신성 제국 또한 자신들의 신성력으로 바닷물을 식수로 만들 수 있다며 이 행렬에 동참했다. 하지만 공급이 수요를 따라오지 못했다. 식수를 필요로 하는 이들이 너무나 많았다.

가뭄은 모두를 피폐하게 만들고 있었다.

"영주님, 찾아냈다고 합니다."

"그래? 수고했다. 수고했어!"

일 년이란 시간 동안 이번 일에 투입된 인력이 상당했었다.

오 년 동안 식량과 농업용수를 사들이는 데 영지의 거의 모든 자금을 쏟아부은 상태에서 확실하지도 않은 일에 투입될 자금이 턱없이 부족했다. 그 부족함을 인력으로 충당했다.

비밀을 요하는 일이라 영지에 소속된 병사들과 그들을 지휘할 기사들이 거의 전부라고 해도 과언이 아니었다. 그리고 그 인원 또한 매우 한정적이었다.

이들이 차출되자 영지의 전력이 하락하는 건 당연했다. 차출된 이들이 살아 돌아온다는 보장도 없는 와중에 가신들의 반발은 당연한 것이었다.

대륙 전체에 닥친 대재앙으로 제국 전체가 흉흉한 상황에서 영지의 전력을 유지하는 건 매우 중요한 사항이다. 그리고 이제 곧 그날이 다가오고 있었다.

레츠 또한 이와 같은 사실을 잘 알고 있었다. 지금까지도 전력 유지를 위해 많은 노력을 기울였다. 그러던 어느 날 영지를 순찰하는 와중에 영지민들이 하는 이야기를 우연히 듣게 되었다.

"가뭄으로 생활이 피폐해졌지만, 다른 영지처럼 몬스터들이 날뛰지는 않잖은가."

"그나마 다행이랄까."

"그렇지. 몬스터랜드의 몬스터들이 날뛸 상상을 하니 오금이 다 저리는구만."

"……!"

충격이었다. 왜 몰랐을까? 왜 이런 사실을 인지하지 못했을까. 가뭄이 심해지자 대륙 전역에서 몬스터들의 침략이 빈번하게 발생했다.

가뭄 자체도 힘겨운 상황에서 광폭하게 변해 버린 몬스터의 공격은 치명적이었다.

"몬스터, 몬스터!"

레츠가 자신을 강하게 자책했다.

유독 자신의 영지에서만 몬스터들의 침략이 없는 이유가 분명 존재한다는 걸 왜 생각하지 못한 것일까.

몬스터들은 가뭄이 심해지자 물을 찾아서 인간의 마을이

나 유사인종의 마을을 가리지 않고 공격했다. 물을 찾기 위해서였다. 이런 상황에서 자신의 영지만 몬스터의 공격이 없었다.

왜 몬스터의 공격이 없었을까? 그건 바로 공격할 필요가 없었기 때문이다. 물이 있는데 굳이 위험을 무릅쓸 필요가 없는 것이다.

레츠는 즉시 확인 작업에 들어갔다. 그리고 그 대상은 몬스터랜드를 방어하는 이웃 영지였다.

결과는 놀랄 정도였다.

몬스터랜드를 방어하는 영지 대부분은 몬스터의 침략이 타 영지보다 적었다. 특히 자신의 영지 양옆에 붙어 있는 퀴린트 영지과 에버 영지만 단 한 차례도 몬스터의 침략이 없었다는 사실을 확인했다.

레츠는 확신했으나 가신들은 반신반의했다.

식량과 물을 사들인 관계로 다른 영지보다 여건이 좋았다. 이번 가뭄을 이겨 내는 데 충분하다고 생각했다. 더군다나 이번 일은 위험성이 너무 컸다. 그리고 물이 없을 수도 있었다.

가신들의 반발이 엄청났다. 회의장 안에 고성이 오고 갈 정도였다.

레츠는 가신들을 향해 '지도자가 현실에 안주한다면 그건 지도자가 아니다' 라고 했다. '실패를 두려워한다면 희생을 두려워한다면 그 무리의 미래는 없다' 고도 말했다.

그게 일 년 전이었다.

일 년 가까이 아무런 성과도 없는 가운데 많은 인명 피해가 발생했다. 영지의 재정과 전력에 많은 차질을 불러왔지만 레츠는 포기하지 않았다.

결국 식수로 사용할 수 있는 호수를 발견했다.

"위치가 상당히 애매합니다."

"어쩔 수 없지."

호수의 위치가 크렌스피 영지와 퀴린트 영지 사이에 있었다. 좀 더 정확히 말한다면 퀴린트 영지와 더 가까웠다.

호수가 발견된 것이 알려지면 많은 논란을 불러올 것이 자명한데 그 위치가 다른 영지와 더욱 가깝다면 소유권을 놓고 전쟁도 일어날 수 있었다. 아마 그럴 가능성이 높았다.

퀴린트 영지가 알아차리지 못하게 호수까지 길을 뚫어야 했다. 영지가 분주하게 움직이기 시작했다.

몬스터랜드를 방어하는 영지 중의 하나지만 크렌스피 영지 혼자의 힘으로는 몬스터랜드를 토벌할 수 없었다. 만약 토벌할 수 있다면 그곳이 몬스터랜드라고 불리지도 않았을 것이다.

지금까지 몬스터를 토벌하는 것은 몬스터랜드의 입구에서만 벌어지는 일이었다. 그 누구도 몬스터랜드 중앙을 가로지르지 못했다. 그렇다고 다른 영지나 황궁에 호수의 존재를 밝히는 멍청한 짓을 할 수는 없었다.

레츠가 혼자서 차지할 수 없다고 판단했다면 몬스터랜드를 수색하지도 않았을 것이다. 혼자서 감당할 수 있기에 수색을 강행했으며 호수까지 길을 만들려고 하는 것이다.

밖에서 바라보는 영지의 전력과 안에서 느끼는 전력의 차이는 상당했다. 그리고 숨겨진 전력인 그가 존재했다.

† 제4장 †

오우거를 잡아라 I

크렌스피 영지가 몬스터랜드에서 호수를 찾지 못한 일 년 전 어느 날, 알렌은 레츠의 부름에 집무실을 찾았다가 생각지도 못한 명령을 받았다.

"오우거 말입니까?"

"……."

"생포 말입니까?

"……."

알렌이 집무실을 찾아와도 자기 할 말만 하고 입을 닫았던 레츠가 펜을 내려놓으며 알렌을 지그시 바라보았다.

조용히 바라만 보는데도 알렌은 좌불안석이었다. 아무 말이라도 해 주면 좋겠는데, 레츠는 그런 알렌을 배려할 생각이 전혀 없었다.

"……."

"알겠습니다."

집무실에 백작과 단둘이 있다는 사실이 견딜 수 없었던 알렌은 레츠의 명을 따를 수밖에 없었다. 그렇게 해야만 조금이라도 빨리 이곳을 벗어날 수 있다는 걸 잘 알고 있었다.

임무의 성공 여부는 뒷전이었다.

원하던 답을 얻었기 때문일까, 레츠가 알렌을 바라보던 시선을 거두고는 다시 손을 분주하게 움직이기 시작했다.

"병사 두 명을 붙여 주겠다."

"……."

"장비도 넉넉하게 지급될 것이다."

"……."

"시간이 별로 없는 관계로 한 달 안에 성공해야 한다."

"……."

"왜 대답이 없어?"

분주하게 움직이던 손이 멈추고 예의 그 시선이 알렌을 바라보았다.

"알겠습니다."

"좋아. 나가 봐."

알렌이 조용히 밖으로 빠져나가자, 펜이 움직이며 내는 사각거리는 소리만 집무실에 울려 퍼졌다.

"형님! 에이미에게 들었습니다."

"뭘 말이냐?"

"성 밖으로 나가신다면서요?"

"……그래."

"돌아오지 마십시오!"

"……."

알렌이 물건을 정리하던 손을 가만히 멈췄다. 자신이 돌아오지 않는다면 성에 남아 있는 가족들은 무사하지 못할 것이다.

"아버지께서 이 길로 나가게 된다면 다시는 돌아오지 말라고 전하라 하셨습니다."

"내 있을 곳은 이곳뿐이다. 어디로 가라는 말이냐? 이번 일을 마치는 대로 영주님께 청하여 부모님을 만나 뵐 것이다."

"영주님께서 허락하실 거라고 보십니까?"

"자식이 부모를 만나 보고 싶다는데 허락하지 않을 까닭이 없지 않느냐?"

알렌의 말에 피엘이 조소를 터트렸다.

"아직도 영주님을 모르십니까? 형님이 청한다고 허락하실 것이라면 애초에 형님과 부모님의 만남을 금지하지도 않았을 것입니다."

"……."

레이진의 죽음과 연관되어 노예 신분이 된 알렌은 그 처벌로 부모님과 만날 수 없게 되었다. 처음에는 가족 전체를 만날 수 없었지만, 에이미의 간청으로 피엘과의 만남만은 허락되었다.

"어머님께서 이곳을 잊으라 하셨습니다. 아버지를 잊고, 어머니를 잊고, 누나를 잊고, 저를 잊으라 하셨습니다. 그리고 마지막으로 에이미를 잊으라고 하셨습니다."

부모님께서 당신들이 대신 죽을 것이니, 자식인 알렌은 살아남으라 하고 있었다.

알렌의 가슴이 찢어졌다. 죄를 지은 자식을 살리기 위해 부모님이 대신 죽는다 하고 있었다.

"내 전부가 이곳에 있다. 나보고 어떻게 잊으라고 하시는 것이냐? 내 손으로 어떻게 당신들을 죽이라 하시는가!"

"잊지 못하시겠다면, 검을 버리십시오."

알렌은 피엘의 말이 끝나자 등골을 타고 흐르는 한기를 느꼈다.

"내가 검을 놓으면 어떻게 되는지 모르느냐?"

"알고 있습니다."

"그런데도 나보고 검을 놓으라고? 내 손으로 가족을 죽이라는 소리와 다를 게 무엇이냐?"

"부모님께서 자식을 죽이고 목숨을 연명할 수 없다고 하셨습니다."

"……네가 부모님께 영주님이 원하시던 경지가 눈앞이라고 조금만 기다리면 된다고 전해 다오."

자신과 부모님의 죽음에 대해 무심히 말하던 피엘의 표정에 변화가 생겼다. 믿을 수가 없어서였다.

알렌의 나이 겨우 스물둘, 그런 형님이 마스터가 코앞이라고 한다. 허언을 하지 않는 형님이시니, 경솔하게 행동하지 않으시니 이는 사실일 것이다.

알렌이 레이진의 시체를 훼손하고도 살아남을 수 있었던 이유는 에이미의 협박도 크게 작용되었지만, 알렌 그 본연의 실력 때문이라고 보면 정확할 것이다.

영지의 기사들 사이에서 쉬쉬하며 모른 척 지냈지만, 알렌의 실력이 레이진을 넘어섰다는 것은 공공연한 비밀이었다.

종자의 신분이었을 때 이미 영지의 모든 기사들보다 뛰어난 실력을 지니고 있었다.

레이진이 심신을 다스리지 못해 엇나가기 시작했을 때, 이미 레이진은 미래를 포기했다고 봐야 옳았다.

소드 마스터란 경지는 절대 호락호락한 경지가 아니다. 가신들이 백작에게 레이진을 포기하라고 했을 때는 이미 소드 마스터 또한 포기한 것이었다.

레츠는 겉으로 내색은 하지 않았지만 가신들보다 일찍 레이진을 포기했었다. 레이진이 소드 마스터의 재목이 아니란 판단이 서자 레츠는 다른 인물을 찾기 시작했다. 그런 레츠에게 알렌은 보배나 마찬가지였다.

알렌은 애송이였던 레이진과는 다른 그 무언가를 가지고 있었다. 레츠가 보기에는 자신보다 미흡한 재능이 흠이었지만, 노력으로 그 미흡함을 커버하고 있었다.

크렌스피 영지의 소영주라는 자리는 막강한 권력을 가지게 되지만, 한계란 게 분명 존재했다.

특히나 가문의 마나심법에 관련해서는 그 제약이 심했다. 절대 외인에게는 전수될 수 없는 마나심법이 레이진을 통해 알렌에게 전해졌다.

레츠가 이를 모를 리 없었다.

알렌이 모르는 사실이지만, 레츠의 손을 떠난 마나심법은 레이진을 통해 알렌에게로 전해진 것이다. 마나심법을 전해 받은 그 순간부터 알렌은 레츠의 시야를 벗어날 수 없었다.

블랙윙 기사단을 실질적으로 이끌고 있던 위클렌트가 알렌에게 검술을 가르친 이유를 생각해 보면 그 답은 쉽게 얻을 수 있었다. 바로 레츠가 있었기 때문이다.

노예이지만 노예가 아닌, 크렌스피 영지에 종속됨을 맹세하고 숨겨진 검으로 살아갈 것을 강요받았다.

알렌은 목숨을 부지할 수 있다기에, 살아남아 에이미 곁을 지킬 수 있다기에 이를 받아들였다. 영지에서 유일하게 검을 차고 다닐 수 있는 노예가 탄생한 배경이었다.

알렌이 종속의 맹세를 하자 레츠가 한 가지 제안을 더 해왔다. 소드 마스터가 된다면 가족의 안전은 보장해 준다는 약

속이었다. 그리고 에이미의 기사가 될 수 있게 해 준다고 했다.

알렌 자신은 평생 레츠의 손에서 벗어날 수 없었다. 그러나 가족의 신분은 보장되며, 한평생을 편히 보낼 수 있게 되는 것이다.

레츠는 알렌의 죄를 귀족 기만죄로 바꾸었다. 그걸 아는 사람은 레츠의 최측근 말고는 아무도 없었다. 알렌의 가족 또한 마찬가지였다.

알렌은 한 달 전 문뜩 깨달음을 얻을 수 있었다. 아직까지는 그 깨달음을 자신의 것으로 만들 수 없었지만, 그건 시간이 흐르면 해결할 수 있는 문제였다.

"역시 형님이십니다. 하지만 누님께서 란스 자작님의 자제분인 테븐 베이츠에게 시집가게 생겼습니다."

"……!"

테븐 베이츠.

란스 자작의 세 번째 자제로 천하의 한량도 이런 한량이 없었다. 기사 가문에서 어찌 이리 놀기 좋아하는 자가 태어날 수 있었는지 모르겠지만, 그는 놀고먹는 일 말고는 절대 관심을 두지 않았다.

호통을 치든 매질을 하든 그때뿐이었고, 여자와 술이 있는 곳이면 고급이건 하급이건 가리지 않고 흥청망청 놀 뿐이었다.

나이는 또 왜 그리 많은지, 여자는 좋아하지만 결혼이라면 학을 떼는 바람에 나이 삼십이 돼서도 결혼을 하지 않은 노총각이었다.

이런 자라 해도 귀족가의 자제이다. 평민도 아닌 하인의 자제를 며느리로 맞이할 까닭이 없었다.

알렌 때문이다.

알렌을 확실히 잡아 두기 위해 여동생인 유니를 란스 자작의 며느리로 맞아들이는 것이다.

"그래도 귀족이 아니냐. 고생은 하지 않을 것이다."

"정말 그리 생각하십니까?"

알렌은 입술만 깨물 뿐이었다.

"왜 너까지 나서는 게냐?"

"제가 머리는 그래도 형님보다 조금 낫지 않습니까?"

"녀석."

알렌이 피엘의 머리를 헝클어뜨렸다.

알렌이 보기에 피엘은 가족의 유일한 희망이다. 피엘이라면 하인의 신분을 벗어나 준남작의 위까지 승계할 가능성이 높았다.

부모님도 피엘에게 한껏 기대하고 계신다. 알렌이 그리되고 나서 더했다.

어릴 적에 에이미와 무언가를 작당하더니 평생 친구로 지내기로 했다. 레츠 앞에서만 에이미에게 존대할 뿐, 그 누구 앞에서든 에이미의 이름을 부르며 편하게 지내고 있었다.

가신들의 반발이 있었지만, 에이미와 피엘은 이를 귀담아듣지 않았다. 오히려 가신들이 지쳐 포기했을 정도이다.

둘째인 유니만이 평범한 삶을 살아왔다. 이제는 귀족가의 며느리가 될 테니 형제자매 중 평범하다고 말할 수 있는 존재는 없는 것 같다.

피엘의 합류로 일이 한결 수월해졌다.

레츠의 지시에 알렌이 처음 떠올린 곳이 몬스터랜드였다. 대형 몬스터를 구경할 수 있는 곳은 몬스터랜드뿐이라고 생각했다. 하지만 피엘은 다른 걸 생각했다.

가뭄으로 인해 몬스터가 날뛰고 있으니, 대형 몬스터에 대한 소식도 분명 접하게 될 것이라며 용병과 상인들을 만나러 다니기 시작했다.

크렌스피 영지가 다시 대외적인 활동을 시작한 지 몇 년밖에 지나지 않아서 소식을 접하기 힘들 터인데 어디서 들었는지 대형 몬스터에 대한 많은 정보를 구해 왔다.

크렌스피 영지와 멀지 않은 지역에서 몬스터 소탕을 위해 용병을 모집한다는 소문을 듣게 되면 대형 몬스터, 특히 오우거의 유무를 집중적으로 조사했다.

몇 번 정보를 확보하여 움직였으나 이동 중 토벌에 성공했다는 소식에 발길을 돌릴 수밖에 없었던 적도 있었다.

지금도 츠크릿 영지에서 오우거의 출몰 소식을 접하고 급하게 움직이고 있었다. 지금까지 정보를 모으는 시간과 몇 번의 허탕으로 시간을 허비하여 이 주일의 시한뿐이 없었다.

"피엘, 이번은 오우거를 구경할 수 있겠지?"

"베너 아저씨, 이번에는 느낌이 좋아요."

"젠장. 그때 좋다고 헤벌쭉거리는 게 아니었는데."

"다 지나간 일에 너무 집착하지 마세요. 이번 일만 잘 해결하면 구제받으실 수 있잖아요."

"예끼 이놈아, 어른을 놀리면 못쓴다. 우리 네 명으로 어떻게 오우거를 잡는단 말이냐? 그것도 산 채로 말이다."

"그건 베너 아저씨 말이 맞아."

수레 뒤에서 알렌과 다시 한 번 장비를 점검하던 마이크가 나섰다.

"당장 죽기 싫어 이번 일을 허락했을 뿐, 우리가 죽는다는 것은 기정사실로 받아들이고 있다."

"음, 그렇지. 집에 계신 부모님이 볼모로 잡혀 있지 않으면 백번 도망치고도 남았다."

"너무 비관적으로만 보지 마시라니까요. 제가 미쳤다고 죽을 자리에 뛰어들었을 거 같아요? 다 생각이 있다니까요."

피엘이 자신의 머리를 두드리며 자신 있게 말했다.

두 명의 병사 모두 성안에서 거주하다 보니 서로 안면이 있어 편한 관계였다. 그러나 숲 속의 폭군으로 불리는 오우거를 잡아야 하기에 분위기가 많이 무거웠다.

알렌은 베너와 마이크가 처음 오우거를 잡으러 간다는 말을 들었을 때 지은 표정을 잊을 수가 없었다. 역시나라는 표정을, 죽음이 드리워진 표정을 말이다.

베너와 마이크는 성문을 지키는 병사였다.

일정량의 상납금을 받고 검문검색을 형식적으로 하는 건 관례라고 하여 상부에서도 알면서도 묵인해 주고 있었다. 병사들이 받는 월급이야 입에 풀칠할 정도니 뒷돈을 챙기지 않으면 생활하는 데 어려움을 겪을 정도였다.

베너와 마이크는 한 조가 되어 검문검색을 하다 평소처럼 뒷돈을 찔러 주자 좋다고 받았는데 이게 사단이 되었다.

그를 통과시키고 다른 이들을 확인하는데 갑자기 뒤쪽에서 소란스러워지더니 뒷돈을 받고 통과시켰던 자가 옆에 있던 영지민을 단검으로 찌르고 도망친 것이었다.

재수가 없으려니 뒷돈을 찔러 준 이는 영지에서 현상금이 걸린 범죄자였다. 옆에서 그를 알아본 영지민을 죽이고 도망간 것이다.

그들은 하늘이 무너진다는 게 어떤 건지 그때 처음 경험하게 되었다. 그리고 여차저차해서 여기까지 온 것이다.

오우거가 출몰한다는 지역에 도착하는 데 일주일이란 시간이 흘렀다. 남은 시한은 일주일뿐이다. 서두를 필요가 있었다.

"삼 일 전에 토벌대가 실패를 했다는구나."

"네, 들었어요. 다리에 깊은 상처를 입었다고 했으니 움직임에 상당한 지장이 있을 거예요. 저희에겐 잘된 일이에요."

"이 맹랑한 녀석. 넌 두려움이란 걸 모르느냐?"

베너의 말에 피엘이 코를 만지며 억지웃음을 지었다.

"저라고 왜 두려움이 없겠어요. 하지만 형님이 계시잖아요. 형님이 계시는 한 오우거를 잡지는 못해도 목숨은 위협받지 않을 거예요."

"알렌? 알렌이 종자였다는 건 알고 있지만 우리가 상대할 몬스터는 오우거다. 정식 기사도 힘든 걸 알렌이라고 별수 있겠느냐?"

"헤헤."

피엘은 웃기만 할 뿐이었다.

오우거 출몰 지역에 도착하기 전에 장비와 물품을 확실하게 점검했으며 피엘이 일러 주는 작전을 전부 숙지한 후이다. 점점 시간이 다가올수록 목이 마르고 신경이 날카로워졌다.

알렌이 적당한 장소를 물색하고 돌아오면 지옥으로 스스로 걸어 들어가야 한다.

잠시 후 알렌이 도착했다.

"오십 미터 앞에 적당한 장소가 있습니다. 근처에 몬스터가 보이지 않으니 빠르게 이동하죠."

최대한 소음을 줄이고 조심스레 움직였다. 다행히도 중간에 몬스터와의 조우는 없었다.

"적당한 장소네요. 형님, 수고하셨어요."

위험 지역에서도 피엘이 원하던 장소와 흡사한 곳을 발견해 냈다. 기분이 좋았다. 손쉽게 성공할 수 있을 것 같았다.

장정 셋이 안아도 부족해 보이는 나무를 중심으로 한 아름이 넘는 두께를 가진 나무가 듬성듬성 자란 지역이었다. 곳곳에 묵직해 보이는 바위도 여럿 보였다.

알렌과 베너가 바삐 움직이며 장비를 옮겼으며, 마이크는 식량을 수레에서 내려 나무 위로 옮기기 시작했다. 수레 위에 식량을 보관하다 혹시나 몬스터에게 빼앗길 수도 있기에 미연에 방비하는 것이다.

"시작하죠?"

알렌이 영지에서 가져온 닭을 꺼내 단검으로 목을 잘라 피를 몸에 바르고 남은 피를 바닥에 뿌렸다. 다른 사람들도 닭 피를 몸에 바르고는 나무 위로 올라갔다.

알렌이 마지막으로 돼지를 나무에 묶어 두고 나무 위로 올라갔다. 이제부터는 시간과의 싸움이다.

"시간이 꽤 많이 흐른 것 같은데 조용하다?"

"조금만 더 기다려 보죠."

시간이 꽤 많이 흘렀다. 나무에 묶여 있는 돼지 소리만 요란스레 숲 속에 울려 퍼졌다. 그 옆에는 죽은 닭이 있을 뿐이다.

"아우, 나무 위에 오래 있었더니 상당히 불편……."

"쉿!"

마이크가 기지개를 펴며 불평을 하는데 알렌이 조용히 시켰다. 느슨하게 풀려 있던 몸이 긴장하기 시작했다. 마이크도 올렸던 손을 천천히 내렸다.

알렌이 손짓으로 무언가를 지시한 후 준비해 뒀던 석궁을 꺼내 쿼렐을 장착하자 베너와 마이크도 조심스레 석궁을 준비했다.

피 냄새를 맡고 다가온 것은 늑대였다. 십여 미터를 사이에 두고 위험한 것은 없는지 살피고 있었다. 무리가 아닌 걸 보니 정찰 나온 늑대 같았다.

조심스레 주변을 살피던 늑대가 한순간에 돼지를 향해 달려들었다. 늑대의 출현을 모르고 있던 돼지가 소리를 지르며 도망치려 했지만 묶여 있던 관계로 도망칠 수 없었다.

돼지와의 거리를 삼 미터쯤 남기고 늑대가 점프를 하며 돼지의 목덜미를 노렸다. 알렌이 지체 없이 쿼렐을 발사했다. 버크와 마이크도 이에 지지 않았다.

핑!

눈앞의 먹이에 정신이 팔려서 그랬는지 나무 위에서 발사된 석궁 소리는 듣지 못하고 깔끔한 동작으로 돼지를 덮친 늑대였다. 하지만 세 대의 쿼렐을 머리에 맞아 죽고 말았다.

알렌은 죽은 늑대에게는 신경을 끄고 숲 속을 살피는 데 많은 시간을 투자했다. 그러고는 이상이 없는지 고개를 끄덕였다.

"세 시간을 기다린 끝에 늑대 한 마리인가."

베너가 투자한 만큼 효과를 거두지 못하자 착잡함을 드러냈다.

"아저씨, 멀지 않은 시간에 늑대 무리가 나타날 거예요."

"그렇겠지."

한 시간도 채 지나지 않아 숲 속이 분주하게 움직이기 시작했다. 늑대 무리가 모습을 드러낸 것이다.

정찰을 보냈던 늑대가 돌아오지 않자 냄새를 맡고 찾아온 것이다. 하지만 일정 거리 이상은 접근하지 않고 주위를 배회할 뿐이었다.

눈으로 보이는 것만을 믿을 수 없었는지 늑대들은 공기 중에 다른 냄새가 섞여 있는지 확인하기 바빴으며 귀를 쫑긋하며 낙엽 떨어지는 소리도 놓치지 않을 기세였다.

늑대들이 민감하게 반응할 수밖에 없는 것이 눈앞에 동료가 죽어 있는데 원인을 알 수가 없는 것이다.

본능은 동료를 죽인 누군가가 분명히 이곳에 있다고 말하고 있는데 눈에 보이는 건 아무것도 없었으며, 아무리 귀를 기울여도 적의 기척을 느낄 수가 없었다. 하지만 코를 자극하는 무언가는 있었다.

동료의 시체 주위로 넓게 피 냄새가 퍼져 나갔지만 간간이 철 냄새를 맡을 수 있었다.

이 정도의 철 냄새를 풍길 수 있는 건 인간들뿐이다. 그렇다면 동료를 죽인 인간이 보이거나 인간 특유의 살 냄새가 진동해야 하는데 피 냄새와 철 냄새만 나고 있었다. 신중해질 수밖에 없는 것이다.

"늑대가 오우거보다 냄새를 더 잘 맡겠죠?"

멀리 떨어져 있는 늑대들의 움직임을 살피던 알렌이 베너를 바라보며 물었다.

"아무래도 몬스터보다는 동물이 냄새를 더 잘 맡지 않을까? 그리고 사족 보행의 동물들이 냄새 하나는 잘 맡는다고 하더군."

"늑대가 피 냄새를 맡고 반응을 보인 시간이 세 시간 전후이고 또 한 시간이 더 지난 후에야 무리가 모일 정도이니 오우거가 피 냄새를 맡을 가능성은 없다고 봐야겠죠?"

"음."

신음 소리를 낸 것은 옆에서 이야기를 듣던 마이크였다. 나무 위에서 지금까지의 시간보다 더 오랜 시간을 기다려야 한다니 죽을 맛인 것이다.

늑대들이 냄새를 맡을 수 있는 거리 내에는 오우거가 없다고 보는 게 정확하다. 시간이 계속 지체될수록 알렌은 피엘과의 동행을 너무 경솔하게 결정했다고 자책했다.

알렌은 자신이 너무 쉽게만 생각했다고 자책했다. 혼자서 오우거를 감당할 수 있다고 되는 것이 아니었다. 이 정도로 힘든 일이 될 줄은 미처 생각하지 못했었다. 뭔가 특단의 조치가 필요한 시점이었다.

알렌이 결심을 굳히고 행동에 나섰다.

"헉!"

알렌의 돌발 행동에 모든 이가 헛바람을 삼켰다.

알렌이 뭔가를 생각하고는 지체 없이 나무 아래로 뛰어내린 것이다.

"야, 미쳤어!"

"당장 올라와!"

"형님!"

알렌은 나무 위에서 들려오는 말은 가볍게 무시해 줬다.

피가 부족하니 냄새가 멀리 퍼져 나가지 않았다. 고맙게도 눈앞에 부족한 피를 보충해 줄 존재들이 있었다. 덩달아 그들의 고기는 일용할 양식이 될 터였다.

알렌이 갑자기 모습을 드러냈지만, 늑대들은 놀라는 기색이 없었다. 알렌이 나타날 것을 미리 알고나 있었던 것처럼 그의 주위를 감싸며 퇴로를 차단할 뿐이었다. 그렇다고 섣불리 공격하지도 않았다.

늑대들은 누군가 존재할 것이라고 확신했지만, 그 누군가가 어떤 능력을 지니고 있는지는 가늠할 수 없었다. 시간을 두고 감당할 수 있는 사냥감인지 일단 피해야 할 존재인지 구분해야 했다.

십여 마리가 넘는 늑대를 혼자 감당할 수 있다고 하더라도 그 많은 늑대를 일일이 쫓으며 싸우는 것은 바보 같은 짓일 뿐이다.

알렌은 포위만 하고 공격하지 않는 늑대들을 바라보다 녀석들을 도발해 자신을 공격하게 만들었다.

죽어 있는 늑대의 시신을 발로 걷어찬 것이다. 머리에 굳어 있던 피들이 허공으로 비산했다. 몇 번 반복하자 흥분한 늑대들이 달려들기 시작했다.

십여 미터의 거리를 몇 번의 도약만으로 뛰어넘고는 알렌의 목줄기를 노리며 어금니가 전부 드러날 정도로 아가리를 벌렸다.

"위험해!"

나무 위에서 이를 지켜보던 베너와 마이크가 쿼렐을 쏘아 댔다.

핑핑.

공기를 가르며 쿼렐이 늑대의 머리에 박혀 들었다. 늑대 몇 마리가 비명 소리 한번 질러 보지 못하고 죽었다. 하지만 늑대는 여전히 넘쳐흘렀다.

알렌이 방금 전에 죽은 늑대의 목을 검으로 잘라 버렸다. 머리가 떨어지며 피가 분수처럼 뿜어 나왔다. 피 냄새가 코를 자극했다.

'한 마리 죽였는데 이 정도의 피 냄새를 풍길 정도면 늑대 전부를 죽이면 아무리 멀리 떨어져 있는 오우거라도 알아차릴 수 있겠군.'

베너와 마이크는 급하게 쿼렐을 크로스보우에 장착시켜 나갔다. 자신들이 조금이라도 더 알렌을 보조해 줘야 했다. 그래야 알렌이 늑대들의 공격에서 살아남을 수 있을 것이다. 화를 내는 건 그다음에 해도 늦지 않았다.

"알렌을 살리고 싶다면 가만히 있지 말고 쿼렐을 쏴라."

베너가 피엘에게 던지다시피 크로스보우를 건넸다. 지금은 고사리 손이라도 필요했다.

늑대를 죽이는 건 바라지도 않았다. 견제만 해 줄 수 있어도 큰 도움이 될 것이기에 피엘에게 크로스보우를 넘긴 것이다.

쿼렐이 연속적으로 발사되었다. 하지만 정확성이 떨어졌다. 처음에는 늑대들을 정조준 할 수 있었지만, 두 번째부터는 정조준 할 시간이 없었다. 쿼렐에 몸통이 꿰뚫리는 늑대는 있어도 죽는 늑대는 없었다.

동료의 죽음 때문일까, 아니면 피 냄새 때문일까 늑대들이 흉성을 띠며 포악하게 변했다. 늑대 무리의 표적이 된 알렌은 바람 앞의 등불 신세 같았다.

베너는 크로스보우를 내팽개치고 나무 밑으로 뛰어내려 알렌을 도와야겠다고 생각했다. 하나보다는 둘이 낫다. 이는 당연한 것이다. 하지만 알렌의 검이 허공을 가르는 순간 쓸데없는 걱정이었다는 걸 알았다.

정형화된 투로는 눈 씻고 봐도 찾아볼 수 없었다. 하지만 정확했다. 검 하나하나에 실린 위력은 별 볼일 없었다. 하지만 빨랐다.

검이 지나간 자리마다 늑대들이 픽픽 쓰러졌다. 세 마리가 달려들든 네 마리가 달려들든 전부 목이 베여 땅바닥을 뒹굴 뿐이었다. 그렇다고 단칼에 목이 잘려 나가지도 않았다. 쓰러졌던 늑대들이 다시 일어나 알렌에게 달려들었다. 하지만 오래가지는 않았다.

두 번째 쓰러진 늑대 주위로 시뻘건 피가 흥건했다. 목에 있는 정맥이 잘려 나간 것이다. 알렌은 그 많은 늑대 중 어떻게 알아냈는지 정맥이 잘린 늑대에게는 다시 검을 휘두르지 않았다. 다만 손과 발로 공격할 뿐이었다.

공중에 뛰어오른 늑대는 주먹으로, 몸을 낮춰 공격하는 늑대는 발로 공격했다. 그 사이사이 쌩쌩한 늑대들을 놓치지 않고 검으로 목을 훑어 줄 뿐이었다.

"누구냐, 재는?"

베너가 늑대들을 휩쓸고 있는 알렌을 손가락으로 가리키며 물었다.

"글쎄요. 제 형님이긴 한데, 뭐라고 드릴 말씀이 없네요."

"솔직히 오우거를 상대할 수 있다는 말을 믿지 않았었는데, 이건 오우거를 상대할 수 있다 없다의 수준이 아닌 것 같군."

"……."

피엘은 더 이상 뭐라고 할 말이 없었다. 아무리 절대적인 믿음이 있다고 해도 백번의 말보다 한 번 행동으로 보여 주는 것에는 미치지 못하는 것이다.

지금 알렌의 검술은 피엘이 매번 보았던 그것이 아니었다. 피엘의 가슴이 벅차올랐다.

'저기 있는 분이 내 형님이다. 세상아, 네가 아무리 대단하다고 한들 저기 계시는 내 형님이 최고다. 내 형님이 최고란 말이다!'

십여 마리의 늑대가 전부 바닥을 기는 데 걸린 시간은 십오분이 채 안 되었다. 아직 숨이 끊어지지 않아 헐떡이는 늑대는 많았지만 다시 일어날 수 없을 것이다. 피를 너무 많이 흘려 서서히 죽어 갈 것이다.

베너가 땅으로 내려서자 마이크와 피엘도 뒤따라 내려섰다.

"요즘 종자들의 실력이 상향 조정됐나? 웬만한 기사들은 명함도 못 내밀겠다."

마이크가 바닥에 널브러져 있는 늑대들을 보며 혀를 내둘렀다. 뒤에 있던 베너도 알렌의 실력을 칭찬했다.

"자네, 실력이 대단하군."

"아닙니다."

"아니야. 이제야 영주님이 자네에게 오우거를 잡아 오라고 시킨 이유를 알 수 있겠네."

계속되는 칭찬에 민망했는지 알렌이 뒷머리를 긁적였다.

"피 냄새는 아무리 맡아도 적응이 안 되네."

늑대들이 꽤 많은 피를 흘리긴 흘렸나 보다. 피 냄새로 인해 숨쉬기조차 불편해질 정도였다.

"적응하는 게 더 이상하지 않나요?"

"그렇지."

마이크의 불평에 코를 막고 있던 피엘이 코맹맹이 소리를 냈다.

"빨리 정리하고 나무 위로 올라가죠. 이 정도 피 냄새면 몬스터들도 관심을 보일 것입니다."

"자네 말이 맞네."

알렌은 처음 생각했던 것보다 피 냄새가 진동하자 몬스터들이 생각보다 빠르게 반응을 보일지도 모르겠다는 걱정을 했다.

베너도 알렌의 의견과 같았다. 혹시나 준비도 안 되어 있는 지금 몬스터들의 습격을 받을 수도 있다고 생각하니 모골이 송연해졌다.

죽어 있는 늑대들은 수레 구석에 차곡차곡 쌓아 두고 나무 위로 올라갔다. 얼마의 시간이 흘렀을까, 지겹다는 생각이 슬슬 들 때쯤 숲 속이 크게 흔들리기 시작했다.

'왔다.'

드디어 목매어 기다리던 존재가 나타났다고 확신했다. 알렌이 수신호로 대기하라는 지시를 내리는 중에 상대가 모습을 드러냈다.

이 미터를 훨씬 상회하는 큰 키에 떡갈나무를 연상시키는 몸매와 나무껍질처럼 거칠어 보이는 피부가 돋보였다. 트롤이 커다란 투핸드 소드를 한 손에 들고 나타난 것이다.

일행은 순간 어찌해야 할지 갈피를 못 잡았다. 이곳에 트롤이 나온다는 말은 그 어디에서도 들어 보지 못했다. 늑대의 주 서식처로 오크가 간간이 보이며 최근 오우거가 출몰한다고만 알려진 지역인 것이다.

어찌할지 몰라 우왕좌왕하는 사이 트롤이 성큼성큼 일행이 있는 나무로 다가왔다. 트롤의 시선이 돼지에게서 벗어나지 않았다.

트롤을 유혹하여 여기로 오게 만든 것은 늑대들의 피 냄새였지만 살아 움직이는 돼지를 보고 다른 건 신경도 쓰지 않았다.

살아 있는 동물의 몸통을 찢어발겨 그 피를 마시는 행위는 트롤이 가장 즐기는 것이다.

돼지를 바라보던 트롤의 숨소리가 금세 거칠어지고 입에서는 침이 흘러나와 턱을 타고 바닥으로 떨어졌다.

알렌의 눈이 동료들의 시선과 일일이 마주쳤다.

'잡자!'

어쩔 수 없는 선택이었다.

여기서 트롤이 돼지를 잡아먹는다면 오우거를 유인할 살아 있는 먹이가 없게 된다. 그리고 트롤이 돼지만 잡아먹고 돌아갈 거라는 보장도 없었다. 수레에 쌓아 둔 늑대들도 트롤의 배 속에 들어갈 것이 자명했다.

오우거를 잡기 위해 설치한 함정을 트롤을 잡는 데 사용하는 것이 손해였지만, 트롤을 방치하는 것 또한 상당한 피해를 감수해야 하는 것이다. 그리고 나타나지도 않는 오우거보다는 눈앞에 있는 트롤이라도 잡아 둬야 레츠에게 시간이라도 더 달라고 말이라도 할 수 있을 터였다.

돼지는 트롤이 나타날 때부터 계속 멱따는 소리를 지르며 도망치기 위해 발버둥 치고 있었다. 하지만 나무에 묶여 있는 끈이 풀릴 리 없었다.

트롤이 천천히 다가와 돼지를 잡기 위해 허리를 숙였다.

핑!

마이크가 발사한 쿼렐이 허리를 숙이면서 드러난 트롤의 등에 박혀 들어갔다.

엄청난 고통에 깜짝 놀란 트롤이 반사적으로 허리를 펴며 등에 박혀 있는 쿼렐을 뽑아내려고 했다.

철컥.

알렌이 이때를 놓치지 않고 나무에서 뛰어내려와 트롤의 목에 족쇄를 채우고는 멀리 떨어졌다.

뒤로 물러서는 알렌의 코앞으로 투핸드 소드가 바람을 가르며 지나갔다. 조금만 늦었어도 머리가 날아갈 뻔했다.

“크아아악!”

트롤의 함성이 숲 속을 가르며 멀리 퍼져 나갔다.

† 제5장 †

오우거를 잡아라 II

트롤은 너무 화가 났다. 자신의 즐거운 식사를 방해하는 것도 모자라 고통을 안겨 줬으며, 자신의 목에 무언가를 걸기까지 했다.

화가 났다.

이까짓 것쯤은 아무것도 아니었지만 화가 나서 견딜 수가 없었다. 트롤의 흉포함이 폭발했다.

트롤은 무의식적으로 목에 걸려 있는 족쇄를 두 손으로 잡아서 끊어 버리려고 했다.

알렌이 그때를 틈타 바닥에 있는 투핸드 소드를 발로 차 트롤에게서 멀리 떨어뜨려 놓았다. 이제는 모든 게 베너의 손에 달려 있었다.

"아저씨, 빨리 빨리!"

"다 했어."

나무 위에서는 위에서대로 바쁜 움직임을 보이고 있었다.

알렌이 트롤의 목에 족쇄를 걸자 베너가 족쇄와 연결된 쇠사슬을 나무줄기에 감기 시작했다. 그렇지만 어린이 손목만 한 쇠사슬이 쉽게 묶일 리가 없었다. 베너가 한참이나 진땀을 빼고 나서야 고정시킬 수 있었다.

팽팽하게 당겨서 묶을 수는 없었지만 트롤의 움직임을 봉쇄할 수는 있었다.

알렌이 화가 나 난동을 부리는 트롤의 앞에서 시선을 빼앗고 있는 틈에 나무 위에 있던 일행이 내려와 주변에 준비해 둔 재료를 하나씩 손에 들었다.

트롤은 목을 감싸고 있는 족쇄가 생각처럼 끊을 수 없다는 사실에 분통이 터졌다. 그 모든 분노가 눈앞에 있는 알렌에게로 향했다.

"쿠와왕!"

트롤이 고함을 지르더니 공중으로 뛰어올랐다. 단번에 알렌의 몸을 찢어발길 기세였다.

팽!

나무에 묶여 있는 사슬이 길이가 다하면서 팽팽해지자 족쇄가 트롤의 목을 파고들었다. 땅을 박찼던 트롤의 기세가 강력했던 만큼 그 반발력이 대단했다.

나무가 크게 흔들렸으며 도약력을 상실한 트롤의 신체가 바닥으로 떨어졌다. 하지만 사슬의 길이가 짧았던 만큼 허공에 매달릴 수밖에 없었다.

트롤은 상체가 70도 정도로 기울어진 상태로 기도가 막혀 발버둥 쳤다.

"기회닷!"

예상치 못한 기회가 발생하자, 베너가 이를 놓치지 않고 트롤의 발을 향해 족쇄를 날렸다.

허공을 가르며 날아간 족쇄가 트롤의 왼발을 두 바퀴 감아 돌더니 '찰칵' 거리며 잠겼다.

"나이스, 아저씨!"

멀리서 베너의 활약을 지켜보던 마이크가 어린아이처럼 좋아했다. 그러고는 손에 들고 있던 족쇄를 내려놓고 베너가 있는 곳으로 달려갔다.

그사이 몇 번 버둥거리던 트롤이 중심을 잡고 일어섰다. 목을 파고들던 족쇄의 느낌이 사라지자 트롤은 왼발을 잡아당기는 무언가를 느꼈다.

목에 걸려 있는 것과 똑같은 족쇄가 왼발에 착용되어 있었으며, 그 끝을 베너가 잡아당기고 있었다. 곧이어 마이크가 합세했다.

베너가 아무리 당겨도 반응이 없던 트롤의 발이 두 명의 힘이 합해지자 끌려가기 시작했다. 트롤의 얼굴이 있는 대로 구겨지더니 펴질 줄을 몰랐다.

트롤에게는 굴욕도 이런 굴욕이 없었다.

있을 수도 없는 일이 벌어지고 있었다. 트롤의 모든 것이랄 수 있는 것이 힘인데 그 힘이 인간에게 밀리고 있었다.

무지막지한 힘이었다.

베너가 아무리 용을 써도 트롤은 꿈쩍도 하지 않았다. 트롤의 힘이 대단하다고는 들었지만 이 정도일 줄은 몰랐다.

혼자서는 무리였다. 그나마 마이크가 합세해 도와주자 트롤의 왼발을 뽑아낼 수 있었다.

"어어어."

트롤의 왼발을 허공으로 뽑아 올렸다. 하지만 트롤이 몸부림을 치기 시작하자 베너와 마이크가 중심을 못 잡고 왼쪽으로 우르르, 오른쪽으로 우르르거리며 휩쓸렸다. 그나마 다행이라면 트롤에게 베너와 마이크의 힘이 통하고 있다는 것이었다.

시간이 오래 걸려도 상관없다. 이대로 나무에 고정만 시킨다면 반은 성공인 것이다.

그때였다. 무릎 높이까지 왼발이 올라가자 트롤이 몸을 틀면서 왼발을 차올렸다.

알렌이 몸을 비트는 트롤을 바라보다 뭔가 잘못됐다는 것을 알아차린 건 그때였다.

"아저씨……."

알렌의 외침보다 트롤의 행동이 더 빨랐다.

촤르르륵!

트롤이 왼발을 차올린 순간 손에 잡고 있던 사슬이 순식간에 끌려 나가며 허공으로 솟구쳤다. 베너와 마이크가 그 힘을 감당하지 못하고 땅바닥을 나뒹굴었다.

"아악!"

땅바닥을 나뒹군 것보다 사슬에 의해 손바닥이 벗겨진 게 더 커다란 고통이었다.

자리에서 일어나며 베너와 마이크가 손목을 강하게 흔들었다. 고통을 조금이라도 줄이려는 행동이었다.

쓰라려도 너무 심하게 쓰라렸다. 피부가 벗겨지며 피가 엄청나게 쏟아지고 있었다. 한동안 손을 사용할 수 없을 듯했다.

손에 난 상처로 베너와 마이크가 이러지도 저러지도 못하고 흥분해서 날뛰는 트롤을 바라보고만 있는데, 알렌이 바닥을 나뒹구는 사슬을 잡아 올렸다.

"알렌, 잠시만 있다 같이 하자."

"그래. 조금만 기다려. 고통이 조금 가시면 그때 같이 하자."

알렌이 사슬을 허리에 감고는 베너와 마이크를 향해 안쓰러운 표정을 숨기지 않고 말했다.

"그 손으로 뭘 하신다고 그래요. 잠시만 쉬고 계세요. 제가 어떻게든 해 볼 테니까."

알렌이 본격적으로 힘을 쓰기 시작하자 몸속에 있던 마나가 빠른 속도로 몸속 구석구석 퍼져 나갔다.

"흠!"

알렌이 조금씩 뒤로 이동하자 트롤이 다시 날뛰기 시작했다. 트롤의 발이 허공을 갈랐다.

팽!

사슬이 한순간에 팽팽해지며 그 힘이 고스란히 알렌에게 전가되었다.

쓰으윽.

알렌이 트롤의 힘을 이기지 못하자 발이 미끄러지며 끌려갔다. 하지만 사슬은 놓치지 않고 허리에 감고 있었다.

알렌의 모습을 본 트롤이 이것 봐라 하는 식으로 있는 힘껏 다시 차올렸다. 이번에도 알렌이 힘을 견디지 못하고 끌려갔다. 하지만 조금 전보다 끌려간 거리가 상당히 짧았다.

팡!

트롤이 한순간의 틈도 없이 연속으로 차올렸다. 알렌이 트롤의 움직임에 맞춰 마나를 이용하며 왼발을 들어 올렸다가 강하게 바닥을 밟았다.

진각이었다.

쾅!

트롤과 일렌의 힘이 격돌하자 사슬이 끊어질 듯 출렁였다.

일렌의 발이 땅속에 박혀 들어갔다.

트롤이 한 번에 짜낸 힘을 진각을 밟음으로써 상쇄시킨 것이다. 요령을 터득하자 그다음은 식은 죽 먹기였다.

일렌이 천천히 진각을 밟으며 뒤로 이동하자 트롤이 그 힘을 감당하지 못하고 끌려왔다.

트롤의 왼발이 직각으로 들어 올려져 한쪽 발로 중심을 잡아야 할 처지였다.

"알렌, 거기서 멈춰라!"

베너였다.

"네?"

"지금이 나머지 발에 족쇄를 채울 수 있는 절호의 기회다."

고개를 돌린 알렌의 눈에 피엘의 도움으로 손에 천을 감고 있는 베너의 모습이 보였다. 피엘의 상의가 찢어져 있었다.

아무것도 못하고 구경만 하던 피엘이 그 순간에 자신이 할 수 있는 것을 발견하고 발 빠르게 움직인 것이다.

베너보다 먼저 응급처치를 한 마이크가 족쇄를 가지고 트롤에게로 다가갔다.

"이번엔 걸려랏!"

마이크가 두 번 만에 트롤의 발에 족쇄를 채웠다.

"좋았어! 아저씨, 빨리요."

"알았어."

베너와 마이크가 다시 한 번 사슬을 잡아당겼다. 일전에는 실패했지만 이번만은 어떻게든 성공해야 했다.

"으랏차차!"

트롤의 마지막 발이 허공으로 뽑아 올려졌다. 성공이었다.

두 발이 허공으로 올려지자 목에 걸려 있던 족쇄가 트롤의 기도를 막기 시작했다.

"알렌, 자네가 여기로 오게."

트롤이 숨이 막혀 오는지 엄청나게 몸부림을 쳤다. 베너와 마이크는 그걸 견뎌 내기에도 벅찼다. 하지만 몸부림은 몸부림일 뿐이다. 일전과 같은 괴력을 발휘할 수는 없었다.

알렌이 베너의 말에 빠르게 그들에게 달려가서는 사슬을 넘겨받았다. 두 개의 사슬을 전부 지니게 된 것이다.

알렌에게 사슬을 넘긴 베너가 특수 제작된 족쇄를 들어 올렸다. 족쇄와 족쇄 사이가 십 센티미터도 안 되는 작은 것이었지만, 오우거용으로 만들어진 것으로 미스릴로 제작되어졌다.

"다리 사이가 너무 벌어져 족쇄를 채울 수가 없다."

"네."

알렌의 손이 엇갈리면서 사슬을 교차시켰다. 벌어졌던 다리가 서서히 줄어들었다. 하지만 트롤의 몸부림이 심해서였을까, 아니면 교차된 사슬의 반발력에 의해서였을까, 트롤이 공중에서 반 바퀴 돌아 버리자 다시 다리가 벌어졌다.

"킥"

심각한 상황인데, 생각지도 못하게 트롤의 몸이 한 바퀴 도는 모습을 보고는 본인들도 모르게 웃음이 나왔다.

"이 방법은 안 되겠네, 알렌. 다른 방법은 없는가."

"잠시만요. 생각 좀 해 봐야겠어요."

"시간이 없네, 트롤이 목 졸려 죽어 버리겠어."

알렌이 잠시 무언가를 생각하더니 베너에게 말했다.

"아저씨, 옆으로 물러나세요."

알렌의 말에 베너가 곧바로 트롤로부터 일정 거리 밖으로 물러났다. 알렌은 베너가 멀어지는 것을 보고는 팽팽하게 당겼던 사슬을 풀었다.

허공에 매달렸던 트롤이 발이 땅에 닿자 목에 걸린 족쇄를 손으로 잡고 버티며 참았던 숨을 터트렸다. 그 모습을 바라본 알렌이 풀어 뒀던 사슬을 강하게 잡아당긴 후 놓았다.

출렁!

막혔던 기도가 열리자 숨 쉬기에 바빴던 트롤은 다리를 잡아당기는 강한 힘에 의해 허공으로 튀어 올랐다. 다리가 머리보다 더 위로 올라갔다.

알렌이 트롤의 몸이 공중으로 튕겨 올라갔다가 내려오는 사이 앞으로 전진해서 다시 한 번 사슬을 강하게 잡아당겼다. 이를 몇 번 반복하자 트롤과의 사이가 상당히 가까워졌다.

트롤과의 거리가 가까워지자 사슬을 모으는 것만으로도 트롤의 발이 한데 모아졌다.

"아저씨, 빨리요."

알렌의 뜻밖의 행동에 잠시 얼이 빠져 있던 베너가 알렌의 말에 정신을 차리고 트롤에게 다가가 족쇄를 채운 후 멀어졌다.

"좋았어!"

일련의 행동을 지켜보던 마이크가 옆에 있는 피엘의 머리를 흐트러뜨리며 좋아했다.

양다리를 봉쇄당한 트롤이 조금이라도 편히 숨 쉬기 위해 나무에 매달려 버둥거리고 있었다.

"손만 하면 끝이네."

"아직 다 끝난 것이 아니야. 마지막까지 긴장을 놓으면 안 되네."

마이크의 말에 베너가 일행을 바라보며 단단히 주의를 주었다. 뭐든지 방심이 화를 부르는 법이다. 일행의 연장자로서 베너는 그 역할을 톡톡히 해 주고 있었다.

"이제 어떻게 할 생각인가? 팔은 다리와 달라서 멀리서 족쇄를 던지는 방법으로는 성공하기 힘들 걸세."

"저도 그렇게 생각해요. 아저씨랑 마이크 형이 사슬을 조금만 잡아당겨 주세요.

"어떻게 하려고 그러는가?"

"의외로 쉽게 해결할 수도 있을 거 같아요."

"알았네. 내 자네의 말을 따르지."

베너와 마이크가 사슬을 잡아당기자 중심을 잡고 있던 트롤이 넘어지며 나무에 매달리게 되었다.

사슬을 잡아당기면 당길수록 목을 파고드는 족쇄에 숨 쉬기가 불편해지자 족쇄를 양손으로 잡고 기도가 막히지 않게 할 수밖에 없었다.

알렌이 노린 것이 이 점이었다.

트롤의 두 손을 쉽게 봉쇄할 수 있는 방법이 있었다. 알렌은 트롤에게로 다가가 순식간에 왼손에 족쇄를 채우고는 잡아당겼다.

"괴물이네요."

"그렇군."

알렌이 재빨리 트롤의 한쪽 팔에 족쇄를 채우더니 반대편 손목마저 힘으로 잡아당기는 모습에 마이크가 내린 결론이었다. 그리고 그에 동조하는 베너였다.

눈앞에서 트롤을 힘으로 굴복시키는 장면을 보게 될 줄은 꿈에도 몰랐다. 아직도 낑낑거리며 힘을 쓰고 있지만 조금씩 트롤의 손이 뒤로 꺾이고 있었다.

찰칵!

끝내 알렌의 힘을 당하지 못한 트롤의 양손이 족쇄에 봉쇄되었다.

"아저씨, 빨리 풀어야겠어요. 잘못하다가 트롤 숨 막혀 죽어요."

"킥킥!"

마이크의 장난스런 말에 피엘이 웃음으로 답했다. 아닌 게 아니라 양팔과 양다리 모두를 봉쇄당한 트롤이 나무에 매달려 껵껵거리고 있었다.

나무 위에 올라간 베너가 나무줄기에 메어진 사슬을 늦게 풀기라도 하면 인간에 의해 최초로 목 졸려 죽는 트롤이 탄생할지도 몰랐다.

풀썩.

베너가 사슬을 풀어내자 트롤이 바닥으로 넘어졌다. 그제야 숨이 트인 트롤이 거칠게 숨을 몰아쉬었다.

등에 박혀 있던 쿼렐은 베너가 제거한 뒤였다. 상처 부위에 기포가 발생하며 빠른 속도로 아물기 시작했다. 역시나 트롤의 재생 능력은 대단했다.

마지막 일은 어렵지 않았다. 수레에서 철창을 내린 후 트롤을 집어넣기만 하면 되는 것이다.

철창문을 열어 두고 사슬을 반대쪽 철창 밖으로 빼내고 잡아당기자 트롤의 신체의 반 이상이 들어갔으며 목에 걸려 있는 사슬을 잡아당기자 트롤의 몸이 접히며 철창 안으로 들어갔다.

오우거는 잡지 못했지만 그에 준하는 트롤을 잡았다.

레츠에게 당당하게 시간이 부족했다는 변명을 할 수 있게 되었다. 트롤을 이리 쉽게 잡았으니 오우거도 별로 힘들이지 않고 잡을 수 있을 것 같았다.

트롤의 목에 족쇄를 채우는 건 고양이의 목에 방울 달기였는데, 알렌이 너무도 손쉽게 큰일을 해 주었다.

오우거는 이번처럼 단번에 족쇄를 채울 수 없을지도 모른다. 하지만 그리 걱정하지는 않았다.

목에 족쇄를 채우기 위한 작전이 여럿 있었으며, 지금은 트롤을 잡은 기쁨을 만끽하고 싶었다. 걱정은 나중에 해도 충분했다.

철창을 수레에 옮겨 놓고 일행은 수레에 기대어 휴식을 취했다. 중간에 알렌이 하급 통신 마법구를 꺼내어 결과를 보고하려고 했다.

현재 그들이 머물고 있는 곳이 인위적으로 만들어 놓은 장소라는 것을 망각한 채 말이다.

피 냄새는 계속 퍼져 나갔으며, 뜻밖의 불청객이 누군가를 자극했다는 사실을 모르고 있었다. 방심이란 것은 언제나 등 뒤를 공격해 온다.

"쿠와와와와!"

일행이 잠시 잊고 있던 숲 속의 폭군이 그 존재를 강력하게 알려 왔다.

햇빛이 너무나 따스하게 내리쬐고 있었다. 몸이 나근해지며 슬슬 잠이 오기 시작했다.

오우거는 한동안 몸의 나른함을 즐기며 잠에 취해 있다가

코끝을 간질이는 피 냄새를 맡았다. 그렇지만 희미하게 느껴지는 것이 별로 동하지는 않았다.

오히려 희미한 냄새로 인해 오우거는 달콤한 상상을 하며 잠에 빠져들 수 있었다.

오우거는 한동안 잠에 빠져 있었다. 햇빛은 여전히 내리쬐고 있었지만 어느덧 많이 약해져 가고 있었다. 잠에서 깨어난 오우거는 배고픔을 느꼈다.

"크르르르."

오우거가 자기 전에 맡았던 피 냄새가 아직도 코끝을 간질이고 있었다. 배고픔에 이끌려 저도 모르게 몸이 움직였다.

오우거가 몸을 움직이자 숲 속에서 부산스러운 움직임이 발생했다. 오우거를 피하기 위한 움직임이었다.

"ㄲㄲㄲ."

오우거의 목울대가 저절로 움직이며 웃음소리를 내뱉었다.

오우거는 이런 부산스러움을 좋아한다.

스스로 강자라고 외치는 행위는 재미가 없었다. 하지만 지금처럼 숲 속에 사는 존재들이 스스로 두려움에 떠는 모습은 그 어떤 것보다 더한 쾌락을 선사했다.

오우거가 한참을 웃으며 주체할 수 없을 정도로 쾌락에 빠져 있는데 피 냄새가 강하게 풍겨 왔다. 숲의 한 축에서 강자 행세를 하는 늑대의 피 냄새였다. 저곳에 가면 늑대를 죽인 강자를 만날 수 있을 것이었다.

늑대를 죽인 놈을 굴복시킬 생각을 하니 사라져 가던 쾌락이 다시 찾아왔다. 피 냄새가 나는 곳으로 빠르게 움직였다.

"쿠와왕!!"

그때 트롤의 울음소리가 울려 퍼졌다.

오우거의 몸을 감싸고 있던 쾌감이 빠르게 사라졌다. 그 자리를 광폭함이 채워지기 시작했다.

오우거는 제왕이다.

그 누구도 오우거의 앞을 막을 수 없었으며, 오우거의 뜻에 반하는 행동 또한 할 수 없었다.

오우거는 태어난 순간부터 제왕이었으며, 제왕으로 살아왔다. 숲 속의 모든 존재들이 떠받들어 모시는 제왕이 바로 오우거였다. 그런 오우거의 자존심을 뭉개는 녀석이 나타났다.

오우거가 지배하는 숲에서 스스로 강자라고 외치는 울음소리가 두 번 연속 울려 퍼진 것이다. 있을 수 없는 일이 일어나고 있었다.

하늘의 제왕이라며 거들먹거리던 와이번의 아가리를 찢어 버린 이후 그 누구도 오우거 앞에서 고개를 들지 못했다.

오우거는 적의 몸을 갈기갈기 찢어 버리지 않고는 이 울분을 풀어 버릴 길이 없을 것 같았다. 조금 빠르게 걷던 속도가 이내 한 번의 걸음걸이로 십여 미터를 이동하기 시작했다.

늑대의 피 냄새 사이로 적의 냄새를 맡을 수 있었다. 오우거는 그 냄새의 주인공이 누구인지 알고 있었다. 이틀 전에 숲 속에 나타난 트롤이었다.

어깨에 힘깨나 들어가 거들먹거렸지만 작고 통통한 것이 귀여워 모른 척해 줬다. 그런데 이제는 똥인지 된장인지 구분도 못하고 날뛰고 있었다.

오우거는 괜히 자신의 영역을 넓힌답시고 이곳으로 왔다가 마실 물이 없어 고생하고 있는 처지가 한심해졌다. 이젠 개나 소나 자신을 업신여김에 짜증이 났다.

"쿠와와와와!"

제왕의 분노였으며 광폭함이었다.

쿵! 쿵! 쿵!

단 세 번의 땅울림이 일더니 거대한 나무를 짓이기며 어마어마한 존재감을 드러내며 오우거가 나타났다. 알렌 일행이 오매불망 기다리던 바로 그 오우거였다.

일반 오우거보다 어깨 하나는, 아니 두 개는 더 커 보이는 몸매에 터질 듯 꿈틀거리는 근육. 몸 길이의 삼분의 이에 달하는 팔다리와 몸 구석구석 자리한 흉터가 압권이었다.

"빨리 나무 위로 올라가세요."

알렌이 오우거의 등장에 패닉상태에 빠져 있는 일행을 재빨리 추슬러 나무 위로 몸을 피하게 했다. 피엘이 제일 먼저 올라갔으며 마이크와 베너가 그 뒤를 이었다.

가만히 서 있던 오우거가 고개를 움직이며 알렌 일행의 움직임을 살피더니 이내 몸을 들썩일 정도로 웃음을 터트렸다.

"ㄲㄲㄲㄲ."

오우거는 자신을 피해 움직이는 부산스러움이 좋았던 것이다.

베너가 나무 위로 몸을 숨기자 알렌이 처음으로 검을 꺼내들며 일행에게 향해 있는 오우거의 시선을 막아섰다.

알렌은 무언가 잘못됐다고 여겼다. 잘못돼도 한참은 잘못됐다.

오우거의 키가 무려 사 미터에 이르렀다. 이런 크기를 가진 오우거는 몬스터들의 땅인 몬스터랜드에서도 찾아볼 수 없을 것이다. 이런 무지막지한 놈을 잡으러 왔다니 그것도 생포씩이나 하러 말이다.

그 많은 인원을 동원하고도 토벌에 실패했다는 소식을 접했을 때 눈치챘어야 했다.

다리에 깊은 상처를 입었다는 소식과 현상금이 종전에 비해 두 배나 뛰어올랐다는 소문만 떠돌았다. 누군가 중간에서 오우거에 대한 정보를 차단한 것이 분명했다.

후회는 아무리 빨라도 역시나 늦다. 알렌은 몸을 피할 기회를 놓쳤다는 것을 깨달았다. 이제는 어떻게든 돌파구를 마련해야 할 때였다.

생포는 일찌감치 포기했다. 죽느냐 죽이느냐의 싸움이 될 것이다. 혼자서는 어떻게든 살아남을 수 있지만 일행의 안위가 문제였다.

자신뿐 아니라 일행의 목숨을 지켜야 했다. 특히 피엘의 목숨은 무슨 수를 써서든 지켜 내야 했다.

알렌은 오우거와 시선이 마주치자 생전 처음으로 두려움이란 걸 느꼈다. 그리고 자신의 실력에 의문이 생겼다.

일반 오우거를 상대할 수 있는 건 중급 익스퍼트 이상이다. 그런데 눈앞에 있는 오우거는 특제 오우거이다. 상급 익스퍼트라도 떡 주무르듯 할 것 같았다.

알렌의 실력이 마스터급에 올라섰다고 해도 아직 마스터는 아니었다.

특제 오우거의 실력을 가늠할 수가 없었다. 마스터급을 넘어 마스터와도 자웅을 겨룰 듯했다.

오우거가 앞을 막아서는 나무를 발로 차 버렸다.

꽈자작!

거대한 나무가 오우거의 발차기를 견디지 못하고 쓰러졌다. 쓰러진 나무를 밟으며 오우거가 자신의 존재감을 드러냈다.

오우거는 눈앞의 알렌을 무시하고 트롤의 모습을 찾았다. 트롤의 냄새는 나는데 모습이 보이지 않았다. 대신 작고 허약한 인간들의 모습이 보였다. 바로 알렌 일행이었다.

오우거는 알렌 일행을 죽이는 것으로는 한 번 터진 분노가 가라앉지 않을 것이란 것을 잘 알고 있었다.

다시 짜증이 일려 하고 있었다. 거기에 더해 잊고 있었던 기억이 떠올랐다. 삼 일 전인가. 오우거의 앞을 막아서던 일련의 무리들이 생각났다.

작고 볼품없는 인간들이 무리를 이루었다고 없던 힘이 생겨날 리도 없었다. 그런데 오우거는 인간의 공격에 다리에 상처를 입었다.

한 지역을 아우르는 강자도 아닌 인간들에게 입은 상처라 어디 가서 내세우지도 못할 상처였다.

오우거는 머릿속을 가득 채우던 상념을 지우고 천천히 알렌에게 다가갔다. 안 좋은 기억은 애초에 생각 자체를 하지 않는 것이 좋았다. 오우거의 눈에 잔뜩 긴장해 있는 알렌의 모습이 들어왔다.

오우거는 그 모습이 눈에 거슬렸다.

적을 앞에 두고 긴장해서는 평소 실력의 반도 낼 수 없다. 기세를 타지 못할망정 오히려 상대의 기세에 눌려 버리다니 오우거는 알렌을 싸움의 기본도 모르는 애송이로 판단했다.

힘이 강하건 약하건 그건 상관이 없다. 싸움의 기본은 기세였다. 그런데 알렌은 그것을 몰랐다. 오우거의 관심이 알렌에게서 사라졌다.

오우거가 자신에게 도전을 던진 트롤을 찾기 위해 고개를 움직였다. 이 근처에 있는 게 분명한데 눈에 보이지를 않았다.

오우거는 알렌에게 다가가며 이런저런 생각에 빠졌다.

평소의 걸음걸이로 알렌에게 다가가던 오우거가 자연스레 발을 들어 올렸다. 그러고는 있는 힘껏 알렌을 향해 뻗었다.

앞차기였다.

붕!

아무런 힘도 들이지 않은 공격이지만 바람을 가르는 소리가 심상치 않았다.

알렌은 머리로 날아드는 오우거의 발에 깜짝 놀라서는 허리를 뒤로 눕히며 공격을 피해 냈다.

알렌이 공격을 피할 때까지 오우거는 쓸데없는 생각에 잠겨 있었다. 그렇지만 공격이 실패할 거라고는 생각지 않았다.

알렌이 공격을 피하자 오우거의 얼굴이 일그러졌다. 애송이로 판단했던 그가 공격을 피했기 때문이다.

오우거의 공격은 뜻밖이었다.

알렌과 오우거와의 거리가 오 미터 정도 떨어져 있었다. 분명 공격 거리 밖이었다. 그런데 공격이 들어왔다.

오우거의 몸이 늘어났다고 착각할 정도였다. 알렌은 오우거의 공격 범위를 가늠할 수 없었다.

오우거의 공격을 피해 냈다고 생각하는 순간 반대쪽 발이 알렌의 얼굴을 향해 날아왔다.

생각하고 자시고 할 사이가 없었다. 아예 뒤로 몸을 구르며 오우거의 공격을 피해 냈다. 굽혔던 허리를 펴는 사이 날아온 공격이라 아예 몸을 뒤로 굴러 오우거와의 거리를 벌릴 생각이었다.

이번에야말로 오우거의 공격을 벗어났다고 생각했다. 그런데 이것 역시 착각이었다. 처음 공격했던 왼쪽 발이 땅바닥을 긁으며 바닥을 구르고 있는 알렌의 몸을 덮쳐 왔다.

우연이었다. 알렌이 오우거의 공격을 본 것은 말이다.

바닥을 구르는 와중에 얼핏 오우거의 왼발을 볼 수 있었다. 멋도 모르고 당할 뻔했다.

"젠장!"

알렌이 짧게 욕지거리를 내뱉었다.

알렌이 오우거의 왼발을 발견하고는 왼팔을 이용해 물구나무를 서서 곧바로 땅을 짚고 있던 왼팔을 마저 들어 올렸다.

바닥을 구르던 몸이 순식간에 허공으로 뜬 것이다.

간발의 차이로 오우거의 발이 지나갔다. 풍압이 발생하여 알렌의 얼굴을 짓눌렀다. 등을 타고 오르는 오싹함이 느껴졌다.

알렌이 허공에서 한 바퀴 돌면서 오우거와의 거리가 벌어졌다. 오우거의 발이 더 이상 날아오지 않으니 공격 범위 밖이었다.

"꿀꺽."

알렌이 저도 모르게 마른침을 삼켰다.

아무리 생각해도 공격 범위가 너무 차이가 났다. 오우거의 품으로 들어가야 타격을 입힐 수 있는데 쉽지 않은 일이었다.

알렌이 본격적으로 마나를 충분히 활성화시키기 시작했다. 일단 부딪쳐 봐야 기회가 생길 것 같았기 때문이다.

오우거의 무지막지한 힘을 감당할 수 있을지 걱정이 되었다. 그렇다고 힘만 있는 무식한 놈도 아니었다.

알렌의 움직임을 따라붙을 수 있는, 아니 한발 앞선 움직임을 보여 주고 있었다. 힘과 속도 모두를 갖추고 있는 괴물이다.

어떻게 해야 할지 답이 안 나왔다.

붕!

"……!"

늘어났다. 정말로 늘어났다.

왜 처음 오우거가 나타났을 때 알아보지 못한 것일까. 알렌은 그 점을 이해할 수가 없었다.

오우거의 몸집에 압도당해 오른손에 들려 있는 쇠몽둥이를 알아차리지 못했다. 쇠몽둥이가 아니라 이 미터 정도 하는 쇳덩어리였다. 오우거의 공격 범위가 배는 늘어난 것이다.

쾅!

"윽!"

무지막지한 힘이었다.

힘을 감당하지 못하고 몸이 옆으로 밀려나더니 바닥에 처박혔다. 온몸이 한순간에 부서지는 착각에 빠질 정도의 충격이었다.

몸이 본능적으로 반응해 검으로 쇠몽둥이를 방어하지 않았으면 직접적인 타격을 피할 수 없었다. 한순간에 끝날 상황이었다.

알렌이 엄청난 충격에서 헤어 나오지 못하고 비틀거리고 있는데 오우거의 후속 공격이 없었다.

알렌은 다행이라고 여겼다. 몸을 추스를 시간을 번 것이다. 공격이 계속되었다면 방어할 수 없었을 것이다. 그만큼 엄청난 충격이었다.

오우거는 소리가 이상하다고 여겼다.

알렌의 몸이 터져 나가는 소리가 들려야 하는데, 쇠끼리 부딪치는 소리가 들렸다. 오우거는 짜증이 왈칵 치밀어 올랐다.

오우거가 알렌의 숨통을 마저 끊어 놓기 위해 다가가는데 잠시 잊었던 트롤의 모습이 시야에 들어왔다. 몸에 뭔가를 두르고는 이상한 곳에 들어가 있었다.

'ㄱㄱㄱㄱㄱㄱ.'

오우거의 웃음소리가 입 밖으로 나가지는 않았지만 즐거웠다. 상황을 보아하니 눈앞에 있는 알렌을 감당하지 못하고 잡힌 것 같았다.

자신이 강자라고 외치던 녀석이 보잘것없는 인간의 손에 잡히다니 한껏 비웃어 주고 싶었다.

오우거의 눈에 알렌이 비척비척거리며 자리에서 일어나는 모습이 보였다. 어떻게 일어나긴 했지만 대충 봐도 상황은 끝난 것 같았다.

오우거는 그렇게 판단했다.

오우거는 알렌에게서 신경을 끄고 트롤에게 다가가려고 했다. 알렌의 검에서 나오는 은빛을 보지 않았으면 말이다.

색깔은 달랐지만 삼 일 전 끝내 자신의 다리에 상처를 입혔던 인간들의 검에서 풍기던 기운과 같다는 것을 알 수 있었다.

방심을 했건 안 했건 자신의 몸에 상처를 낼 수 있다는 말이었다. 오우거의 신형이 알렌을 향해 돌아섰다.

알렌은 마나를 활성화시켜 놓은 게 많은 도움이 되었다고 여겼다. 몸이 진탕되는 충격에도 내상을 입지는 않았기 때문이다.

물론 왼손은 한동안 사용하지 못하겠지만 말이다. 그것보다 작금의 현실이 마음에 들지 않았다.

오우거의 위용에 몸이 얼어붙은 것은 물론이고, 일행의 안전을 책임지지 못하는 사태까지 발생하도록 방치했다. 만약 오우거가 한 마리가 아닌 두 마리였다고 가정한다면 정말 끔찍한 결말이 도출됐을 것이다.

어설퍼도 이렇게 어설플 수가 없었다. 이러고도 에이미의 안전을 책임지겠다고 말하던 자신의 모습이 부끄러웠다.

소드 마스터만 된다면 에이미를 지킬 수 있다는 자만에 빠져 있었다.

"킥."

알렌은 형편없는 자신의 모습에 웃음만 나왔다.

일행이 있는 상황이다. 눈앞에 있는 오우거를 최대한 빨리 처리해야 한다. 오우거를 상대하는 와중에 다른 존재가 등장할지도 모르는 것이다.

트롤을 잡고 모든 것이 끝났다고 생각했을 때 오우거가 등장했다. 방심은 절대 금물이었다.

마나홀에 있는 마나를 하나도 빠짐없이 전부 활성화시키기 시작했다. 체력적인 안배는 필요 없었다. 우선 눈앞에 있는 적부터 없애고 봐야 했다.

알렌의 검에 은빛을 뿜어내는 오러가 생겨났다. 간간이 유형화되는 것이 최상의 오러였다.

팟!

알렌의 신형이 한순간에 사라졌다.

사라졌다고 느끼는 순간 알렌의 신형은 이미 오우거의 품으로 파고들고 있었다. 눈으로 좇을 수 없는 움직임이었다. 하지만 오우거는 너무도 간단히 알렌의 움직임을 좇았다. 쇠몽둥이가 알렌의 몸을 덮쳤다.

오우거의 품으로 파고들던 알렌이 신형을 멈추고는 날아오는 쇠몽둥이를 향해 검을 휘둘렀다.

깡!

오우거가 휘두른 쇠몽둥이가 소드 오러와 부딪쳤는데 멀쩡했다. 그것도 모자라 알렌은 오우거의 힘에 밀려났다.

알렌의 신형이 여지없이 뒤로 밀려났지만, 다시 오우거의 품으로 파고들었다.

깡!

알렌이 또다시 밀렸다. 힘에서 밀린다. 하지만 지금 당장 어쩔 수 있는 게 아니었다.

정면 대결에서 힘에서 밀리면 많은 부분이 제약받지만 어쩔 수 없었다. 힘이 아닌 다른 방법을 찾아야 했다.

까깡!

세 번째 부딪침에서 미묘하지만 소리가 달라졌다. 소리뿐만 아니라 정면 대결에서 그렇게 밀려나지도 않았다.

네 합.

다섯 합.

서로의 무기가 부딪치는 횟수가 많아질수록 힘에서 밀리던 알렌이 오우거를 압박하기 시작했다.

오우거도 그걸 느끼고 있었다. 힘에서는 밀리는 게 아니다. 다른 뭔가가 있었다. 그 뭔가를 오우거는 금세 알아차릴 수 있었다. 이런 식으로 자신의 힘을 상쇄할 줄은 정말 몰랐다.

오우거보다 알렌이 앞서는 부분은 속도뿐이었다. 그것도 근소하게 앞서고 있었다. 알렌이 이 점을 파고들었다. 어느 순간 알렌의 속도가 배가되었다.

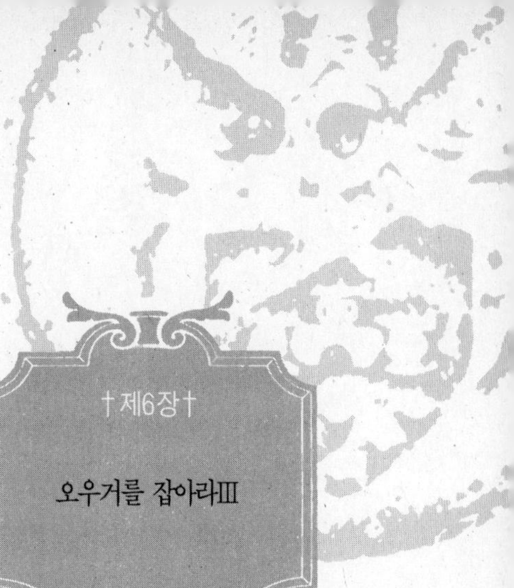

† 제6장 †

오우거를 잡아라III

무호흡이었다.

온몸을 쥐어짜 속도를 배가시켰다. 마나 소모가 엄청났으며 호흡이 끊기니 체력 또한 급격하게 감소했다. 몸에서 굵은 땀이 흐르기 시작했다. 그래도 이 방법이 통했는지 오우거를 몰아붙일 수 있었다.

알렌은 이번 기회를 살려야 한다는 것을 알았다. 자신은 체력 소모가 막심했지만, 오우거는 체력 소모가 거의 없었다. 이 기회에 오우거를 쓰러뜨리지 못하면 자신이 당한다는 사실을 알 수 있었다.

함성이라도 질러 힘을 쥐어짜고 싶은데 그것도 맘대로 할 수 없었다. 어금니를 깨물 수밖에 없었다.

'ㄲㄲㄲㄲ.'

오우거의 목울대가 다시 한 번 울렸다.

알렌과 대결하면 할수록 몸에서 쾌감이 솟구쳤다.

오우거는 몇 년 만인지 기억도 나지 않았지만, 그 옛날 하늘의 제왕이라던 와이번과 싸우던 장면이 자꾸 겹쳐졌다. 알렌과의 싸움이 와이번과의 싸움을 연상하게 만들었다.

하늘을 나는 몬스터라 싸우는 데 상당히 애를 먹었지만 와이번의 강함은 진짜였다.

오우거는 강자인 와이번을 꺾고 오롯이 우뚝 섰을 때 느꼈던 시선들을 잊을 수가 없었다.

숲에 가득했던 존재들의 두려움이 오우거에게로 향했을 때의 느낌, 그 쾌락. 오우거는 다시 한 번 느끼고 싶었다.

알렌의 공격에 밀리고 있다는 사실은 관심 밖이었다.

"ㄲㄲㄲㄲ."

오우거의 목울대가 미치도록 울어 젖혔다. 몸속 깊은 곳에서 잠자던 세포 하나하나가 깨어나며 쾌감이 물밀듯 밀려 들어왔다.

오우거가 웃음을 터뜨리는 잠깐의 사이 알렌의 검이 삼 일 전 입었던 상처 위에 또 다른 상처를 만들어 냈다. 그러나 오우거는 이를 전혀 상관하지 않았다.

"쿠와와와와!"

오우거가 고개를 쳐들고는 기쁨에 찬 고함을 터트렸다. 오우거는 강자와의 싸움이 마냥 즐거웠다.

서걱!

알렌이 이를 놓치지 않고 오우거의 가슴을 검으로 베었다.

"푸핫!"

오우거의 가슴이 갈라지며 엄청난 피가 허공에 뿌려졌다.

오우거는 상처 입은 건 아무것도 아니라는 듯, 한 번 터져 나온 함성은 한동안 끊이지 않았다.

알렌은 그런 오우거의 모습을 보고는 완전히 질려 버렸다. 깊은 상처였다. 생명이 위험할 정도로, 그런데도 아무런 신경도 쓰지 않고 있었다.

알렌이 멈추지 않고 계속 공격했다면 어쩌면 오우거의 숨을 끊어 놓을 수 있었을지도 모른다. 하지만 알렌은 움직이지 않았다. 오우거의 함성이 끝나고도 한참 동안 말이다.

세포 하나하나가 질러 대는 함성이 멈추자 오우거는 가슴에 난 상처를 바라봤다. 제법 상처가 깊었다.

오우거는 스스로를 자책했다. 안 좋은 습관이 나와 버렸다고 말이다. 이 버릇을 고치지 않으면 언젠가는 상대의 손에 죽을지도 모른다는 사실을 알고 있었다. 그런데도 고칠 수가 없었다. 그 순간에 쾌락에 도취되어 함성을 지르지 않고는 배길 수가 없었기 때문이다.

강자와의 싸움. 오우거에게는 그것이 살아 있음을 증명하는 유일한 수단이었다.

오우거의 시선이 알렌에게로 향했다.

"흥!"

코웃음을 친 오우거가 허리를 숙이더니 흙 한 줌을 쥐고는 상처 난 가슴에 쓱싹거리며 문질렀다. 그러자 상처에서 넘쳐 흐르던 피의 양이 줄어들더니 금세 멈추었다.

붕!

오우거가 허공에 쇠몽둥이를 서너 번 휘둘렀다. 그러더니 다시 흙을 쥐고는 반복적으로 상처에 문질렀다.

붕!

또다시 반복되는 행동. 이번에는 만족할 만한 결과를 얻었는지 오우거가 이빨이 보이도록 웃었다. 이제는 크게 움직여도 상처에서 피가 흘러내리지는 않을 것이다.

알렌은 오우거의 행동을 지켜보면서 멈춰 있던 숨을 틔웠다. 중단됐던 산소가 공급되자 온몸이 비명을 질러 댔다.

짧은 시간이었지만 상당한 체력 소모가 있었다. 마나홀에 남아 있는 마나의 양을 확인해 보니 반 정도가 소모되었다.

처음 계획은 마나홀에 있는 마나를 전부 사용할 계획이었다. 그런데 오우거의 뜻밖의 행동에 머뭇거리게 되었다.

"후읍. 후읍. 후읍."

오우거에게서 시선을 떼지 않고 짧게 숨을 끊어서 규칙적으로 쉬기 시작했다. 소모된 체력을 짧은 시간 내에 채우기 위한 호흡이었다.

알렌은 오우거의 행동이 끝날 때까지 체력을 회복하는 기회로 삼았다.

오우거의 가슴에 난 상처에서 피는 멎을지 모르지만 상처는 깊었다. 알렌 자신의 체력 소모보다 오우거가 입은 상처로 인한 피해가 더 클 것이다.

'형님.'

나무 위에서 알렌의 모습을 지켜보고 있던 피엘은 정말 죽고 싶을 정도였다.

책을 통해서 체득한 지혜는 몸으로 직접 체득한 경험에는 미치지 못한다는 걸 뼈저리게 깨닫는 기회였다.

무엇을 하든 변수라는 게 존재했으며 그 변수에 적절히 대처하기 위해서는 책보다는 경험이 필요했다.

머리로 부족한 경험을 메우려면 평소 알고 들었던 지식보다 한두 단계 위에서 준비를 해야 한다는 걸 알았다. 그리고 자신의 안전은 스스로 지켜야 한다는 것도 알았다. 만약 오늘 이곳에서 살아남을 수 있다면 훗날 오늘의 경험이 많은 도움이 될 것이다.

오우거가 알렌을 향해 달려들었다. 알렌도 이에 맞서 오우거를 향해 뛰어들었다.

높은 곳에서 내려다보는 것이라 그럴까 피엘의 눈에 알렌과 오우거의 움직임이 한눈에 들어왔다.

"으차!"

오우거를 잡기 위해 준비해 뒀던 철 그물이 하늘을 수놓았다. 나무에 걸려 제대로 뿌려지지 못했지만 오우거의 몸 위로 떨어졌다.

베너도 이에 지지 않고 족쇄를 던졌다. 마이크는 오우거의 시선을 분산시키기 위해 쿼렐을 연속으로 발사했다.

알렌과 오우거 둘 모두 뜻밖의 침입에 놀랐지만 침착하게 대처해 나갔다.

파바박.

철 그물이 오우거를 덮쳤다. 그러나 오우거의 무지막지한 힘 앞에 여지없이 찢겨져 나갔다.

족쇄가 날아들어 쇠몽둥이를 감쌌지만 베너의 힘으로는 오우거를 감당할 수 없었다.

"아저씨!"

꽈당!

사슬의 끝을 잡고 있던 베너가 힘을 견디지 못하고 땅바닥으로 떨어졌다. 어깨부터 떨어지는 바람에 쇄골과 어깨뼈가 부러졌다.

마이크가 발사한 쿼렐을 오우거는 그냥 몸으로 받아 냈다.

몸을 갑옷처럼 감싼 근육 때문인가? 아니면 질기고도 질긴 피부 때문인지 쿼렐이 몸속으로 박혀 들어가지 않고 튕겨 나갔다.

그들의 행동이 효과를 아예 보지 못한 건 아니었다. 오우거의 움직임을 잠시나마 잡아 둘 수 있었다. 알렌에게 있어 그 정도 시간이면 충분했다.

까까강!

알렌이 휘두른 검이 오우거의 몸을 감싸고 있던 철 그물에 의해 직접적인 타격을 주지 못하고 막혔지만 피가 튀었다.

붕!

뒤늦게 휘둘려진 쇠몽둥이를 알렌이 허리를 숙여 피해 내고는 오우거의 무릎을 향해 발차기를 시도했다.

퍽!

알렌의 앞차기가 오우거의 무릎을 정통으로 가격했다.

뼈에 무리를 줄 정도는 아니었지만 상당한 충격을 줄 수 있었다. 그러나 이에 아랑곳없이 허공을 갈랐던 쇠몽둥이가 다시 알렌에게로 날아왔다. 그렇지만 예전만큼 힘이 실려 있지는 않았다.

알렌이 오우거의 품 안으로 더욱 파고들며 오른쪽 팔꿈치를 들어 올렸다.

퍽!

알렌의 팔꿈치와 오우거의 오른쪽 손등이 부딪쳤다.

일렌의 신형이 허공으로 들썩일 정도의 충격을 입었고, 오우거의 표정 또한 구겨진 것이 부상이 심상치 않은 듯했다. 알렌의 상태가 좋지 않았다. 뼈가 울리는 것이 한동안 오른손은 사용할 수 없을 것 같았다.

알렌의 오른발이 쉬지 않고 오우거의 오른쪽 무릎을 걷어찼다. 두 번째 공격이 오우거의 무릎에 적중했다. 알렌의 신형이 한 바퀴 회전하며 걷어찼던 오른발로 다시 한 번 오우거의 오른쪽 무릎 안쪽을 걷어찼다.

이번 충격에는 오우거도 주춤할 수밖에 없었다. 무릎이 조금 굽혀졌다.

완전히 굽혀진 것은 아니지만 굽혀졌다. 오우거가 지금까지 살아오면서 처음 있는 일이었다. 상대의 공격에 상처를 입었을망정 무릎을 굽혔던 적은 없었다. 오우거는 자존심에 지울 수 없는 상처를 입었다.

오우거의 오른손이 펴지며 알렌의 몸을 위에서 아래로 한 번에 눌러 버리려고 했다.

알렌은 오우거의 무릎에 타격을 주기 위해 너무 가까이 붙어 있었다. 피할 길이 없었다.

퍽!

알렌은 어깨가 통째로 몸에서 떨어져 나가는 충격을 받았다. 오우거의 공격이 주먹이 아니라는 것에 감사해야 할 정도였다.

온몸이 진탕됐으며 피가 목구멍으로 솟아올랐다.

오우거의 타격이 가해진 순간, 알렌의 허리가 급격히 굽어지며 파괴력을 분산시켰다.

알렌의 발이 땅에서 떨어지며 앞으로 한 바퀴 돌았다. 그러고는 공중에서 두 발로 오우거의 옆구리를 가격하고는 그 반발력으로 오우거의 품에서 빠져나왔다.

꽈당!

알렌이 아무리 용을 썼어도 오우거의 공격을 전부 해소하지는 못했다.

중심을 잡지 못한 알렌이 바닥을 나뒹굴었다. 바닥을 나뒹군 것도 잠시 쓰러짐과 거의 동시에 땅을 박차며 일어섰다.

핑핑!

알렌이 오우거에게 밀리자 나무 위에서 오우거를 향해 두 발의 쿼렐이 발사되었다. 두 대의 크로스보우를 들고 있는 피엘이었다.

쿼렐은 오우거의 피부를 뚫지 못하고 튕겨 나갔다. 그 순간 마이크는 바닥에 떨어진 베너를 안고 수레 뒤쪽으로 몸을 숨기고 있었다.

오우거는 너무 화가 났다. 믿을 수 없지만 인간에게 밀리고 있었다.

오른 손등이 인간과의 충돌로 뭔가 잘못된 것 같았다. 조금 전부터 힘이 제대로 들어가지 않았다.

오른쪽 다리 또한 말을 듣지 않고 있었다. 검에 베인 곳은 근육이 잘린 것 같았다. 무릎 또한 상당한 충격을 받은 듯 제대로 굽혀지지가 않았다.

오른손에 들려 있는 쇠몽둥이를 들어 보았다. 알렌의 검과 부딪친 이후 많이 상해 있었다. 몇 번 사용하지도 못하고 잘려 나갈 것 같았다. 더군다나 손등이 다쳐 제대로 사용할 수도 없었다. 쓸모없게 돼 버렸다.

알렌 또한 오른손을 사용할 수 없게 되었다. 오른손을 사용할 수 없게 되면서 가장 강력한 무기인 검을 사용할 수가 없게 됐다. 대체할 무언가를 구해야 한다. 오우거가 들고 있는 쇠몽둥이가 탐이 날 정도였다.

알렌은 목이 바짝 타들어 감을 느꼈다.

체력이 벌써 바닥을 보이고 있었다. 어떻게든 결론을 내야 한다. 그것도 가급적 빠르게 말이다.

검을 대체할 무언가를 생각하는데 트롤이 들고 있던 투핸드 소드가 떠올랐다.

왼손으로 검술을 펼칠 수는 없겠지만, 투핸드 소드를 몽둥이 대용으로 사용하면 썩 괜찮을 것 같았다. 더구나 날이 잔뜩 선 몽둥이라면 두말할 나위가 없었다.

슬쩍슬쩍 투핸드 소드가 있음직한 곳을 둘러봤다. 수레와 조금 떨어진 지점에 있었다. 잘되었다.

마이크가 곁에 있으니 자리를 이탈하지 않고도 무기를 구할 수 있게 됐다.

"마이크 형, 수레 앞에 떨어진 투핸드 소드가 보이지? 그걸 나에게……."

베너를 데리고 수레 뒤쪽에서 몸을 피하고 있던 마이크가 알렌의 말을 듣고 투핸드 소드를 찾았다. 별다른 어려움 없이 바닥을 뒹구는 투핸드 소드를 찾을 수 있었다.

"찾았다. 이거 말하는 거지?"

알렌은 마이크에게 부탁을 하다가 투핸드 소드보다 더 괜찮은 무기를 발견하고는 말끝을 흐렸다.

"형, 투핸드 소드는 됐고, 철창 안에 갇혀 있는 트롤을 밖으로 빼내세요."

"트롤을?"

알렌의 말에 깜짝 놀라는 마이크였다. 지금 와서 트롤을 빼내서 어쩌자는 건지 많이 당황스러웠다.

"철창을 무기 대용으로 사용하려고요."

마이크뿐이 아니었다. 일행 모두의 시선이 철창을 한번 바라본 다음에 알렌을 바라봤다. 이 큰 철창으로 무얼 할 생각이냐고 묻고 있었다.

"설명할 시간이 없어요. 오우거의 움직임이 봉쇄당한 지금밖에 시간이 없어요. 빨리 좀 움직여 주세요."

"어, 어, 알았어."

마이크가 이해할 수 없다는 표정으로 철창문을 열고 트롤을 밖으로 빼내기 시작했다. 혼자 힘으로 감당하기 힘들었는지 운신이 불편한 베너가 합세했다.

철창 안으로 들어갔던 순서와 반대로 트롤의 몸이 철창 밖으로 꺼내졌다. 철창에서 꺼내어진 트롤이 몸부림치다 수레 아래로 떨어졌다.

"이쪽으로 굴리세요."

우당탕탕!

철창이 수레에서 떨어지면서 알렌과의 거리가 가까워졌다. 베너와 마이크가 다시 한 번 철창을 굴리자 오우거의 눈치를 보던 알렌이 몸을 빼내어 철창을 잡았다.

묵직하게 느껴지는 철창의 무게에 알렌의 입가에 미소가 그려졌다.

일렌이 일행에게 몸을 피하라고 말하고는 철창을 집어 들어서는 오우거에게 다가갔다.

한 손으로 들기 버거울 정도로 철창의 무게는 상당했다. 알렌이 처음 생각했던 것처럼 속도가 나지는 않았다.

알렌이 온몸을 비틀며 오우거를 향해 거대한 철창을 휘둘렀다.

깡!

오우거의 쇠몽둥이와 철창이 묵직하게 부딪치며 작은 불꽃이 피어올랐다.

욱신!

오우거의 손등이 짜르르 울리며 힘이 제대로 들어가지 않았다. 아니, 힘 자체를 줄 수가 없었다.

오우거는 이를 상관하지 않았다. 무기를 제대로 사용할 수 없지만 맨손으로 인간을 찢어발기는 것엔 문제가 없었다. 그보다 더 큰 문제는 바로 무릎이었다.

알렌에게 몇 번 걷어차인 무릎이 말을 듣지 않고 있었다. 근육이 베인 것도 문제였다.

알렌의 공격을 피하려고 하니 발이 말을 듣지 않았다. 그래서 어쩔 수 없이 부상당한 손으로 쇠몽둥이를 휘두른 것이다.

무릎을 회복하려면 시간이 필요했다. 하지만 알렌은 오우거에게 회복할 시간을 주지 않았다.

알렌이 몸을 회전하며 철창을 재차 휘두르니 이번에는 제법 속도가 붙었다.

철창의 무게로 인해 역으로 휘두르지 못해 어쩔 수 없이 택한 방법이었는데 괜찮은 결과를 도출해 냈다.

알렌의 공격에 오우거의 인상이 더욱 험악해졌다. 몸을 피해야 하는데 알렌의 공격을 막아설 수밖에 없는 현실이 못마땅한 것이다.

깡!

두 번의 부딪침을 감당하지 못한 오우거의 쇠몽둥이가 허공을 비상하며 숲 속으로 날아갔다.

결국 사단이 벌어졌다.

손등이 부상을 입은 것도 한몫했지만 역시나 문제는 무릎이었다. 하체를 제대로 이용하지 못하니 힘이 제대로 실리지 못한 것이다.

알렌의 공격은 멈춤이 없었다. 재차 공격을 시도했다. 알렌의 오른발이 바닥을 박찼다. 왼발도 시간차를 두고 허공을 가르며 오우거를 향해 날아갔다.

철창을 연속으로 휘두르는 것이 생각보다 몸에 무리가 따랐다. 이를 해소하기 위해 철창의 회전력을 빌어 몸을 띄운 것이다.

오우거는 알렌의 공격을 피하려고 했다. 그런데 머리가 움직이지 말라고 지시를 내렸다. 무릎이 회복할 시간을 달라고 말이다. 결국 머뭇거리던 오우거는 알렌의 공격을 그저 바라만 봤다.

알렌의 오른발이 오우거의 가슴을 스치고 지나갔다. 하지만 얕았다. 알렌이 의식적으로 따라 올라오는 왼발의 발끝을 폈다.

스걱!

검에 당한 상처를 억지로 지혈시켜 놓았는데 알렌의 발끝이 훑고 지나갔다. 상처가 재차 터져 나갔으며 피가 뿜어져 나왔다.

허공을 선회하던 철창이 다시 오우거를 향해 날아갔다. 중심축이었던 발이 공중에 있는 관계로 철창이 궤도를 이탈해 밖으로 빠져나가려고 했지만 알렌은 이를 어떻게든 버텨 냈다.

철창이 오우거를 덮쳤다.

첫 번째 발은 스치듯 지나가고 두 번째 발이 결국 상처를 건드렸다. 상처가 다시 터졌다.

피가 나오는 건 당연지사. 하지만 오우거의 머리가 잘 참았다고 몸을 다독였다.

머리는 잘했다고 다독이고 있지만 오우거의 얼굴은 보기 좋게 일그러져 있었다. 오우거는 무릎이 회복할 시간을 벌었지만 홍이 나지 않았다. 홍이 나지 않으니 짜증이 날 수밖에 없었다.

알렌의 공격은 멈춤이 없었다. 오우거의 머리는 이번에도 버티라고 했다. 이번만 버텨 내면 무릎이 회복하는 시간을 벌 수 있다고 했다. 오른손을 버려 승리를 쟁취하라고 한다.

오우거는 부상당했다고 엄살 부리던 오른발을 들어서는 날아오는 철창을 힘껏 걷어찼다.

쾅!

철창이 튕겨 나갔다. 그러자 알렌 또한 이를 버티지 못하고 튕겨 나가 바닥을 나뒹굴었다.

오우거 또한 철창에 실린 힘을 감당하지 못하고 바닥을 쓸며 나동그라졌다.

"울컥!"

알렌이 또 한 번 몸이 진탕되자 결국 버티지 못하고 피를 토해 냈다. 몸속의 마나가 뒤죽박죽으로 엉켜들었다. 이를 바로잡으려면 상당한 시일이 걸릴 듯했다.

"헉, 헉!"

체력이 바닥났다. 몸이 나른해지며 무저갱으로 빠져드는 기분이었다.

"젠장!"

바닥난 체력에 골골거리고 있는데 문득 이런 생각이 떠올랐다.

'내가 몇 번이나 공격을 허용했더라?'

아무리 생각해 봐도 정타를 허용한 것은 단 한 번밖에 없는 거 같았다. 믿을 수 없었다. 단 한 번의 공격에 이리 망가졌다니 믿기지 않았다.

알렌의 눈에 오우거가 비틀거리며 일어나는 모습이 보였다.

괴물이다. 살아생전 두 번은 마주치기 싫은 괴물. 그런 괴물의 괴력을 감당하지 못하고 지금 이 꼴이었다.

오우거의 상태도 말이 아니었다. 머리에서 판단한 결정을 본능이 거부했다. 그 결과가 참혹했다.

오른쪽 무릎이 나가 버렸다. 다시 회복할 수 있을 거라고 장담하지 못할 정도였다.

한쪽 발이 움직이지 못하니 운신에 문제가 많았다. 넘어진 몸을 일으키는 데도 상당한 노력과 시간이 필요했다.

비틀거리며 일어선 오우거의 눈에 피를 토해 내는 알렌의 모습이 보였다. 알렌 또한 갈 때까지 간 것이 분명했다.

다음 결착이 마지막이었다.

오우거는 제왕이다. 그 누가 뭐라고 해도 오우거는 제왕이다. 과거에도 그랬으며 앞으로도 그럴 것이다.

오우거는 알렌에게 똑똑히 보여 줄 생각이었다. 자신이 왜 제왕인지를 말이다.

오우거의 눈에 알렌이 비틀거리며 철창을 질질 끌고 오는 모습이 보였다. 오우거가 온몸의 근육을 쥐어짜기 시작했다. 무릎에서 뼈가 어긋나는 소리가 들렸지만 이를 무시했다.

알렌이 조금 더 다가오길 기다렸다.

본능이 충동질했지만, 묵묵히 견뎌 냈다. 본능의 한계점에 도달해 몸속 저 깊은 곳에서 울분이 토해졌을 때 알렌이 공격 범위 안으로 들어왔다.

"쿠와와와와!"

오우거가 몸속 깊이 쌓아 둔 울분을 토해 내며 알렌을 향해 뛰어올랐다.

단 한 번의 도약으로 십여 미터를 날아올랐다. 한 발로 어떻게 저런 움직임을 보여 줄 수 있는지 믿을 수가 없었다.

이들의 싸움을 숨죽이며 지켜보고 있던 일행이 경악을 토해 냈다. 지금 와서 어떻게 저런 움직임을 보여 줄 수 있는지 믿겨지지 않는 것이다. 왜 처음부터 저런 움직임을 보이지 않았는지 의아할 정도였다.

알렌 또한 만만치 않은 움직임을 보여 줬다.

십여 미터를 도약하는 오우거를 향해 철창을 던져 버린 것이다. 지금까지 들고 휘두르는 것도 벅차하던 모습은 찾아볼 수가 없었다.

쾅!

허공에서 오우거와 철창이 부딪쳤다.

오우거가 도약력을 잃고 떨어졌으며 철창 또한 마찬가지였다. 철창이 바닥으로 떨어지자 알렌이 앞으로 달려가며 나뒹구는 철창을 오우거를 향해 다시 한 번 집어 던졌다.

휘잉!

바람을 가르며 날아간 철창이 오우거의 배에 박혀 들었다. 그것도 모서리로 말이다.

"켁!"

오우거의 입에서 비명이 터져 나왔다.

아파도 너무 아팠다. 불의의 일격에 위장이 뒤틀렸는지 뭔가가 계속 올라왔다. 정신을 차릴 수 없었다.

"울컥!"

오우거가 끝내는 견디지 못하고 목구멍으로 솟구쳐 오르는 뭔가를 밖으로 뱉어 냈다. 위장 안에 있던 소화되다 만 음식물을 뱉어 낸 것이다.

배에 가해진 충격도 다 가시기 전에 바닥에 떨어져 있던 철창이 공중으로 떠올랐다가 떨어졌다.

콰콰쾅!

오우거는 구르고 또 굴렀다.

무지막지하게 하늘에서 떨어지는 철창을 피하는 길은 오로지 옆으로 구르는 방법뿐이었다. 어떻게 된 것인지 알렌은 시간이 가면 갈수록 기운이 더 세졌다. 아예 접근조차 못할 정도로 말이다.

오우거가 바닥을 굴러 알렌의 공격을 전부 피해 냈다고 생각한 순간 철창이 바닥에 묵직한 자국을 남기며 빠른 속도로 굴러 왔다.

쾅!

오우거의 왼쪽 어깨를 철창 모서리가 강타하고 지나갔다. 오우거와 철창이 한데 어울려져 바닥을 굴렀다.

무턱대고 철창을 휘둘러서 그런지 철창 입구가 덜컹거리며 열렸고, 그 단단하다는 미스릴을 섞어 만든 것인데도 휘어져 있었다.

알렌이 다가와 철창을 들어 올리자 철창문이 삐걱거리며 덜렁거렸다. 비틀거리며 자리에서 일어나려고 애쓰는 오우거의 머리 위로 철창이 떨어졌다.

"쿠와와와와!"

오우거의 피맺힌 절규가 터져 나왔다.

있을 수 없는 일이다. 인간은 치사하게 멀찍이 떨어져서 원거리 공격만 해 댔다. 그것도 아무 무기도 없는 자신에게 말이다.

무기를 사용하는 자를 어떻게 맨손으로 이길 수 있단 말인가. 아예 접근조차 못했다.

알렌에게 접근하려면 먼저 철창과 온몸으로 대화해야 했다.

그건 아무리 오우거라고 해도 견딜 수 있는 수준이 아니었다.

오우거는 맨손으로 인간과 붙는다면 절대 패하지 않을 자신이 있었다. 아니, 인간을 떡 주무르듯 가지고 놀았을 것이다. 한데 알렌이 치사하게 맨손으로 버티는 자신에게 무기를 들고 공격했다.

이건 반칙이다. 있을 수 없는 일이다. 그리고 어떻게 무기가 감옥으로 바뀔 수 있느냔 말이다.

난 제왕이다. 제왕의 이름을 걸고 말한다. 이건 무효다. 무효.

"야야야! 시끄러워! 이놈은 한시도 조용히 있질 못하네."

마이크가 수레 위에 있는 철창을 보고 말했다. 그 안에는 오우거가 갇혀 있었다.

알렌 일행이 끌고 가는 수레의 뒤로 사슬에 연결된 트롤이 땅에 흔적을 남기며 끌려오고 있었으며 트롤 옆에서는 돼지가 나란히 오고 있었다.

†제7장†

츠크릿 영지

크렌스피 영지에 마법 통신부란 곳이 있다.

명색이 마법사들이지만 마탑 소속이 아닌 정보부의 산하 부서로 정보 전달 수단의 하나인 통신마법을 책임지는 총 다섯 명의 인원이 있다.

밀러는 단 하루라도 근무시간이 빨리 끝나길 하늘에 기도했다. 그리고 그날이 오늘이길 원해 왔다.

하늘이 무너져도 일 초가 이 초씩 흐르지 않음을 알고 있으면서도 교대시간이 가까워질수록 시간이 더디게 흘러가는 현실을 한탄했다.

밀러가 벽에 걸려 있는 시계를 바라봤다. 교대까지 한 시간이나 남아 있었다. 오늘은 그 흔한 통신이 한 번도 울리지 않아서 시간이 더 안 가는 것 같았다.

"아, 오늘 시간 정말 안 가네."

슬쩍 다시 벽시계를 바라보니 삼십 초 정도가 흘러 있었다. 괜히 봤다고 자신을 타박했다.

한동안 멍해 있는데 통신구가 푸른빛을 뿜어냈다.

"오, 통신이다!"

밀러가 두 손으로 통신구를 잡고는 마나를 주입했다.

"마법 통신부 소속 밀러입니다."

밀러의 말이 끝나자 통신구에서 음성이 들려왔다.

"크렌스피가 소속 알렌입니다."

'알렌.'

밀러의 손이 빠르게 서류철을 훑어가기 시작했다.

'있다.'

통신구는 상당한 가격을 자랑하는 특수 마법물품이다. 개인이 마음대로 사용할 수 있는 것이 아니다. 영지에서 철저하게 관리하고 있으며, 고급 인력에게만 따로 주어지는 물품이다.

'노예?'

서류철에 알렌의 신분이 노예로 기재되어 있었다.

통신구를 사용하는 노예라니. 그리고 노예가 무슨 일로 통신구를 사용한단 말인가? 호기심이 일었지만 밀러는 밖으로 튀어나오려는 호기심을 꾹꾹 집어넣었다.

알게 되면 도움이 되는 정보가 있지만, 그와 반대로 알게 되면 해가 되는 정보도 있다. 이번 통신은 후자에 속한 경우였다.

"잠시만 기다리십시오."

"……."

"확인 작업 들어가겠습니다. 통신 번호?"

"37번입니다."

"수신자는 누구입니까?"

"위릿 집사님입니다."

서류에 적혀 있는 내용과 일치했다.

"신분 확인을 맞췄습니다. 내용 파악에 들어갑니다. 성공 여부는?"

"성공했습니다."

밀러가 서류철에 성공이라는 글을 적었다.

"장소는?"

"츠크릿 영지입니다."

"부상자는?

"저 포함 두 명입니다."

"상태는?

"중상입니다."

"복구 예정일은?"

"약간의 문제가 발생하여 확답을 드리기 어렵습니다."

'미정이라.'

밀러의 손길이 바빠졌다.

"특이 사항은?"

"목표물에 트롤 추가입니다. 그리고 지금 츠크릿 영지 소속 토벌대와 조우 중입니다. 아무래도 츠크릿 영지로 들어갈 것 같습니다. 이에 따라 적절한 조치를 요구합니다."

"알겠습니다. 더 전할 사항은 없습니까?"

"없습니다."

"알겠습니다. 최소 한 시간 이내에 명령이 하달될 것입니다. 이상."

"네."

통신이 끝나자 밀러가 서류철을 가지고 통신부를 빠져나갔다.

"영주님, 알렌에게서 연락이 왔습니다. 그런데 약간의 문제가 발생한 것 같습니다."

책을 보고 있는 레츠를 위릿이 급하게 찾았다.

"실패했나?"

"아닙니다. 성공했습니다."

실패가 아니고 성공이라는데 뭔 문제냐는 표정으로 레츠가 위릿을 바라봤다.

"오우거를 포함하여 덤으로 트롤까지 생포했다고 합니다."

"트롤?"

"정확한 내용은 모르지만 트롤 또한 생포한 것이 분명해 보입니다."

"문제는?"

"알렌과 신원이 파악되지 않은 한 명이 부상을 당했다고 합니다. 이보다 더 큰 문제는 이동 중 오우거 토벌대와 마주치게 되어 츠크릿 영지에서 발이 묶이게 되었다고 합니다."

"츠크릿 영지라."

"아무래도 자작이 오우거와 트롤의 소유권을 주장할 것 같습니다."

위릿의 말이 끝나자 레츠가 헛웃음을 토해 내더니 표정이 싸늘하게 변했다.

마그넷 자작이 생포된 트롤을 노리고 있었다.

오우거는 생사에 상관없이 영지에 아무런 도움도 되지 않지만, 트롤은 달랐다.

트롤의 피는 치료 포션의 주재료로 포션병을 기준으로 한 병당 10골드를 호가한다. 그런 트롤을 생포한 것이다. 돈에 눈이 멀어 욕심을 부릴 수밖에 것이다.

"란스 자작과 테일 남작을 들라 하라."

레츠가 직접 두 명의 가신과 이십여 명의 블랙윙 기사들을 이끌고 츠크릿 영지로 향했다.

알렌 일행이 오우거를 생포하고 영지로 복귀하는 데 생각지도 못한 문제가 발생했다. 츠크릿 영지에서 보낸 오우거 토벌대와 마주친 것이다.

삼 일 전에 토벌에 실패했는데 이렇게 빨리 이차 토벌대를 투입할 것이라고는 그 누구도 생각 못하고 있었다.

토벌대들도 당황스럽긴 마찬가지였다. 영지에서 난동을 부리는 오우거를 토벌하러 왔는데, 이미 오우거를 토벌하고 복귀하는 이들을 만난 것이다. 그것도 산 채로 잡은 무리였다.

토벌대를 이끌고 있는 테리는 오우거 토벌에 성공한 알렌 일행을 치하하고 영지로 복귀하려고 했었다. 하지만 수레에 묶여서 끌려오는 트롤을 보고는 생각을 달리하게 되었다.

오우거는 아무런 문제도 되지 않는다. 하지만 트롤은 달랐다. 살아 있는 트롤은 그 자체가 돈이었다.

일개 영지 기사가 판단할 문제가 아닌 것이다. 테리는 이번 토벌에 합류한 마법사에게 지시해 마그넷 자작에게 상황을 설명했다.

알렌 또한 그들의 행동이 심상치 않자 영지로 통신을 시도하고는 큰 소리로 상황 보고를 했다. 토벌대에게 지금의 상황을 영지에 보고했으니 죽여서 입막음할 생각은 버리라는 충고였다.

테리는 알렌의 행동을 보고 아차 했다. 마그넷 자작에게 보고하기 전에 통신구를 압수했어야 했다. 그런데 조금이라도 빨리 보고해야 한다는 생각이 앞선 나머지 실수를 저지른 것이다.

마그넷 자작은 테리의 보고에 알렌 일행을 죽여 입막음하려고 했다.

살아 있는 트롤을 가질 수 있다는 생각에 앞뒤 가리지 않고 죽이려 했던 것이다. 그런데 알렌의 발 빠른 행동에 포기해야 했다.

트롤을 몰래 혼자 먹을 수 없다면 소유권을 주장하는 방법이 있었다. 알렌 일행은 츠크릿 영지에 정식으로 몬스터 토벌에 대한 허가를 받지 않고 오우거와 트롤을 사냥했다.

다른 영지에서 무력을 사용하려면 영주의 허가를 필요로 한다. 꼬투리를 잡고 트롤의 소유권을 주장할 수 있었다.

마그넷 자작은 테리에게 일단 알렌 일행을 성으로 데려오라는 명령을 내렸다.

"영지에 확인해 본 바, 타 지역 영지민에게 몬스터 토벌을 허가한 적이 없다고 합니다. 저희와 동행해 주셔야겠습니다."

테리가 몬스터의 소유권을 주장하며 알렌에게 동행을 요청했다.

알렌은 테리의 요청을 따를 수밖에 없었다. 자신과 베너의 몸 상태가 너무도 안 좋은 상황에서 토벌대의 요청을 거절할 수는 없었다.

테리는 무력도 불사할 태도를 취하고 있었다.

알렌 일행은 영주 성으로 들어가면서 정문을 지키는 병사들에게 오우거와 트롤을 포함한 모든 물품을 압수당했다.

마그넷 자작의 안전을 위협할 수 있다는 이유에서였다. 그러곤 곧바로 마그넷 자작에게 불려 갔다.

"누가 대표인가?"

마그넷 자작이 알렌 일행을 보며 말하자 베너가 앞으로 나섰다. 알렌의 신분은 노예이다. 노예는 귀족과 대화할 수 없었다.

"제가 일행의 대표입니다."

"단도직입적으로 말하겠네. 본 영지에서 몬스터 토벌을 하게 해 달라고 허가 신청을 했는가?"

"……아닙니다."

베너의 말에 마그넷 자작이 노골적으로 알렌 일행을 비웃었다.

"그럼 너희들은 불법을 저질렀으니, 몬스터의 소유권은 본 영주에게 있다."

마그넷 자작은 크렌스피 영지에서 손을 쓰기 전에 알렌 일행을 압박해서 트롤에 대한 소유권을 넘겨받으려 했다.

베너가 반박하려 하자 마그넷 자작이 손을 들어 제지했다. 일행 중에 귀족이 없는 관계로 귀족이 대화를 중단한 이상 마그넷 자작에게 말을 붙일 수 있는 이는 없었다.

마그넷 자작에게서 쫓겨난 일행은 테리의 감시하에 영주성의 하인들이 기거하는 방에 감금당했다.

"형님, 몸 상태가 어떻습니까?"

피엘의 걱정스런 말에 알렌이 웃으며 동생의 머리를 쓰다듬었다.

"나는 시간이 지나면 괜찮아질 것이다. 문제는 베너 아저씨다. 뼈가 부러지셔서 큰일이구나."

베너가 알렌의 말에 쓴웃음을 지었다.

나무에서 떨어지며 어깨뼈가 부러졌다. 다쳤을 때 부목을 대고 안정을 취했어야 하는데, 철창을 옮긴다며 무리를 했더니 뼈가 어긋난 것 같았다. 어깨가 퉁퉁 부어 오는 게 시간이 지날수록 고통이 배가되고 있었다.

"나도 시간이 해결해 줄 것이다. 그보다 앞으로가 걱정이구나."

베너의 말에 마이크가 잔뜩 울상을 지으며 말했다.

"영지에서 우리 일에 신경이나 쓸까요?"

"살아 있는 트롤의 가격은 부르는 게 값이라 영지에서도 이번 일에 관심이 많을 거예요."

"하, 사람의 목숨보다 트롤의 몸값이 더 우위에 있다니."

마이크의 한탄이 이어졌다.

"영주님 그들은 크렌스피 영지 소속입니다. 이번 일은 자칫 많은 문제를 야기시킬 수 있습니다."

"그래서 나보고 먼저 머리를 숙이라는 거냐?"

츠크릿 가문의 가신인 로이스 패이백 남작의 말에 마그넷 자작이 불쾌하다는 표정을 감추지 않고 언성을 높였다.

"그런 것이 아니옵니다."

"되었다. 이번 일은 내가 알아서 할 것이니 로이스 남작은 더 이상 이번 일에 대해 왈가왈부하지 마라."

마그넷 자작 또한 이번 상대가 크렌스피 영지란 사실이 조금 찝찝했지만, 트롤의 소유권을 포기할 수는 없었다.

레츠가 아무리 마그넷 자작보다 신분이 높더라도 최소한 츠크릿 영지 내에서 몬스터를 사냥하려면 사전 허락을 받았어야 했다. 그런데 레츠는 그런 조치를 취하지 않았다. 마그넷 자작이 트롤의 소유권을 주장하는 이유였다.

마그넷 자작은 트롤을 치레이 후작에게 선물로 제공할 생각을 가지고 있었다. 지금까지 치레이 후작과 친해지기 위해 많은 노력을 기울여 왔지만 성과를 올리지 못했다. 하지만 트롤이라면 다를 것이다.

치레이 후작은 트롤을 거절하지 못할 것이다. 그렇게 되면 츠크릿 영지는 메이노프 영지를 등에 업고 생활할 수 있을 것이다.

마그넷 자작은 즐거운 상상을 하면서 레츠를 어떻게 설득할 것인지를 고민하기 시작했다.

그 시각 레츠는 영지의 기사들과 츠크릿 영지를 향해 달려오고 있었다.

레츠는 앞을 막아서는 자는 완력으로 밀어붙였다.

생각 같아서는 가차 없이 베어 버리고 싶지만 마음 내키는 대로만 할 수는 없었다. 여기는 크렌스피 영지가 아닌 츠크릿 영지였다.

"영주실이 어디 있느냐?"

레츠가 영주성에 들어서면서 눈앞에 보이는 하인을 잡고 물었다.

"누, 누구십니까?"

레츠는 하인이 자신이 원하는 대답을 하지 않고 되물어 오자 화가 나서는 그를 밀어 버리고 무작정 안으로 들어갔다. 레츠의 뒤를 따라 이십여 명이 넘는 인원이 영주성 안으로 들어섰다.

"마그넷 자작은 어디 있느냐?"

레츠의 목소리가 성안에 쩌렁쩌렁 울려 퍼졌다. 성문 밖에서부터 안하무인처럼 행동하던 레츠였기에 이미 성문을 지키던 병사들로부터 레츠가 도착했다는 사실이 알려졌다.

영주성 안에 있던 귀족들이 레츠의 목소리가 들려오는 곳으로 빠르게 이동했다.

"소인은 츠크릿 영지의 가신 로이스 패이백 남작입니다. 어서 오십시오, 크렌스피 백작님."

로이스 남작이 앞으로 나서며 레츠에게 인사를 올렸다.

'백작이 직접 찾아올 줄이야.'

레츠가 직접, 그것도 채 하루도 안 되는 시간 안에 영지에 당도할 줄은 몰랐던 탓인지 로이스 남작이 표정 관리를 못하고 당황하는 모습이 겉으로 드러났다.

로이스 남작은 당황스러웠다. 세간에 들리던 소문과 지금 눈앞에 있는 레츠는 전혀 다른 사람 같았다. 어떻게 대처해야 할지 갈피를 잡지 못했다.

레츠는 자신의 앞에서 표정 관리도 못하고 속마음을 내보이는 로이스 남작을 보며 코웃음 쳤다. 자신과 대화를 주고받을 수 있는 위치가 아니었다. 레츠의 뜻을 알았는지 란스 자작이 앞으로 나섰다.

"영주님이 이곳을 찾으신 이유는 알고 있겠지? 더 말하지 않겠다. 마그넷 자작을 불러와라."

란스 자작의 말이 끝나자 레츠 일행을 마중 나온 이들의 웅성거림이 커졌다.

주인 된 입장에서 로이스 남작이 레츠를 맞았는데 레츠가 아닌, 자신의 신분도 밝히지 않은 이가 로이스 남작의 말을 받았기 때문이다. 그것도 아랫사람 대하듯이 말이다.

츠크릿 영지의 귀족들은 레츠의 권세를 등에 업은 일개 기사가 로이스 남작을 모욕하는 것으로 받아들인 것이다. 그렇지만 로이스 남작은 앞으로 나와 도발을 하는 란스 자작을 알아봤다.

레츠 앞에서는 표정 관리도 못하는 애송이였지만 지금은 달랐다. 레츠가 직접 찾아온 것이다. 그렇다면 당연히 크렌스피 백작 가문의 가신이 동행했음이 당연했다.

로이스 남작은 란스 자작을 본 순간 바로 알아볼 수 있었다. 이웃 영지의 귀족 얼굴을 모를 수 없었다.

"란스 베이츠 자작님이시군요. 아무리 자작님이 저희 영주님과 신분이 같다 하나, 영지를 다스리는 귀족과 일개 가문의 수장인 귀족은 그 무게부터가 다르옵니다. 예의를 지켜 주시옵소서."

로이스 남작의 말에 레츠와 란스 자작의 눈빛이 반짝거리다 사라졌다. 로이스 남작에 대한 평가를 다시 하게 만들었기 때문이다.

레츠 일행이 로이스 남작을 재평가하고 있을 때 급한 성질을 참아내지 못한 이가 있었다.

"네까짓 놈이 뭐라고 형님에게 이래라저래라 하느냐! 냉큼 네놈의 영주……님을 불러오너라!"

테일 남작이었다.

자기 성질을 참지 못하고 앞으로 튀어나온 것이다. 아무리 성정이 급한 테일 남작이라도 한 영지의 영주를 막 불러 댈 수는 없었는지 끝에 존칭을 붙였다.

"테일 남작, 지금 놈이라고 하셨소?"

테일 남작 또한 한눈에 알아본 로이스 남작의 목소리가 커졌다.

"그랬다. 그래서 어쩌겠다고? 나와 한판 붙어 보자는 것이냐?"

귀족들 사회에서는 문제가 발생하면 결투로 해결을 보았다. 아무리 모욕을 받았다고 좋알거려 봐야 힘이 없으면 아무도 귀 기울여 주지 않았다.

지금도 테일 남작이 로이스 남작을 도발하며 결투를 신청하게 만들고 있었다. 도발하는 정도가 심해서 레츠가 제지할 만도 했지만 모른 척하고 있었다.

처음부터 작정하고 영주성에 들어왔기 때문이다. 로이스 남작 또한 이를 파악하고 있었다.

"끙."

앓는 소리를 내며 로이스 남작이 이도 저도 못하고 있었다.

"싸울 용기도 없는 겁쟁이인가?"

"……."

"킥! 네놈은 배알도 없구나."

테일 남작의 도발 수위가 점점 높아지자 로이스 남작 뒤에서 상황을 지켜보고 있던 귀족들 사이에서 더는 로이스 남작을 모욕하지 말라는 소리가 터져 나왔지만 테일 남작이 훑어보자 전부 꿀 먹은 벙어리 신세가 되었다.

한동안 테일 남작의 도발이 계속됐다. 로이스 남작은 이를 침묵으로 일관할 뿐이었다. 그때 그걸 기다렸다는 듯이 란스 자작이 앞으로 나섰다.

"로이스 남작, 언제까지 영주님을 기다리게 만들 작정인가?"

란스 자작의 말에 로이스 남작이 아차 했다.

'이런 실수를 저지르다니.'

레츠가 어떤 의도를 갖고 왔건 영지를 찾아온 손님이다. 그것도 한 영지를 다스리는 백작의 신분이다.

계급이 낮은 마그넷 영주가 레츠를 직접 영접해야 했다. 하지만 너무나 황망하게 들이닥친 레츠였는지라 마그넷 영주를 대신해 남작인 자신이 마중 나올 수밖에 없었다.

로이스 남작이 마중 나온 것은 레츠에게 양해를 구하는 선에서 넘어갈 수 있다. 그런데 다른 일행의 도발에 넘어가 가장 중요한 레츠를 오래 세워 두는 우를 범했다. 레츠가 이를 모욕으로 받아들여도 할 말이 없게 되는 것이다.

로이스 남작은 그때서야 레츠 일행에게 당했다는 것을 알게 되었다.

테일 남작의 도발에 넘어가지만 않으면 된다고 생각했다. 그런데 그것이 함정이었다. 마그넷 자작을 볼 면목이 없었다. 레츠가 이 점을 걸고넘어질 게 분명했다.

돌아가는 상황을 보고 있던 하인 한 명이 뒤로 빠져나가 마그넷 자작에게 이곳 상황을 설명하러 갔다. 레츠는 이를 보고도 모른 척 딴소리를 했다.

"마그넷 자작은 언제 오는 것인가? 나를 이곳에 세워 두는 것을 보니 마그넷 영주가 이곳으로 오는 것 같긴 한데 그래도 너무 늦는 것이 아니냐?"

"……."

로이스 남작의 말문이 막혀 버렸다. 뭐라고 변명이라도 해야 하는데 마땅히 할 말이 없었다.

마그넷 자작은 지금 응접실에서 로이스 남작과 레츠가 오기만을 기다리고 있었다. 이곳에 모습을 보일 리가 없었다.

"내가 모르는 사이에 마그넷 자작에게 좋은 일이 있었나 보군. 이거 축하해 줘야겠는걸. 언제 백작으로 신분 상승을 했는가?"

로이스 남작의 등 뒤로 식은땀이 흘러내렸다. 로이스 남작의 허리가 레츠를 향해 깊숙이 숙여졌다.

"죄송합니다. 백작님을 위한 장소는 따로 마련해 뒀습니다."

"흠. 그럼 내가 지금까지 자네들에게 무시당한 것인가?"

레츠가 로이스 남작을 바라보며 무심하게 말했다. 로이스 남작의 허리가 더욱 아래로 숙여졌다.

"크렌스피 백작님, 죄송합니다."

"죄송합니다."

로이스 남작의 말이 끝나자 그 장소에 있던 츠크릿 영지의 모든 귀족들의 허리가 숙여졌다.

"무시당했군."

귀족들이 어떤 행동을 하건 레츠는 자신이 할 말만 할 뿐이었다. 고저 없는 레츠의 말이 비수가 되어 허리를 숙이고 있는 모든 이의 가슴을 후벼 팠다.

자신들이 스스로 레츠를 무시했다고 시인하는 꼴이 돼 버렸다. 생각지도 못한 방향으로 흐르고 있었다. 그렇지만 바로잡기에는 너무 멀리 와 버린 후였다. 레츠가 관용을 베풀길 바랄 수밖에 없었다.

"그럼 그 잘난 자작을 맞이하러 가 볼까."

레츠가 이동하자 로이스 남작이 앞장섰다. 레츠가 떠나는 그 순간까지도 귀족들의 허리는 펴질 줄 모르고 있었다.

"자네가 그 잘난 이 성의 영주인 마그넷 자작인가?"

"……."

레츠가 마그넷 자작을 보고는 이렇게 물어 왔다.

마그넷 자작은 레츠의 질문에 뭐라고 대답해야 할지 몰랐다. 말문이 막혀 버린 것이다.

"이자도 영주가 아니란 말인가? 로이스 남작, 나에게 얼마만큼의 모욕을 줘야 성이 차겠는가!"

레츠의 시선이 마그넷 자작에게서 로이스 남작에게로 옮겨지더니 짐짓 목소리가 높아지며 역정을 내기 시작했다. 로이스 남작은 레츠의 말에 순간 눈앞이 노래지는 것을 경험했다.

마그넷 자작은 하인이 먼저 찾아와 그간의 사정을 소상히

전달하여 일이 잘못되어 가는 것을 알고 있었다. 당장에 응접실을 박차고 나와 레츠를 맞이하러 달려오다시피 했다. 그런데 레츠의 갑작스런 발언에 잠시 멍해 있는 그 틈을 놓치지 않고 치고 들어온 것이다.

마그넷 자작은 레츠와 일면식이 있었다. 그러했기에 갑작스럽게 벌어지는 상황에 제대로 대처하지 못하고 있는 것이다.

레츠의 목소리가 커지자 레츠를 호위하던 블랙윙 기사들의 표정이 험악해졌다.

"제가 마그넷 츠크릿 자작입니다."

한 성의 영주의 허리가 깊숙이 숙여졌다.

"자네가 영주인 마그넷 자작인가?"

"그렇습니다."

마그넷 자작의 공손한 태도에도 레츠는 불쾌한 표정을 감추지 않았다.

"자작의 위세가 정말 대단하군. 내 황제폐하를 뵙는데도 이리 오래 걸리지는 않았는데, 오늘 황제폐하보다 더한 권세를 지닌 자작을 보니 안계를 넓히는군."

마그넷 자작은 자신이 직접 마중하지 않고 한자리에 오래 세워 뒀다고 레츠가 황제폐하까지 거론할 줄은 몰랐다.

황제폐하까지 거론된 마당에 이제부터는 말 한마디 잘못하면 반역죄로 몰려 목이 잘릴 판이었다. 계급이 깡패라는 진리가 이렇게 가슴에 와 닿을 수가 없었다.

"오해이시옵니다, 백작님."

"오해라고?"

레츠는 자신이 무슨 오해를 했는지 모르겠다는 표정으로 마그넷 자작을 바라봤다.

"저희 영지를 직접 찾아 주신 백작님을 한 치의 소홀함 없이 대접해 드리기 위해 준비를 직접 하다 보니 아랫것들이 실수를 저지른 모양입니다. 제가 대신 백작님에게 다시 한 번 사죄의 말씀을 드립니다."

마그넷 자작의 허리가 다시 숙여져 한동안 펴질 줄을 몰랐다.

허리를 숙인다는 것은 스스로 자신이 밑이라는 사실을 인정하는 것과 다름이 없었다. 그러나 마그넷 자작은 이 정도의 수모는 받아들일 수 있었다.

레츠가 직접적으로 트롤에 대한 소유권을 주장하지 못하고 있었기 때문이다.

레츠가 왜 처음부터 마그넷 자작에게 소유권을 주장하지 않았을까? 그 이유는 바로 소유권을 주장할 마땅한 방법이 없었기 때문이다.

트롤의 소유권을 당당하게 주장할 수 없으니 다른 핑계거리를 만들 수밖에 없었다. 마그넷 자작은 그렇게 판단했다. 한 번의 수모를 감내하고 트롤을 소유할 수 있다면 그보다 좋을 수는 없기 때문이다.

"그럼 내가 오해했다는 것인가?"

허리를 숙였을망정 마그넷 자작의 목소리에는 힘이 실려 있었다.

"백작님이 오해하신 것이 아니라, 제 아랫것들이 실수를 저지른 것이옵니다. 백작님께 제일 먼저 사실을 알려 연회 장소로 모셨어야 했는데, 아랫것이 제 뜻을 모르고 백작님께 누를 끼쳤습니다."

레츠와 마그넷 자작의 이야기를 듣고 있던 로이스 남작은 현재 돌아가는 상황을 파악하고는 레츠를 향해 무릎을 꿇었다.

"백작님, 소신이 영주의 속 깊은 뜻을 모르고 백작님께 씻을 수 없는 무례를 저질렀습니다. 벌을 내려 주시옵소서."

"로이스 남작, 네 죄를 네가 알 것이다. 백작님을 대신해 태형 이십 대의 벌을 내려 네 죄를 물을 것이니, 다시는 백작님에게 무례를 저지르지 말아야 할 것이다."

"신 로이스 패이백 남작이 백작님의 은혜에 감읍할 따름입니다."

"여봐라, 패이백 남작을 끌고 가 형을 시행하라."

"영주님의 명을 받듭니다."

로이스 남작이 스스로 벌을 청하고 마그넷 자작이 벌을 내려 상황을 마무리하는 동안 레츠는 아무런 말도 하지 않았다. 그저 그들의 행동을 말없이 바라만 보고 있었다.

"백작님, 연회 장소로 모시겠습니다."

"그렇게 하세."

레츠의 화가 누그러든 듯하자 마그넷 자작이 한시름 놓았다.

"내가 영지를 나오면서 언뜻 들었는데 이곳에 내 병사들이 있다고?"

뒤에서 말없이 따라오던 레츠가 뜬금없이 마그넷 자작에게 물었지만, 마그넷 자작 또한 레츠가 그 일을 꺼낼 줄 알고 있었다는 듯 얼굴색 하나 바뀌지 않고 똑바로 쳐다보며 말했다.

"그렇습니다. 제 영지에 나타난 오우거를 토벌하는 도중 상처를 입었기에 성으로 데려와 치료를 해 주고 있었습니다."

"허, 그런 일이 있었는가? 난 그런 줄도 모르고 마그넷 영주께서 날 업신여긴다고 혼자 착각하고 있었다니, 마그넷 영주의 얼굴 볼 낯이 없군."

레츠가 마그넷 자작을 부르는 존칭이 어느새 바뀌어 있었다.

"아니옵니다, 백작님."

말이 아 다르고 어 다르다고, 트롤의 소유권을 주장하기 위해 알렌 일행을 강제로 끌고 왔던 일이 어느새 몬스터에게 부상한당 알렌 일행을 치료하기 위해 영주성으로 데리고 온 일로 변해 있었다.

레츠도 굳이 마그넷 자작의 말을 반박하지 않고 그대로 받아들였다. 그리고 레츠는 자신과 마그넷 자작이 이야기를 나누는 사이 하인 한 명이 빠져나간 사실도 말하지 않았다.

하루 동안 자작이 성대하게 베푼 연회를 즐긴 레츠는 넌지시 마그넷 자작에게 말을 꺼냈다.

"마그넷 영주, 아무래도 부상당한 병사들이 걱정되어 연회를 즐길 수가 없네. 내 병사들의 얼굴을 봐야지만 마음이 놓일 듯하네."

"죄송합니다, 백작님. 소신이 백작님의 마음을 헤아리지 못했습니다. 지금 당장 병사들이 있는 곳으로 가시지오. 소신이 앞장서겠습니다."

테리는 알렌 일행을 감시하는 역할을 맡고 있었다. 그런데 하인이 허겁지겁 다가와서 그간의 사정을 알려 왔다.

'큰일이다. 욕심이 화를 불렀구나.'

하인의 말을 들은 테리가 급하게 이것저것 지시를 하더니 영주성에서 귀족들이 기거하는 방으로 알렌 일행을 옮겨 갔다.

"이게 대체 무슨 일인지?"

"저도 뭐가 뭔지 잘 모르겠어요."

일행이 작금의 상황에 당황하고 있을 때 알렌은 다른 이유로 굳은 표정을 감추지 못하고 있었다.

'그건 분명 영주님의 목소리였어.'

성의 제일 후미진 방에 위치해 있던 일행은 레츠의 목소리를 듣지 못했지만 알렌은 분명히 들을 수 있었다. 과연 레츠가 어떤 반응을 보여 줄지 걱정되었다.

부상당한 알렌과 베너는 테리가 건네주는 치유 포션을 마셨다. 부상 정도가 심했던 베너는 치유 포션으로도 운신에 불편함을 느껴 신관의 치유마법까지 받게 되었다.

"왜 우리에게 이런 대접을 하는 것이지?"

마이크가 목욕을 하고 새로운 옷으로 갈아입으며 의문을 드러냈다. 테리에게 물어보았지만 속 시원하게 가르쳐 주지는 않고 마그넷 자작이 은혜를 베푸셨다고만 알려 왔기에 더욱 이해할 수 없었다.

마그넷 자작이 무슨 이유로 그 비싼 치유 포션과 신관을 모셔 와 일행을 치료한단 말인가? 이해할 수 없는 일이었다.

"아무래도 영주님이 오신 것 같습니다."

"뭐! 영주님이라니? 대체 무슨 소리인가?"

알렌이 일행에게 자신의 생각을 말했다.

"처음에 저희들이 지냈던 방에서 영주님의 목소리를 들은 것 같았습니다. 저도 혹시나 했으나 이들의 행동으로 보아 제가 들은 목소리가 영주님이 맞는 것 같습니다."

일행은 알렌의 말에 아무 말도 할 수 없었다. 베너와 마이크는 자신들이 잡은 트롤이 그렇게 값진 것인가 하고 다시 생각하게 됐다.

레츠가 직접 움직일 정도면 대체 트롤의 가격이 얼마나 비싼 건지 답이 나오지 않았다.

알렌과 피엘은 다른 이유로 침묵을 유지하고 있었다. 피엘은 영주가 직접 찾아왔다는 이야기에 알렌이 어떤 해코지나 당하지 않을까 걱정이었으며, 알렌은 알렌대로 레츠의 명령을 완수하지 못했다는 사실이 걱정이었다.

레츠의 시선이 알렌에게서 떠날 줄을 몰랐다.

"……."

"……."

레츠가 아무 말도 하지 않으니 알렌 또한 입을 다물 수밖에 없었다. 주변의 공기가 무거워지자 마그넷 자작을 포함해 아무도 입을 여는 이가 없었다.

쥐 죽은 듯한 분위기는 한동안 계속되었다. 마그넷 자작이 무거운 분위기가 견디기 힘든지 불편함을 드러냈다. 그런 마그넷 자작을 레츠가 바라봤다.

'이크.'

레츠의 시선이 느껴지자 마그넷 자작의 몸이 움츠러들었다.

"병사들의 부상이 심했다고 들었는데, 이리 건강해진 모습을 보게 될 줄은 몰랐소. 내 마그넷 영주의 수고에 감사할 따름이오."

"아닙니다. 어찌 이를 수고라 하십니까? 당치도 않습니다."

"하하하. 그리 생각하니 고맙소. 그리고 이것은 황제폐하께서 직접 작성하신 문서인데 자작이 한번 읽어 보시오."

"……!"

레츠가 왜 황제폐하가 직접 작성하신 문서를 보여 주는지 의아해하던 마그넷 자작은 그 문서에 적힌 내용을 보고는 얼굴이 하얗게 변하며 몸을 가누지 못했다.

크렌스피 가문은 짐의 뜻을 받들어 대륙 전역에 날뛰고 있는 몬스터들을 토벌하는 데 앞장서 주길 바란다.

아스렌 제국 황제.

위 문서는 몬스터랜드를 방어하고 있는 모든 영지에 내려진 것으로, 타 영지에서의 무력 사용을 황제가 허락하는 문서였다.

마그넷 자작은 하늘이 무너지는 것 같았다. 정말 어떻게 할 수 있는 게 없었다. 끝이었다. 이제는 트롤의 소유권을 놓고 다투는 문제는 넘어섰다. 레츠가 관대한 처분을 내리길 바랄 수밖에 없게 되었다.

레츠는 마그넷 자작이 떨리는 손으로 건네주는 문서를 받고는 그곳을 빠져나가 연회 장소로 이동했다.

레츠가 빠져나가자 마그넷 자작이 다 죽은 얼굴을 하고는 그 뒤를 따랐다.

레츠와 마그넷 자작이 그곳을 벗어나자 다른 이들도 줄줄이 빠져나갔다. 전부 다 빠져나갔다고 생각한 순간 일행의 눈에 란스 자작과 위클렌트의 모습이 들어왔다.

위클렌트가 방문을 잠그고 밖으로 나가자, 란스 자작이 레츠를 대신해 베너와 마이크, 그리고 피엘에게까지 일일이 큰일을 해 주었다며 칭찬해 주었다.

"정말 잘해 주었네. 오우거뿐만이 아니라 트롤까지 사로잡다니. 정말 큰일을 해 주었어."

"아닙니다, 란스 자작님. 이 모든 일은 알렌이 있었기에 가능한 일이었습니다."

베너가 알렌을 제외하고 칭찬하자 이를 받아들이기 힘들었는지 알렌의 공을 부각시켰다.

"허허허, 자네 별소릴 다하는군. 어찌 공이 있다고 하는가. 자네가 잘못 알고 있군."

"네?"

베너가 이해할 수 없다는 표정으로 자작을 바라보았다.

"이런 일 하나 깔끔하게 마무리하지 못하고 결국에는 영주님이 뒷수습하게 만든 장본인인데. 자네 농담이 심하구만."

"……."

란스 자작의 치하로 좋아졌던 분위기가 급격하게 내려앉았다.

"네놈으로 인해 영주님이 직접 움직이셨다."

"죄송합니다, 란스 자작님."

"이 일에 대한 책임은 영지로 복귀한 후에 물을 것이다."

"알겠습니다."

란스 자작이 알렌을 한동안 노려보더니 이윽고 밖으로 빠져 나갔다. 그러고는 지나가듯 조용한 목소리로 말을 꺼냈다.

"피엘, 내가 영주님에게 유니를 며느리로 달라고 하였다. 나는 너의 형을 죽이고 싶을 정도로 미워하지만, 너와 네 누나 만큼은 다르다. 내 자식 중에 장가를 가지 않은 놈이 그놈뿐이라 그것이 걱정거리일 수 있으나, 네가 생각하는 것처럼 내 아들은 망나니가 아니다. 또한 내 며늘아기는 불행하지 않을 것이다."

"감사합니다, 자작님."

란스 자작은 피엘에게 말했지만, 대답은 알렌에게서 들려왔다.

피엘은 아무 말도 하지 못하고 그저 알렌을 바라볼 뿐이었다. 베너와 마이크도 이게 대체 무슨 일인지 갈피를 잡지 못하고 있었다.

란스 자작이 나가자 모든 일이 끝난 줄 알았는데, 위클렌트가 방문을 열고 들어왔다.

"그간 강녕하셨습니까?"

"할아버지!"

알렌이 저음의 목소리로 위클렌트에게 인사를 올렸으며, 피엘은 위클렌트에게 뛰어가 안겼다. 위클렌트가 피엘을 안아 들고는 옆에 있는 알렌의 몸 상태를 살폈다.

"상처를 입었다고 들었다."

"아무것도 아닙니다."

"못난 놈!"

위클렌트의 말에 알렌의 허리가 더욱더 깊숙이 숙여졌다.

"죄송합니다."

"네놈이 그리되고 내 마음이 편치가 않았다."

"죄송합니다."

알렌의 목소리가 은은하게 떨려 왔다.

"내가 너를 종자로 받아들인 이유를 알고 있느냐?"

"알고 있습니다."

"너의 신분이 그리되었다고 수련을 게을리하면 네 실력은 퇴보할 것이다. 그렇게 되면 영주님의 명령을 수행하는 도중에 목숨을 잃을 가능성이 높아진다. 나를 스승으로 여긴다면 내 말을 명심해야 할 것이다."

"명심하겠습니다."

"마스터가 되어라. 내 마지막 제자가 나를 넘어서는 모습을 보고 싶구나."

"제가 어찌 스승을 뛰어넘을 수 있겠습니까."

위클렌트에게 안겨서 두 사제 간의 대화를 듣고 있던 피엘이 위클렌트의 귀에 대고 조용히 속삭였다.

"할아버지, 형님이 며칠 전에 깨달음을 얻어 마스터가 멀지 않았대요."

피엘의 말에 위클렌트의 몸이 떨려 왔다.

기쁨을 감추지 못했기 때문이다. 제자의 성장에 기뻐 춤이라도 추고 싶은 심정이었지만, 위클렌트의 입에서는 알렌을 질책하는 말이 나왔다.

“못난 놈. 네가 마스터가 눈앞이라고 수련을 등한시하였구나. 그렇기 때문에 오우거를 상대하면서 부상을 입었어. 너는 마나를 다루는 것에는 천부적인 재능이 있지만, 검을 사용하는 데 있어서는 일반인보다 못하다는 사실을 잊으면 안 되느니라. 요즘 육체적인 발달이 있었다고 네가 훈련을 등한시했구나. 마스터가 되어도 훈련을 멈추지 말아라.”

“죄송합니다, 스승님. 스승님의 가르침을 명심 또 명심하겠습니다.”

알렌의 말에 위클렌트가 고개를 끄덕이고는 그의 품에 안겨 있는 피엘을 바라봤다.

“피엘아, 할애비는 영주님에게 돌아가야겠구나. 나는 영주님 곁을 떠날 수 없지만, 너는 절대 알렌의 곁을 떠나서는 안 된다.”

“네, 할아버지.”

“그래, 그래. 네가 형의 곁에서 힘을 보태 줘야 한단다.”

위클렌트가 피엘을 품에서 내려놓았다. 그러고는 알렌을 한 번 바라보고 밖으로 나왔다. 방 밖에는 란스 자작이 있었다. 위클렌트를 기다려 준 것이다.

레츠 일행은 다음 날 마그넷 자작의 배웅을 뒤로하고 크렌스피 영지로 복귀했다. 영지를 떠날 때는 빈손이었지만 복귀할 때는 많은 것이 함께했다.

오우거와 트롤은 기본이었고, 마그넷 자작이 눈물을 머금고 레츠의 품에 안겨 준 식량과 식수, 그리고 덤으로 금은보화까지 두둑이 챙긴 것이다.

† 제8장 †

토벌대를 꾸리다 I

레츠 일행이 영지로 복귀하고 삼 일이 지나기도 전에 영지 전체가 술렁였다. 몬스터랜드에 토벌대를 보낸다는 소문이 나돌기 시작한 것이다.

토벌대에 대한 소문이 나돈 지 오 일이 지났을 무렵부터는 토벌대 구성원에 대한 소문이 나돌았다. 기사가 몇 명이 차출됐다느니, 병사가 몇 백이 차출됐다느니 하는 소문이었다.

그 후로 열흘이 지나자 좀 더 구체적인 소문이 나돌기 시작했다. 기사가 이십 명에 마법사가 다섯 명, 병사가 사백 명이란 소문이었다. 그런데 이런 소문은 크렌스피 영지 밖으로는 빠져나가지 않았고 영지 안에서만 무성하게 피어올랐다가 소리 소문 없이 사라졌다.

크렌스피 영지는 몬스터랜드를 방어하고 더 나아가 토벌하기 위해 만들어진 영지이다. 그런 만큼 다른 영지보다 몬스터와의 풍부한 전투경험과 노하우가 축적되어 있다. 이런 크렌스피 영지도 단 한 가지 해결하지 못한 것이 있는데 인간이 갖는 몬스터에 대한 막연한 두려움이었다.

아무리 혹독한 훈련을 견뎌 낸 병사라도 처음 몬스터를 대면하면 열에 아홉은 제 실력을 발휘도 하지 못했고 그중 네다섯은 처참하게 죽어 나갔다. 어쩔 수 없이 안고 가야 하는 굴레였다. 그런데 레츠가 이에 제동을 걸고 나왔다.

몬스터의 광포함에 신병들이 패닉에 빠져 아무것도 못하고 죽어 나간다면, 차라리 강제로 몬스터의 광폭함을 경험시켜 주어 두려움을 이겨 내게 하자는 것이었다.

이론적으로는 가장 타당한 방법이었다. 하지만 이 방법으로 풀어 가려고 하자, 어떤 몬스터로 병사들을 교육시킬 것인가 하는 문제에 직면했다.

병사 개인이 혼자 감당할 수 있는 코볼트, 고블린, 오크로 할 것인가? 물론 아무것도 하지 않는 것보다는 도움이 될 것이다. 그리고 오크를 통해 그 효율성이 입증되기도 했다.

문제는 신병은 물론 고참 병사들까지 패닉으로 몰고 가는 몬스터들은 중형 이상의 몬스터들이다.

중급 몬스터를 상대할 수 있는 존재는 중급 익스퍼트 이상의 기사들뿐이다. 중급 익스퍼트 이상의 기사가 움직이면 중급 몬스터라도 아무런 피해 없이 제압은 가능하다. 그런데 비효율적이다.

코볼트, 고블린, 오크 등 소형 몬스터를 활용해 훈련에 들어갔다. 그러나 만족할 만한 성과를 거두지는 못했다. 중급 몬스터들의 손에 병사들이 계속 죽어 나간 것이다.

소형 몬스터를 활용한 훈련은 많은 성과를 거둬들인 것이 사실이지만, 레츠가 원하는 것은 중급 몬스터를 상대할 수 있는 실력이었다. 소형 몬스터를 상대로 훈련해 보았자 중급 몬스터를 잡을 수는 없었다.

레츠의 고민이 깊어질 수밖에 없는 이유였다. 그래서 알렌에게 오우거를 잡아 오라고 지시한 것이다.

소형 몬스터로는 만족할 만한 성과를 거두지 못하니 차라리 위험할지언정 처음부터 병사들의 훈련을 중급 몬스터로 하자는 것이었다.

레츠가 알렌에게 명령을 내렸다. 오우거를 잡아 오라고 말이다.

중형을 넘어 대형 몬스터로 분류되는 오우거를 잡아 오라니, 다른 이들은 무모하다고 했지만 레츠는 지시를 내렸고 알렌은 그 지시에 완벽하게 부응하여 특제 오우거에 덤으로 트롤까지 잡아 왔다.

오우거와 트롤은 영주성 지하로 이동되었으며, 사지가 족쇄로 결박당한 채 병사들의 훈련용으로 이용되었다.

족쇄에 결박당했다고 해도 사슬의 길이가 충분히 길어 움직임에 지장을 줄 정도는 아니었다.

토벌대에 차출당한 병사 사백 명이 레츠의 명으로 영주성 지하로 이동했다. 자신들이 왜 이곳으로 오게 된 줄도 모른 채 지하로 들어서게 되었고, 그들은 그곳에서 강제로 하루 동안 감금당했다. 몬스터와 함께 말이다.

난리도 이런 난리가 없었다.

오우거와 트롤을 피해 몬스터와 조금이라도 더 멀리 떨어지기 위해, 반대편 벽으로 조금이라도 더 가까이 붙기 위해서 몸싸움도 마다하지 않았다.

트롤은 정말 아무것도 아니었다. 병사들은 트롤 앞에서는 오히려 여유로웠다. 사백의 병사를 단번에 두려움에 사로잡히게 만든 존재는 역시나 특제 오우거였다.

촤르르륵!

화가 단단히 난 오우거가 병사들을 향해 달려들었다. 금세 사슬의 길이가 다 되어 달려가던 동작 그대로 멈춰 설 수밖에 없었다.

팡!

사슬이 순간적으로 팽팽해지며 공기를 찢어 갈랐다. 달려들던 돌진력이 강하면 강한 만큼 반발력이 오우거에게 전달되었지만 전혀 개의치 않는 모습이었다.

"쿠와와와!"

오우거는 족쇄가 자신의 움직임을 방해하자 더욱 날뛰며 크게 포효했다. 병사들은 온몸이 짜릿하게 자지러지는 공포를 느꼈다.

어느 정도 시간이 지나자 기이한 현상이 발생했다. 오우거에게서 멀어진 병사들이 도리어 트롤에게 다가간 것이다.

일 미터 앞에 있는 트롤보다는 오 미터, 십 미터 떨어져 있는 오우거가 더 무서웠던 것이다.

중급 몬스터로서 오우거와 함께 인간을 공포에 떨게 해야 하는 트롤조차 옆에 있는 오우거의 기세에 주눅이 들어 기를 펴지 못할 정도였다.

하루 동안 죽음 앞에 무방비로 놓여졌던 병사들에게 광영의 빛이 내려왔다. 하루의 시간이 지나고 문이 열린 것이다.

사백의 인원이 전부 빠져나가는 데 별다른 시간이 걸리지 않았다. 단 일 초라도 이곳에 머물고 싶지 않았던 것이다.

밖으로 뛰쳐나온 병사들이 곧바로 불만을 터트리며 책임자를 비난했으나 그것도 얼마 가지 않아 조용히 사라졌다. 자신들이 나온 지하에 이십여 명의 기사들이 들어가는 걸 눈앞에서 지켜봤기 때문이다.

그곳이 어떻다는 것은 그 자신들이 더 잘 알고 있기에 노골적으로 비난하던 이들이 끝내 기사들에게 동정의 시선을 던질 수밖에 없었다.

기사들이 지하 안으로 들어선 지 두 시간쯤 지났을 즈음에 레츠가 가신들을 이끌고 나타났다. 그러고는 곧바로 병사들을 지나 지하 안으로 들어갔다.

"영주님이다."

"지하로 들어가시나 봐."

"영주님이 거길 왜 들어가?"

두 번 다시는 지하에 들어가지 않겠다고 하늘에 맹세하던 이들이 슬슬 궁금증을 참아 내지 못하고 지하 입구에서 고개를 빼 들고 주억거리기 시작했다.

레츠가 들어갔다. 그 지옥으로 말이다. 그 안에 무엇이 존재하는지는 레츠 또한 알고 있을 것이었다.

레츠가 허락하지 않았다면 그 괴물이 지하에 존재하지도 않았을 것이기 때문이다.

몇 명이 지하 안에 관심을 보이자 다른 병사들이 미쳤다고 손가락질했다. 그곳이 어떤 곳인데 안을 들여다볼 생각을 하는지 미쳐도 단단히 미친 게 분명해 보였다.

본시 인간이란 이상한 존재다.

많은 인간이 모이면 모일수록 특이한 취향을 가진 인간은 늘 존재하기 마련이며 이곳 또한 다르지 않았다.

레츠가 지하 안으로 들어가지 않았다면 절대 관심을 가지지 않았을 것이다. 하지만 레츠의 등장으로 상황이 변했다.

병사들이 갇혀 있을 때는 굳게 닫혀 있던 문이 열려 있었다. 목숨이 위험하더라도 호기심을 못 참는 족속들이 끝내 지하 문을 열고 안을 들여다봤다.

"어! 기사님들이 괴물이랑 싸우려고 하는 것 같은데."

"죽지 못해 안달하는 것도 아니고, 미친 거 아냐."

여기저기서 기사들을 비난하는 목소리가 높아졌다. 아무리 기사라도 그 괴물은 차원을 달리했다.

"어어어. 싸운다, 싸워."

기사들을 비난하던 병사들이 제일 먼저 지하 안으로 달려갔다. 어느 시대건 그곳이 어떤 장소건 싸움 구경은 가장 재미있는 것이다.

"준비되었나?"

"네, 영주님."

레츠의 말에 블랙윙 기사단이 동시에 대답했다.

"그럼 시작하도록."

레츠의 말이 끝나자 한 명의 기사가 방패 하나만 달랑 들고 트롤을 향해 달려들었다. 트롤의 손에는 투핸드 소드가 들려 있었다.

쾅! 쾅!

트롤의 무지막지한 공격에 기사가 견디지 못하고 밀려났다. 단 두 번의 공격이었다.

"다음."

기사들이 차례차례 트롤에게 달려들었다. 기사들은 트롤의 공격을 피하지 않고 방패만으로 방어해 내야 했다.

중급 익스퍼트의 실력에 달하는 기사들이었지만, 그중 몇몇만이 다섯 번의 방어를 성공했다.

트롤을 처음 상대하는 기사들은 단 한 번의 공격도 버티지 못하고 위협을 자초하기도 했다.

"마나를 최대한으로 활성화시켜야 한다. 무턱대고 트롤의 공격을 정면에서 받아 내려고 해서는 안 된다. 중심을 최대한 낮춘 상태로 트롤을 상대해야 하며, 제이, 제삼의 공격을 항시 대비해야 한다."

"네, 알겠습니다."

"다시."

레츠의 명령이 떨어지자 트롤을 처음 상대해 본 기사가 트롤을 향해 빠른 속도로 다가섰다.

트롤은 공격하고 기사는 이를 방어한다. 중급 익스퍼트의 기사는 오우거를 상대할 수 있다고 한다. 오우거보다 한 단계 밑으로 평가받는 트롤이야 요령만 터득하면 기사들이 쉽게 상대할 수 있었다.

방어하는 기사들보다 공격하는 트롤이 체력적으로 한계를 드러냈다.

"좋아. 빠르게 적응하는군. 이번에는 방패만으로 트롤의 중심을 빼앗아 보도록."

기사들은 병사들과는 다르게 트롤을 상대하면서 하루를 보내고 있었다. 밤이 깊어지자 병사들이 하나둘 복귀했다. 기사들의 훈련도 끝이 났다. 기사들은 이제 방패 하나만으로도 트롤을 상대할 수 있었다.

병사들의 두 번째 훈련이 시작되자 기사들이 함께 동참했다.

"야 이 바보새끼들아, 언제까지 두려움에 벌벌 떨기만 할 거냐!"

"정신 차리고 상황을 직시하란 말이다."

"너희들은 토벌대다. 몬스터랜드에 들어간단 말이다. 눈으로 몬스터의 움직임을 읽어라. 오우거와 트롤이 어느 방향으로 움직이는지를 보란 말이다!"

기사들이 아무리 소리를 쳐도 집단 패닉 상태에 빠진 병사들은 여전히 오우거를 피해 트롤과 가까이 지내고 있었다.

"모두 정신을 차리십시오! 그리고 저를 잘 보십시오!"

병사들이 패닉 상태에서 헤어 나오지 못하는 사이 언제 들어왔는지 알렌이 병사들의 이목을 집중시켰다.

"두 눈을 똑바로 뜨고 잘 보십시오! 눈앞에 있는 오우거는 사지가 결박된 상태입니다. 아무리 날뛰어 봤자 사람에게 해코지를 할 수 없단 말입니다!"

병사들 사이를 가르면서 알렌이 흉포하게 날뛰고 있는 오우거에게 다가갔다.

철크렁. 철커렁!

겁도 없이 자신의 앞으로 다가오는 병사들을 같잖게 보고는 오우거가 더 날뛰었다. 그의 몸을 속박하고 있는 족쇄를 단번에 찢어발길 기세로 말이다.

알렌이 오우거의 공격 범위 바로 앞까지 다가섰다. 병사들뿐만 아니라 기사들 또한 긴장한 표정으로 지켜봤다.

오우거의 발길질이 딱 주먹 하나 정도의 거리를 남겨 두고 알렌의 얼굴을 지나갔다. 주먹은 그보다 더 여유롭게 지나갔다. 오우거가 눈앞에서 날뛰고 있지만 알렌은 차분하게 뒤로 돌아서서는 병사들을 바라봤다.

"잘 보십시오. 눈앞에 있는 오우거는 절대 우리를 해치지 못합니다."

병사들이 경외의 시선으로 알렌을 바라보고 있을 때, 오우거는 미치기 일보 직전이었다.

눈앞에서 자신을 무시하는 알렌의 행태가 자존심을 무참히 짓밟았기 때문이다. 잊고 싶었던 기억이 떠올랐다.

"쿠와와와!"

팡! 팡! 팡!

오우거가 미쳐 날뛰기 시작하자, 사슬이 이를 견디지 못하고 비명을 질러 댔다. 지하공동 전체를 무너뜨리겠다는 듯 오우거의 몸부림은 멈추지 않았다.

'이놈, 이놈. 그렇게 자신 있다면 나에게 덤벼라. 왜 거기서 꼼짝도 하지 않는 것이냐.'

오우거가 강한 적의를 불태웠지만 알렌은 오우거의 행동을 무시하고 병사들에게 돌아갈 뿐이었다. 혼자 남게 된 오우거의 신체가 부들부들 떨려 왔다.

알렌의 활약으로 병사들이 오우거가 뿜어 대는 존재감 앞에서도 제정신을 차리기 시작했다. 기사들의 명령이 병사들에게 통하기 시작한 것이다.

레츠의 지시로 병사들이 두 팀으로 나누어져 기사들의 훈련을 지켜보게 되었다. 물론 그리되면서 기사들도 열 명씩 팀을 나눴다.

일주일이 흐르자 기사들은 방패 하나로 트롤의 움직임을 봉쇄하여 반격할 수 있는 틈을 만들어 낼 수 있었다. 병사들은 미욱하게나마 트롤의 행동 패턴을 숙지하게 되었다.

행동 패턴에만 매달려 트롤의 움직임을 예측하는 건 대단히 잘못된 행동이지만, 병사들은 트롤의 움직임에 대해서는 아무것도 몰랐다. 아예 모르는 것보다는 행동 패턴을 조금이라도 알아 두는 게 도움이 됐다.

차곡차곡 레츠의 생각대로 훈련이 행해지는 듯했다. 그런데 오우거가 말썽이었다. 기사들 개개인이 트롤과의 훈련에서 성과를 거두자 훈련 상대를 오우거로 바꾸게 되었다.

눈앞에 있는 오우거가 보통 오우거와는 확연한 차이가 있다는 것은 다들 피부로 느끼고 있었다.

기사들은 조심에 조심을 더할 뿐이었다. 그런데도 문제가 발생했다. 훈련을 시작하자마자 말이다.

한 명의 기사가 전의를 다지며 방패를 앞세우고 오우거를 향해 달려들었다.

쾅!

단 한 방이었다.

오우거가 그동안 쌓였던 불만을 단 한 방에 모두 실어 기사의 방패를 향해 내리찍듯이 주먹을 휘두른 것이다.

"컥!"

기사의 신형과 방패가 처참하게 나뒹굴었으며, 온몸이 진탕되었는지 피를 토해 냈다. 피를 토하는 기사를 본 병사들이 것 보라는 듯 기사의 무모함을 탓했다.

"아무리 기사님이라도 저 괴물에게 방패 하나만 달랑 들고 덤볐으니."

"들이대도 상대를 봐 가면서 들이대야지."

병사들이 피를 토하며 몸을 가누지 못하는 기사를 불쌍하게 쳐다보고 있을 때였다. 누군가의 외침이 터져 나왔다.

"방, 방패가 찢어졌어."

"뭐라고!"

기사와 함께 날아간 방패가 안쪽으로 이십 센티 정도 들어가 있었다. 오우거의 주먹 형상이었다.

오우거의 일격을 받아 내지 못한 방패는 카이트 실드로 기사들이 보편적으로 널리 사용하는 방패다.

널리 통용되는 만큼 흔한 방패였지만 반대로 말하면 일정 수준 이상의 강도를 보여 주기에 그만큼 널리 사용되고 있었다. 그런 방패가 오우거의 일격에 깨진 것이 아니라 찢어진 것이다.

훈련이 당장 중단됐다.

기사들이 현재 사용하고 있는 카이트 실드로는 오우거의 공격을 방어할 수 없기에 더 이상의 훈련은 무의미한 것이다. 이 소식은 곧바로 레츠에게 전해졌으며 이후 블랙윙 기사단이 한자리에 모였다.

“지하에 있는 오우거가 다시없는 위용을 자랑하지만, 그런 오우거의 공격을 단 일 격도 받아 내지 못하는 장비로는 몬스터랜드 토벌은 꿈도 꾸지 말아야 할 것입니다.”

지금까지 수차례 몬스터 토벌이 있어 왔지만 지금 같은 상황은 처음 있는 일이었다. 몬스터의 공격에 장비가 찢어졌다. 오우거 자체가 조금 특별했다고는 하나 방패가 찢어지는 사태는 벌어지지 말았어야 했다.

개개인의 실력이 부족해서 몬스터에게 부상을 입는 것은 어쩔 수 없다고 하지만, 장비가 부실해서 몬스터에게 부상을 입는 일은 절대 일어나서는 안 되는 것이었다.

이전에는 경험하지 못한 일로 인해 회의장 안이 소란스러워졌다. 매번 있어 왔던 몬스터 토벌의 경험은 지금 이 순간에는 무의미할 뿐이었다.

"맞습니다. 최소한 저희가 토벌대에게 해 줄 수 있는 것은 몸을 보호해 줄 수 있는 장비와 하루 세 끼 배불리 먹을 수 있는 식사 정도뿐입니다. 그런데 지금 그중 한 가지에 문제가 발생한 것입니다."

그것을 시작으로 이곳저곳에서 의견들이 쏟아져 나왔다. 하지만 딱히 이것이라고 딱 집어 말할 수 있는 의견은 나오지 않았다. 회의는 길어질 수밖에 없었으며 목소리는 갈수록 높아져만 갔다.

그때였다.

"에이미 크렌스피 영애께서 드십니다."

떠들썩하던 회의장이 순식간에 조용하게 변했다. 생각지도 못한 인물이 등장했기 때문이다.

"여기는 웬일이냐?"

레츠가 회의장 안으로 들어선 에이미를 보며 말했다.

"제가 못 올 곳이라도 왔나요?

에이미의 말에 레츠가 오묘한 표정을 짓고는 한동안 바라봤다. 그러고는 무슨 생각인지 에이미를 저지하지 않았다.

레이진이 없는 지금은 에이미가 영지의 단 하나뿐인 후계자다. 후계자가 후계자에 걸맞는 역할을 하겠다며 나섰는데 그것을 막을 생각은 없었던 것이다.

레츠로부터 무언의 허락이 떨어지자 멈췄던 회의가 다시 시작됐다.

"영주님, 이야기는 들었어요. 토벌대가 사용해야 할 장비가 마땅치 않다고 말이에요."

"그렇게 되었다. 예전에 몬스터랜드를 토벌하던 장비로는 지하에 있는 오우거의 공격을 막을 수 없다."

레츠의 말에 에이미가 회심의 미소를 지었다. 그녀가 원하는 상황이 벌어졌기 때문이다.

"그럴 것이라 생각했어요."

"그게 무슨 말이냐?"

예상을 벗어난 에이미의 말에 레츠가 관심을 나타냈다.

"오우거 생포 작전에 동참했던 이들의 증언을 들었으니까요. 평범한 화살로는 그 피부에 생채기 하나 낼 수가 없었으며, 특수 제작한 철 그물을 종이 찢듯 손쉽게 찢어 버렸다고 했습니다. 그런 오우거인데 일반 장비가 견뎌 내겠습니까?"

"네 말은 그럼 오우거의 공격을 방어할 수 있는 장비를 구할 수 있다는 말이냐?"

카이트 실드보다 강한 강도를 자랑하는 방패는 여럿 있었다. 다만 가뭄을 대비하기 위해 영지에 있는 자금을 전부 사용해 버렸기에 토벌대에 지급할 수 있는 장비가 없다는 것이 문제였다.

"밖에 대기하고 있는 자를 들라 하세요."

에이미가 밖에 있는 누군가를 향해 말하자 문이 열리며 중년의 사내가 화살을 들고 안으로 들어왔다. 영지에서 대장간을 운영하는 대장장이였다.

에이미는 사내가 건네는 화살을 들어 기사들에게 보여 주었다.

"지금 제가 들고 있는 것이 일반적으로 사용되고 있는 화살입니다. 이런 화살로는 지하에 있는 오우거는 물론 하늘의 제왕이라고 불리는 와이번의 비늘 또한 꿰뚫을 수 없죠. 하지만 이것은 와이번의 비늘을 뚫기 위해 특수 제작된 화살입니다. 이것이라면 지하에 있는 오우거의 피부를 꿰뚫을 수 있을 거예요."

에이미가 보여 주는 화살은 일반 화살의 한 배 반 정도 크기의 장전에 화살촉과 화살대까지 철로 만들어진 철전이었다.

"대장장이의 말을 빌리자면 일반적인 카이트 실드는 주조법으로 만들어진 것이라고 해요. 흙이나 석고로 틀을 제작해서 주물을 부어 통짜로 방패를 만들어 내는 방식으로는 강한 공격에 쉽게 깨질 수 있다는 단점이 있다고 하네요. 그러니 오우거의 공격을 견디지 못한 것이죠. 물론 깨지지 않고 찢겨 나간 것은 놀랐지만 말이지요."

에이미가 지금 하는 이야기는 상당한 지식을 요하는 말이었다. 회의장에 있는 몇몇만이 알아들을 수 있는 수준이었다.

"주조법으로 방패를 제작해도 두께를 얇게 만들어 여러 겹

겹치는 방식으로 만들거나, 철을 두드려 만드는 단조법으로 제작한 방패만이 오우거의 공격을 견뎌 낼 수 있을 것이라고 합니다."

"이 말이 사실인가?"

레츠의 물음에 대장장이가 앞으로 나섰다.

"그렇습니다. 일반 방식으로 제작한 것보다 반 배 이상의 강도를 자랑합니다. 다만 그 제작 기간이 길고 방패의 무게가 많이 나간다는 문제가 있습니다."

무게는 상관없었다. 오우거의 공격을 견딜 수만 있으면 된다.

"두 달 안에 제작할 수 있는가?"

"두 달 말입니까? 그 기간 내에는 한 명의 대장장이가 한 개 내지는 많아야 두 개 정도를 제작할 수 있습니다."

"영지 내에 있는 대장장이의 수가 몇이나 되는가?"

"십여 명이 전부이옵니다."

영지 내의 대장장이 수는 이보다 훨씬 많았다. 다만 방패를 전문적으로 제작하는 대장장이의 숫자가 십여 명 정도였다.

"기사들의 장비도 맞추기 힘든 숫자로군. 모든 대장장이가 노력하여 최소 스무 개 이상의 방패를 제작하도록."

레츠가 머릿속으로 이것저것 따져 본 이후에 대장장이를 강렬한 시선으로 바라보며 마지막 말을 이었다.

"알겠습니다, 영주님."

레츠의 위엄에 압도당해 버린 대장장이가 허리를 깊숙이 숙였다.

"토벌대에 들어가는 물품 공급은 전부 제가 맡아 하도록 할게요. 허락하시는 거죠, 영주님?"

레츠의 대답은 들을 필요도 없었다. 에이미가 이곳을 당당하게 찾아올 수 있었던 이유가 이미 토벌대가 일차적으로 사용할 물품 목록을 전부 파악해 둔 이후였기 때문이다.

레츠 또한 에이미가 영지로 복귀한 피엘과 같이 영지의 제반 사정을 파악하고 토벌대에 들어갈 비용을 파악하고 있다는 사실을 위릿을 통해 알고 있었다. 반대할 이유가 없었다.

토벌대가 사용하게 될 장비를 제작하기 위해서 영지 내에 있는 대장장이들이 전부 한곳으로 모여들었다.

에이미의 지휘 아래 우선적으로 방패 제작에 들어갔다. 그리고 몇몇 대장장이에게 철시를 대량 생산하라는 지시를 내렸다.

방패는 기사들이 즐겨 사용하는 카이트 실드를 모델로 만들어졌으며 단조법을 위주로 하며 시간이 촉박해지면 주조법을 사용해 최소 세 겹 이상을 압축해서 만드는 방식을 선택했다.

"영애님, 화살에 들어가는 철의 양이 만만치 않습니다. 토벌대 전원에게 철시를 제공하긴 힘들 것 같습니다."

대장장이의 말에 에이미의 곁에 있던 피엘이 앞으로 나서며 생각해 둔 바를 꺼냈다.

"일반 병사에게까지 철시를 나눠 줄 필요는 없습니다. 십부장 이상의 지휘관에게만 이십에서 삼십 발 정도의 철시를 제공하며 일반 병사들에게는 날이 잘 벼려진 화살을 제공할 것입니다."

피엘의 말에 대장장이가 뭔가를 곰곰이 생각해 보고는 잘못된 점을 지적했다.

"일반 화살은 그렇다고 해도 철시의 무게와 크기로 인해 일반 크로스보우로는 철시를 사용하지 못한다네."

"아저씨 말이 맞아요. 하지만 크로스보우의 장력을 크게 늘릴 것입니다. 활시위를 몬스터의 힘줄로 교체하면 시위 자체의 탄력이 증가하여 관통력이 높아질 것입니다."

"일반적으로 힘줄로 만들어진 시위는 반년이 지나면 다시는 사용하지 못할 정도로 부식되어 버리기에 사용하지 않는다네."

"삼 개월에 한 번씩 토벌대에게 물품을 조달해 줄 것입니다. 그때 부식되어 버린 시위를 교체해 주면 됩니다."

장전을 사용하려면 일반 크로스보우로는 무리였다. 고리쇠 조정과 장력 조정은 필수였다.

탄력이 강한 몬스터의 힘줄을 실처럼 가늘게 가공하여 이를 여러 겹으로 꼬아서 시위를 만들고 고리쇠를 조금 뒤로 옮기면 활대의 탄력을 유지하면서 시위의 탄력까지 이끌어 낼 수 있었다.

힘줄을 가공하기 힘든 게 문제이지 몬스터의 힘줄은 쉽게 구할 수 있었다. 이런 방식으로 만들어진 크로스보우는 일반 화살의 관통력까지 비약적으로 상승시킬 수 있었다. 다만 일반 크로스보우보다 손이 많이 필요하기 때문에 널리 애용되지는 않았다.

기사들이 소지하고 있는 크로스보우를 전부 수거한 후에 고리쇠의 위치를 조정하고 시위를 교체하기 시작했다.

핑!

화살이 표적지를 꿰뚫고 지나갔다. 시위를 힘줄로 바꿔 단 크로스보우의 위력이 현저하게 증가한 것이다.

"예전 크로스보우보다는 무게감이 느껴지지만 그리 큰 문제는 되지 않을 것 같습니다. 다만 장력의 비약적인 상승으로 시위를 메는 것이 힘든 게 단점입니다. 연사율이 급격히 떨어집니다."

새로 만들어진 크로스보우를 사용했던 기사가 문제점을 지적했지만 달리 해법을 제시할 수는 없었다.

기사도 알고 있었다. 지금까지 토벌대에서 몬스터의 힘줄로 시위를 만들지 않는 이유가 여기에 있었다.

연사율이 급격하게 떨어지기 때문이었다. 하지만 지금은 연사율보다는 관통력이 필요한 시점이었다. 지금은 얼마나 많은 화살을 발사할 수 있느냐 하는 것보다는 얼마나 강하고 멀리 발사할 수 있느냐가 중요했다.

†제9장†

토벌대를 꾸리다Ⅱ

쾅! 쾅! 쾅!

오우거의 공격을 방패로 막아서는 이가 있었다. 오우거의 공격을 전부 해소하지 못하고 몸이 들썩였지만 그래도 오우거의 연속된 공격을 감당해 내는 것이다.

"그만."

레츠의 말에 알렌이 재빨리 뒤로 물러서며 느낀 점을 말했다.

"타워 실드는 오우거의 공격을 감당할 수 있지만, 그 크기가 너무 커 움직임에 많은 제약이 따릅니다. 그리고 방패가 충격을 전부 흡수하지 못하고 있습니다. 방패 안쪽에 가죽을 덧대어 충격을 조금이라도 해소할 수 있게 해야겠습니다."

아직도 방패를 잡고 있던 손이 저려 오는지 알렌이 손을 주무르며 말했다.

"실전에서는 타워 실드를 사용하지 않고 연습용으로만 사용할 것이니 문제 될 것은 없다. 그것보다 충격 완화라. 가죽이 없는 것보다는 많은 도움이 될 테지. 집사는 지금 당장 에이미에게 가서 대장장이를 지원해 달라고 해라."

"네, 영주님."

레츠의 곁에서 대기하고 있던 위럿이 지하를 빠져나갔다. 잠시 후 설명을 들은 대장장이가 자신보다는 가죽 세공사가 이 일에는 적격이라는 조언을 하더니 가죽 세공사를 데려오고는 물러갔다.

"충격을 흡수해 주는 것으로는 아울 베어의 가죽을 최고로 치고 있습니다."

"여기 보이는 타워 실드 전부에 덧댈 정도의 양을 가지고 있느냐?"

레츠의 말에 로트라고 자신을 소개한 가죽 세공사의 안색이 눈에 띌 정도로 어둡게 변했다.

"영주님도 알고 계시겠지만, 아울 베어는 개체수가 적은 관계로 발견하기도 쉽지 않습니다. 그래서 아울 베어 가죽을 가지고 있는 가죽 세공사들은 많지 않습니다."

"영지 내에 아울 베어 가죽 전량을 모으면 얼마 정도인가?"

"타워 실드 세 개 정도를 덧댈 수 있는 양은 나올 것입니다."

로트는 연신 흐르는 땀을 손수건으로 닦아 내며 백작의 질문에 답했다.

'전량을 모으는 것이야 어려운 문제는 아니지만, 과연 가죽 값을 제대로 매겨 줄지가 걱정이네.'

아울 베어 가죽이 원체 쓰이는 곳이 많은 것도 있지만, 그보다 사냥꾼에게 잡히는 양이 부족해서 공급이 수요를 따라가지 못하자 가격이 상당히 뻥튀기 된 가죽이었다.

"지금 즉시 아울 베어 가죽으로 방패 안쪽을 덧대도록 해라."

"알겠습니다, 영주님."

로트가 영지 병사들을 이끌고 아울 베어 가죽을 가지고 있다고 소문난 가죽 세공사를 찾아 돌아다녔다.

일부 반발이 있었지만 레츠가 직접 명령한 것이라 눈물을 머금고 가죽을 내줄 수밖에 없었다.

"이보게, 로트. 영주님이 가죽 값으로 얼마를 내주신다고 하던가?"

"그래. 얼마를 주신다고 하던가? 제값을 받을 생각은 전혀 없다네. 대신 얼마라도 받을 수 있게 힘 좀 써 보게."

"아, 이 사람들아. 내가 무슨 힘이 있다고 그러는가. 기다려 보시게. 영주님이 모른 척하시지는 않을 것일세."

로트의 주도 아래 가죽 세공사들이 방패에 가죽을 덧대기 시작했다. 한 겹으로는 효과를 보기가 힘든 관계로 최소 두 겹 이상을 붙였으며 손잡이도 가죽으로 감아 놓았다. 그리고 더 나아가 방패 앞쪽에서 가죽을 한 겹 덧대었다.

가죽으로 덧대는 방식이 생각보다 효과가 뛰어나 기사들의 훈련이 예상대로 착착 진척되기 시작했다.

오우거의 공격을 견뎌 내는 건 예나 지금이나 별반 달라지지 않았지만, 그래도 단 한 번은 어떻게든 견뎌 냈던 것이다.

기사들이 성과를 보이기 시작하자 레츠는 다음 단계의 훈련으로 넘어갔다.

"이제부터는 너희들도 트롤을 상대해야 할 것이다."

레츠가 밑도 끝도 없이 던진 한마디가 엄청난 파장을 불러왔다.

기사들이 오우거를 상대함으로써 홀로 방치된 트롤을 보며 몇몇 병사들이 설마 했던 일이 벌어진 것이다.

"영주님, 저희들보고 트롤을 상대하라니요. 그건 저희보고 죽으라고 하는 것과 같습니다."

십부장 중 한 명이 용기를 내어 레츠에게 있을 수 없는 일이라며 다시 생각해 달라고 간청을 했다. 맨손으로 오크를 상대하던 것과는 차원이 달랐다.

"트롤과 맞설 수 있는 용기가 없다면 이 자리에서 죽어라!"

"네?"

레츠에게 당당하게 말을 꺼냈던 십부장이 당혹스러움을 감추지 못했다. 이는 지하에 있던 병사들 전원이 같은 심정이었다.

"너희들이 가야 할 곳은 몬스터랜드다. 그것도 지금까지와는 다르게 몬스터랜드의 중심지 안으로 들어갈 것이다. 다른 이유가 필요한가?"

레츠는 불만을 품고 있던 병사들을 단번에 침묵시켜 버렸다.

토벌대가 가야 할 곳은 몬스터랜드다. 그곳으로 들어가면 어떤 일이 벌어질지는 그 누구도 알 수 없었다.

죽기 싫으면 홀로 트롤을 상대하는 건 물론, 기사들이 상대하고 있는 오우거와도 생사를 다퉈야 하는 것이다.

몬스터랜드에서 믿을 수 있는 건 자신뿐이다. 개죽음당하기 싫으면 본신의 실력을 키워 스스로를 지키는 방법밖에 없었다. 그리고 단기간에 최대의 효과를 보기 위해서는 레츠의 지시대로 트롤을 상대하는 것이 최선이었다.

레츠가 알렌에게 오우거를 잡아 오라고 명령한 이유도 병사들의 실력을 키우려는 의도 때문이었다. 오크를 상대하는 것만으로는 부족했다. 최소한 중형 몬스터의 손에서 목숨을 부지할 수 있어야 했다.

병사들이 주로 사용하는 기본 무기는 스피어다. 몬스터랜드에 가서도 이는 달라지지 않을 것이다. 선두에 있는 병사가 몬스터의 공격을 방패로 방어하면 근처에 있는 병사들이 스피어로 공격하는 방식이다.

이 방식은 상당히 유용하며 최소한의 피해로 최대한의 효과를 발휘하는 전투 방법이다.

몬스터가 다가서기도 전에 먼 거리에서 공격을 시도해 목숨을 취하는 것이다. 이것이 여의치 않을 시 방패병이 앞으로 나서 몬스터를 막았으며, 그 틈을 일반 병사들이 공격하는 것이다.

몬스터의 힘은 성인 남성의 힘을 훨씬 상회한다. 이런 몬스터를 상대할 수 있는 건 능력이 뛰어난 극소수의 병사들뿐이었다. 당연히 방패병들의 능력은 뛰어났으며, 열 명의 병사를 지휘하는 십부장의 위치를 지니게 되었다.

백작의 명령에 의해 트롤을 상대해야 하는데 여기서도 당연히 선두에 나서는 건 십부장이었다.

일반 병사들이 트롤의 공격을 방어해 내지 못한다고 해도 십부장들은 달라야 했다. 어떤 방법을 동원해서라도 트롤의 공격을 버텨 내야 했던 것이다.

트롤이 한 마리뿐이라 한 명의 십부장이 트롤을 상대하면 대기하는 십부장을 제외하고 전원이 방패를 앞세우고 벽을 향해 달려들어야 했다. 이로 인하여 십부장들의 신음 소리는 끊일 새가 없었다.

깡!

"이 짓은 정말 못해 먹겠구만."

"그런 소릴랑 다시는 하지 말게. 저쪽에 있는 백부장들을 보게. 정말 꼴이 말이 아닐세."

벽을 향해 뛰어들던 십부장 중 한 명이 불평을 늘어놓자 옆에 있던 다른 십부장이 한쪽 구석에서 신물을 게워 내는 백부장을 바라보며 말했다.

백 명의 병사들을 지휘해야 하는 백부장들이지만, 토벌대의 백부장들은 맡은 역할이 따로 있었다.

토벌대에 참여한 다섯 명의 마법사들의 안전을 책임져야 하는 것이다. 기사들이나 입는 풀 플레이트 메일을 착용하고 온몸을 던져 몬스터로부터 마법사를 지켜 내야 하는 것이다.

특히나 레츠의 지시로 귀족들이 마법을 배우게 된 이후로 백부장들의 훈련은 고될 수밖에 없었다.

풀 플레이트 메일이 오죽 무거운가. 그 무거운 것을 하루 종일 입은 상태에서 십부장들과 똑같은 훈련을 소화해야 하는 백부장들이기에 십부장들의 곡소리가 울려 퍼질 때마다 백부장들은 피똥 싸며 고생고생하고 있었다.

마법사는 다섯 명인데 백부장은 세 명뿐이라, 종자들 중에서 두 명을 긴급 투입시킬 거란 말이 흘러나오고 있었다. 누가 될지는 모르지만 정말 재수가 없는 놈일 게 분명했다.

백부장이 지켜 줘야 하는 마법사들도 병사들 틈에 섞여 훈련장을 하루 종일 뛰어다니고 있으니 딱히 어느 누가 더 불쌍하다고 말할 처지는 아니었다.

시간은 쏘아진 화살과 같다고 누가 말했던가. 레츠가 최대로 잡은 훈련 기간인 삼 개월이란 시간이 어느새 지나고 있었다.

기사들은 오우거의 공격을 완벽하게 막아 내지는 못했지만 일정 수준까지 방어해 내는 데 성공했으며, 백부장과 십부장들도 트롤의 공격을 웬만큼 막아 낼 수 있게 되었다. 일반 병사들과 마법사들도 삼 개월 동안 체력적으로 많은 성장을 이루어 냈다.

에이미 또한 토벌대가 사용하게 될 물품을 차질 없이 준비해 냈으며 추가 조달될 물품 또한 확보해 놓은 상태였다.

"그동안 강도 높은 훈련을 묵묵히 이겨 낸 그대들이 자랑스럽다. 내일 새벽 그대들은 몬스터랜드를 향해 출정을 할 것이다. 영지의 미래가 그대들의 손에 달려 있음을 잊지 말고 이번 출정이 성공으로 끝나길 기원하겠다. 모두 살아서 다시 만나자."

"네, 영주님."

레츠의 말이 끝나자 토벌대에 속한 기사들과 병사들이 절도 있는 동작으로 경례를 올리며 대답했다.

출정식은 정말 간단하게 끝났다. 영지 행사에 포함되지도 않아 영지민들은 며칠 내로 토벌대가 출정할 것 같다고 예상하고 있었지, 내일 토벌대가 출정하는지도 모르고 있었다.

다른 영지에서 토벌대를 조직했다는 소식은 최대한 차단해야 했다. 정보가 새 나가도 토벌에 실패했다고 알려져야 한다. 그만큼 이번 토벌은 영지의 사활이 걸린 일이라고 해도 과언이 아니었다.

영지가 발전할 수 있는 계기를 마련하느냐, 아니면 이대로 주저앉고 마느냐 하는 중요한 기로에 놓여 있는 것이다.

알렌은 출정식이 끝나고 레츠와 개인 면담을 가져야 했다.

"이번 토벌대에 거는 기대가 무척 높다. 그만큼 너에게 거는 기대도 크다고 할 수 있다."

"……."

"다시 말하지만 토벌대가 해야 하는 일은 몬스터 사냥이 아닌, 몬스터랜드 어딘가에 있을 호수를 찾는 일이다."

"네."

"막연하게 호수를 찾으라는 말이 아니다. 몬스터랜드에 관한 지도가 만들어지지 않아서 찾는 데 상당한 노력이 필요하겠지만, 우리 영지와 퀴린트 영지가 맡은 부분 어딘가에 분명히 존재하고 있을 것이다."

레츠는 병사들이 훈련을 하는 삼 개월 동안 호수가 있을 만한 장소를 찾기 위해 동분서주했다.

몬스터의 침략이 없는 영지를 일일이 확인한 후에 그 영지를 중심으로 이웃 영지에 몬스터의 침략이 있었던 지역을 정확히 표시하여 지도 위를 일직선으로 긋고는 그 선을 한 면으로 잡아 그 면과 똑같은 크기의 정사각형을 몬스터랜드에 그려 넣었다.

레츠는 지도 위에 그려진 정사각형 안 어딘가에 분명 몬스터들이 식수로 이용하는 물이 있을 것이라고 확신했다. 그리고 그것이 호수일 거라고 짐작하고 이 일을 추진하는 것이었다.

알렌은 레츠가 건네준 자료를 훑어보더니 자신도 모르게 한숨부터 내쉬었다. 너무 막연했던 것이다. 크렌스피 영지의 두 배를 훨씬 상회하는 크기였다.

알렌이 자료를 보며 한숨을 쉬고 있었지만 레츠는 이를 신경 쓰지 않았다. 그저 그동안 조사했던 내용들을 차례로 알려 줄 뿐이었다.

"여기, 여기, 여기가 예전 토벌대를 투입했던 장소들이다. 즉, 이곳에는 호수가 없다는 이야기가 되며, 이곳보다 더 깊숙이 토벌대를 이끌고 들어가야 한다."

알렌이 레츠가 언급한 지점을 자료에 표시하며 주석을 달아 놓았다. 하지만 이런 것이 얼마나 도움이 될지는 의문이었다.

"이 자료는 퀴린트 영지에서 토벌대를 투입한 장소다."

바로 옆에 붙어 있는 영지라고 해도 타 지역 영지이다 보니 자료가 부실할 수밖에 없었다. 그래도 없는 것보다는 나았다.

"여기까지가 내가 너에게 해 줄 수 있는 전부다. 이후로는 너의 능력에 달려 있다고 볼 수 있다. 병력을 얼마나 통제할 수 있느냐에 따라 결과가 달라질 수도 있다는 것을 명심하기 바란다."

"알겠습니다.

"그리고…… 이번 일을 성공적으로 끝마친다면, 너의 신분을 회복시켜 줄 것이다."

"네?"

알렌은 자신이 잘못 들었다고 여겼다.

"네가 호수를 찾아내면 너는 에이미의 호위기사가 될 수 있다는 말이다."

알렌은 믿을 수 없었다. 레츠가 지금 자신을 놓아줄 것이라고 말하고 있었다.

평생 레츠의 손에서 벗어날 수 없을 거라고 믿고 있었다. 그건 알렌이 혹시나 기대하고 있는 소드 마스터가 되어도 변하지 않을 것이라고 믿었다.

이제는 모든 것을 포기했었다. 그런데 지금 알렌은 어릴 적 에이미와 꿈꿔 왔던 일을 떠올리며 웃을 수 있게 된 것이다.

레츠는 웃고 있는 알렌을 뒤로하고 그곳을 빠져나왔다. 알렌의 신분 복귀는 예정에 없는 일이었다. 아니, 앞으로도 없을 예정이었다. 그런데 레츠가 즉흥적으로 입 밖으로 꺼내 놓았다.

레츠는 자신도 모르게 입 밖으로 꺼낸 뒤에 흠칫거렸지만, 막상 말을 하고 난 뒤에야 자신이 왜 그런 이야기를 했는지 알 수 있었다.

놓아주는 것이야말로 알렌을 구속하는 것이라는 사실을 깨달은 것이다. 레츠는 본능적으로 그걸 알 수 있었다.

알렌의 실력은 토벌대 전원이 인정하는 것이었다. 그 오우거를 생포할 정도이니 두말할 나위가 없을 것이다. 문제는 알렌의 신분이었다.

속사정이 어떠하든 표면적으로 알렌은 노예였다. 문제가 될 소지가 다분했다.

알렌의 실력은 분명 뛰어나다. 하지만 본인보다 못한 이가 검술 실력이 조금 뛰어나다는 이유만으로 자기 머리 위에서 놀고 있으면, 인간은 누구를 막론하고 그자를 밑바닥으로 끌어내리려 하는 본성이 있다.

기사들은 차라리 지휘하기가 한결 편할 것이다. 레츠의 명령이 있었으니 하늘이 뒤집히더라도 명령을 따를 것은 당연한 것이다. 문제는 토벌대에 포함된 병사들이었다.

레츠에게 알렌이 토벌대 총대장에 임명되는 것을 눈앞에서 지켜봤기에 총대장이란 사실을 잘 알고 있었다. 하지만 사백 명의 병사들 중에 한두 명은 분명 알렌의 신분을 들어 불만을 터트릴 것이고 이에 동조하는 병사들이 나타날 것은 불 보듯 뻔했다.

레츠가 걱정하는 것이 이런 부분이었다. 몬스터랜드에서 알렌이 병사들에 관한 지휘권을 잃어버린다면 다시는 돌이키지 못하는 사태로 번질 위험이 내재되어 있는 것이다. 그렇다고 알렌을 배제할 수는 없었다.

과거 몬스터랜드에 토벌대를 보냈을 때도 병사들은 지휘관의 말을 듣는 것이 아니라, 토벌대 중에서 무력이 강한 이의 곁에서 그의 말만을 들은 것이다. 레츠가 직접 경험한 사실이기도 했다.

병사들은 강한 자만이 자신들의 목숨을 지켜 줄 것이란 것을 본능적으로 알았던 것이다.

지휘관이 아무리 뛰어나더라도 본신의 무력이 약하면 몬스터랜드에서는 지휘권을 상실할 뿐이었다. 그렇기 때문에 아예 처음부터 가장 무력이 강한 이에게 지휘권을 준 것이다.

레츠는 알렌의 현재 실력을 꿰뚫어 보고 있었다.

알렌이 백작성에 마련된 자신의 방에 들어온 것은 늦은 밤 시간 때였지만 그를 기다리는 이들이 있었다.

"알렌 경, 오랜만이에요."

"형님, 이제야 오십니까."

에이미와 피엘이었다.

"영애님, 이 시간에 어떻게…… 혹 저를 기다리신 겁니까?"

뜻밖의 상황에 당황하는 알렌의 모습에 에이미가 활짝 핀 웃음을 보인다.

"제가 못 올 곳이라도 왔나요? 알렌 경께서는 제 방문이 달갑지 않으신가 보죠?"

"그, 그럴 리가요?"

에이미가 장난을 치고 있다는 것을 알고 있으면서도 알렌은 안절부절못했다. 그런 알렌의 모습을 보고는 에이미가 다시 한참을 큰 소리로 웃었다.

"호호호! 장난이에요, 알렌 경."

"하하. 하하하. 그렇습니까?"

"알렌 경을 놀리는 재미가 쏠쏠하다니까요."

알렌은 에이미의 장난에 매번 넘어가는 자신이 한심스러우면서도, 에이미의 웃는 모습을 볼 수만 있다면 무엇이든 해 주고 싶었다.

"형님 눈에 저는 보이지 않는가 봅니까?"

"어머, 피엘, 혹시 질투하는 거니?"

에이미의 말이 신경에 거슬렸는지 피엘이 눈썹을 꿈틀거렸다.

"질투? 내가? 너를?"

"아님 말지, 왜 그렇게 과민반응을 보이니?"

"끙."

"호호호."

티격태격하는 그들을 중재하며 알렌이 에이미를 보며 말했다.

"그것보다 어쩐 일이십니까?"

"보고 싶으니까 왔죠."

에이미의 말에 피엘이 당연하다는 듯 고개를 끄덕이며 동조했다.

"다른 이유가 있겠습니까? 형님 얼굴이 보고 싶어서 찾아왔습니다. 너무 바쁘신 분이라 저희가 찾아오지 않으면 얼굴 보기도 힘들지 않습니까."

그들은 정말 오랜만에 만나 많은 이야기를 나누었다. 내일이면 알렌이 몬스터랜드 안으로 들어가는 것은 알고 있지만 일부러 그것에 대해서는 서로가 피했다.

오늘처럼 내일도 서로가 모여 이야기를 나눌 것처럼 그렇게 그들은 한 시간가량을 보내다 돌아갔다.

†제10장†

기사와 종자

네이얼이 오전 훈련을 끝내고 근처에 있는 나무 그늘 아래 자리를 잡고는 잠시 휴식을 취하는데 그의 종자가 다가와 눈앞에서 알짱거렸다.

하고 싶은 말이 있으면 허락을 받고 물어보면 될 터인데도 그러지도 않고 눈앞에서 우물쭈물하는 모습에 짜증이 밀려 왔다.

"뭐야? 할 말이 있으면 후딱 하고 사라져라."

네이얼의 짜증에 티아라가 잔뜩 위축된 목소리로 말했다.

"저, 기사님. 한 가지만 여쭈어 봐도 되겠습니까?"

"내가 방금 전에 말하라고 하지 않았느냐! 쯔쯔, 이렇게 말귀를 못 알아들어서야."

네이얼의 타박에 티아라는 자신을 자책했다.

종자 생활을 그 누구보다 잘할 자신이 있었다. 그런데 잘하려고 하면 할수록 마음만 앞서 얼토당토않은 실수를 저지르기 일쑤였다.

지금도 자신의 잘못된 행동을 자책하는 데 시간을 보내는 것이 아니라, 눈앞에서 쌍심지를 켜고 있는 네이얼에게 용건을 말하는 게 먼저였다.

티아라는 자신이 지금 무슨 잘못을 저질렀는지 모르고 있었다.

"끙."

티아라의 말을 기다리다 못한 네이얼의 앓는 소리였다. 앓는 소리를 듣고 나서야 티아라는 자신의 잘못을 깨달았다.

"종자들 사이에서 이번 토벌대의 백부장을 뽑는다고 들었습니다. 사실입니까?"

"그렇다. 하지만 그게 너와 무슨 상관이 있느냐?"

티아라는 네이얼의 시큰둥한 반응에 괜히 마음 한구석이 찔렸지만 당당하게 행동하려고 했다.

"제가 한번 지원해 보려고 합니다. 그런데 지원서에 기사님의 서명이 필요해서……."

"풋!"

네이얼은 티아라의 말이 끝나기도 전에 코웃음부터 쳤다.

"네놈이? 그게 가당키나 한 소리냐! 제발 똥인지 된장인지 구분은 하고 살아라. 그리고 만에 하나 네놈이 토벌대에 차출되면, 나는 어찌하느냐? 종자를 새로 뽑으라는 말이냐?"

네이얼은 쓸데없는 소리로 휴식을 방해한 티아라에게 호통을 치다가 문득 머릿속으로 번뜩이는 뭔가가 지나갔다.

'가만, 저놈이 토벌대에 뽑히면 종자를 새로 뽑을 수 있다는 것인데.'

"이게 지원서냐?"

네이얼이 티아라의 손에 곱게 접혀 있던 지원서를 빼앗아 들었다.

"추천인이 다섯 명이나 되는군. 네놈의 주변머리로는 나 말고는 알고 지내는 기사도 없을 터인데 어찌하려고 했느냐?"

"그것이 이제부터……."

"됐다. 내가 너에게 뭘 바라겠느냐, 이것은 내가 알아서 할 터이니 그리 알아라."

"네?"

"이 지원서는 내가 알아서 한다고."

언제 일어났는지 네이얼이 자리를 박차고 영주성 안으로 들어가고 있었다.

네이얼은 테일 남작을 찾아 영주성을 온통 헤집고 돌아다녔다. 테일 남작은 네이얼의 형이자 티아라를 그에게 소개시켜 준 장본인이기도 했다.

네이얼이 기사서임을 받은 그날 테일 남작이 아주 예쁘장한 여자아이를 데려와서는 다짜고짜 앞으로 너의 종자가 될 아이이니 잘 대해 주라며 부탁한다는 한마디를 남기고 사라졌다.

네이얼도 테일 남작의 부탁이 아니라도 제국을 뒤져도 찾아보기 힘든 여종자를 받아들이게 된 걸 두 손 벌려 열렬히 환영했었다. 하지만 그날부터 고행의 연속이 될 줄은 그 누구도 짐작하지 못했다.

자신의 미래를 예견하지 못한 걸 스스로 탓할 뿐이었다.

크렌스피 가문에 한평생을 바친 노기사의 손녀라고 했다. 그러했기에 다른 종자와는 다르게 티아라는 네이얼의 개인 종자로 들어갈 수 있었다.

티아라는 부모님을 일찍 여의고 어려서부터 노기사의 손에 자랐다. 그런 그녀 밑으로 여동생이 두 명이나 있다.

노기사마저 끝내 그녀들만 남기고 한 많은 생을 마감하자 그녀들은 살아가는 데 많은 어려움에 직면하게 되었다. 그때 티아라의 나이 일곱 살이었다.

티아라의 나이 열 살이 되던 해에 네이얼의 개인 종자가 될 수 있었다.

처음 그 둘은 죽이 잘 맞는 사이였다.

티아라가 나이가 어린 관계로 둘은 오누이처럼 매우 친하게 지냈다. 하지만 어느 순간부터 네이얼의 목소리가 커지기 시작하더니 하루가 멀다 하고 네이얼의 한탄이 끊이지가 않게 되었다.

티아라가 말끝마다 요 자를 붙이는 것도 처음에는 친근하고 좋았는데 이제는 요 자 소리만 들어도 짜증이 일 정도였다. '뭐뭐 했어요'를 '뭐뭐 했습니다'로 고치는 데 일 년이란 시간이 걸렸을 정도였다.

티아라는 유명인사다.

여자의 몸으로 기사의 가문에 태어나 크렌스피 가문에 충성하기 위해서 종자 생활을 하는 충직한 가문의 후예였다.

블랙윙 기사단의 이목이 집중될 수밖에 없었다. 그런데 종자 생활 한 달이 채 되지 못한 시점부터 다른 이유로 유명인사가 되었다. 말썽꾸러기 종자로서 말이다.

네이얼이 사기당했다며 난리를 피우는 건 어쩌면 당연한 것이었다. 하지만 어쩔 수 없었다. 이미 일은 벌어져 종자로 받은 뒤였고, 티아라를 지켜보는 눈도 너무 많았다.

종자로서 실력이 모자라다는 이유만으로는 그녀를 해고할 명분이 부족했다. 테일 남작이 네이얼을 어르고 달래서 그녀의 해고만은 막을 수 있었다. 그것이 벌써 오 년 전이었다.

다시 오 년이 지난 지금 티아라 스스로 네이얼의 곁을 떠난다고 한다. 생각지도 못한 방법이었지만, 종자를 바꿀 수 있는 명분이 생겼다. 그걸 놓칠 네이얼이 아니었다.

테일 남작을 찾는 건 일도 아니었다.

"형님, 여기 서명 좀 해 주십시오."

"뭔데 그러느냐?"

"일단 서명 먼저 해 주십시오."

테일 남작은 동생이 건네는 서류를 받아 보고는 단숨에 지원서를 찢어 버렸다.

"형님! 이게 무슨 짓입니까?"

"뭘 말이냐? 난 네가 무슨 소리 하는지 모르겠다."

모르쇠로 일관하는 테일 남작의 행동에 네이얼의 얼굴이 붉게 달아오르더니 분통을 터트렸다.

"정말 이러실 겁니까? 티아라 스스로 지원하기를 원했습니다. 형님이 간섭할 일이 아닙니다. 다시 지원서를 작성해서 가져올 터이니 서명이나 해 주십시오."

"허허, 동생이 왜 이러는지 우매한 형은 도통 모르겠다."

"익!"

네이얼은 지원서를 찢어 버린 테일 남작의 행동을 한참 동안 비난하더니 지원서를 다시 가져오겠다며 사라졌다. 그러고는 새로 작성된 지원서뿐만이 아니라 티아라도 대동하고 나타났다.

한 시간가량을 네이얼과 티아라에게 시달리던 테일 남작은 결국 지원서에 서명을 해 줄 수밖에 없었다. 자신은 지원서에 서명해 줄 수밖에 없었지만 다른 기사들은 절대 서명을 해 주지 않을 거란 걸 알고서 행한 것이다.

테일 남작이 지원서에 서명을 해 준 것은 자기 밑으로는 절대 티아라의 지원서에 서명을 해 주지 말라는 무언의 지시도 포함된 것이었다.

토벌대의 백부장을 뽑는 최종일.

네이얼과 티아라가 한 무더기의 서류를 들고는 레츠를 찾아왔다. 레츠가 그들의 손에 들려 있는 서류를 보고는 그것이 무어냐고 물어봤다.

"티아라를 토벌대의 백부장으로 추천하는 추천인의 서명이 들어 있는 지원서입니다."

"그게 무슨 소리냐?"

"왜 그러십니까, 영주님? 영주님께서도 티아라를 추천하지 않았습니까."

"그렇긴 하지만 나 말고도 티아라 양을 추천하는 기사가 있었다는 말인가?"

"그렇습니다. 여기 계신 분 전원이 티아라를 추천했습니다."

"……!"

네이얼이 차분하게 백부장을 뽑는 심사관들 앞에 그들이 서명한 지원서를 보여 주었다.

"이것은."

"티아라라고 합니다. 부족한 점이 많지만 열심히 하겠습니다."

그곳에 모인 이들은 정신적 공황에 빠져들었다. 수십 장의 지원서에 각각 단 한 명의 추천인 서명이 적혀 있었다.

"네놈이 그리 뒤통수칠 줄은 몰랐다."

테일 남작의 말에 네이얼이 십 년 묵은 체증이 내려앉는 기분을 느끼며 좋아했다.

"하하하. 그래도 그놈의 실력이 제법이지 않습니까."

종자들 중에서도 티아라의 실력은 첫손에 꼽을 정도로 검술 실력이 정평이 나 있었다. 다만 기사의 옆에서 종자로서의 일을 수행해야 할 시간에 개인 훈련을 해서 문제였다.

기사가 훈련에 들어가기 전에 종자들은 훈련 준비를 끝내고 기다려야 하며, 기사들이 훈련에 임할 때도 곁에서 물이 든 수통과 땀을 닦을 수건을 들고 기다려야 했다. 그리고 훈련이 끝나면 장비를 정리해야 하는 게 종자의 가장 기본적인 일이었다. 하지만 티아라는 달랐다.

티아라는 다른 종자들이 훈련을 준비할 때는 똑같이 행동했지만, 네이얼이 훈련에 들어가면 그녀도 저쪽 구석에 박혀서 네이얼과 같은 훈련을 한 것이다. 그러다 훈련 중간에 네이얼이 잠시 휴식을 취할 때면 쪼르르 달려와서는 수통과 수건을 건넸다.

이를 보고 격분한 네이얼이 호통을 치면 '헤' 하고는 머리를 긁적이며 웃음으로 때웠다. 그나마 조금 하는 종자로서의 일도 어수룩하기 일쑤였다.

궁금증을 참지 못한 다른 종자가 왜 그런 행동을 하느냐고 물었더니 티아라가 하는 말이 자기는 최대한 빨리 기사가 되어야 한다는 소리뿐이었다.

티아라가 기사를 선택한 이유도 그렇고 블랙윙 기사단은 그녀가 하루빨리 기사가 되어 레츠를 지켜 드리기 위해 그런다고 알고 있었기에 티아라의 마음가짐을 칭찬하는 것은 당연한 수순이었다.

자신들의 종자가 아니니 티아라가 무얼 하든 그들과는 상관없었던 것이다. 티아라가 종자 생활을 잘하건 못하건 그건 둘째 문제였다. 네이얼만이 속이 터져 나갈 뿐이었다.

종자 생활을 건성으로 하는 그녀가 검술 실력마저 형편없었다면 당장에 쫓겨났을 테지만, 실력 하나만은 종자들 중에서 괜찮았기에 네이얼의 밑에서 종자 생활을 십 년이나 할 수 있었던 것이다.

티아라는 지금 마나심법이 자리를 잡아 마나홀을 형성하고 있었다. 마나를 사용할 수 있는 소드 유저인 것이다.

몇 년이 지나지 않아 소드 오러를 사용할 수 있는 익스퍼트에 들어서게 될 정도의 실력이었다. 빠르면 이삼 년 이내에 익스퍼트에 오르면 기사서임을 받게 될 것이다.

네이얼은 티아라가 정식으로 기사가 되는 날 새로운 종자를 받을 수 있었지만 그는 단 하루라도 빨리 평범하게 종자의 일을 수행해 줄 이를 받고 싶었다.

테일 남작이 웃는 얼굴로 네이얼을 바라봤다.

"그래 원하는 종자를 구했느냐?"

"그게 또 그리 쉽지가 않습니다."

네이얼의 얼굴이 금세 풀이 죽어 버렸다.

"그럴 것이야. 새로운 종자를 들이는 것이 쉽지만은 않은 일이지."

"썩 마음에 드는 이가 없지만, 그래도 그놈보다는 낫지 않겠습니까?"

네이얼의 말에 테일 남작이 파안대소를 터트렸다.

"하하하! 내가 보기엔 너와 티아라는 둘도 없는 단짝이었다. 어디서 티아라 같은 종자를 다시 구할 수 있을 것 같으냐?"

"형님, 말이라고 다인 줄 아십니까? 내가 그놈으로 인해 쌓인 울화가 얼마인지 모르시지는 않을 터인데 너무하십니다."

"그러면서도 티아라를 십 년이나 데리고 있어? 그것도 준기사의 실력으로 키워 주면서?"

"하지만 아닌 것은 아닌 것입니다."

네이얼이 딱 잘라 말했다. 십 년간 종자를 데리고 있었던 것이 아니라 상전을 모시고 있었다고 생각하고 있었다.

"오늘 티아라가 훈련하는 곳을 방문한다고?"

"네, 제가 아직 다른 종자를 들이지 않은 관계로 그놈은 아직도 제게 소속된 종자이니까요. 종자가 기사를 챙겨 주듯, 기사도 종자를 챙겨 줘야죠."

테일 남작이 입꼬리가 살짝 올라가는 웃음을 보이며 지나가듯 지적했다.

"흐흐흐. 누가 뭐라고 했느냐? 왜 자신의 행동에 명분을 만드는 것이냐. 수상하구나, 네이얼."

"수상할 것도 많습니다!"

네이얼은 능글거리며 자신을 대하는 테일 남작의 꼴을 더 이상 두고 볼 수 없었는지 토벌대가 훈련하는 지하로 찾아갔다.

네이얼이 지하에 있는 토벌대를 둘러보며 티아라를 찾았다. 풀 플레이트 메일을 입고 있는 이가 다섯 명뿐이라 찾는 것은 그리 어렵지 않았다.

레츠에게 허락을 맡고 온 것이라 티아라를 불러다 잠깐 대화를 할 수 있었다. 하지만 네이얼은 그렇게 하지 못했다.

네이얼이 티아라를 부르려고 했을 때, 그녀는 방패를 들고 트롤에게 달려들고 있었던 것이다.

"앗! 그렇게 하면 위험할 텐데."

무지막지한 투핸드 소드의 움직임으로 인해 지켜보는 네이얼이 더 불안해서 목이 바짝 타들어 갔지만 당사자는 아무렇지도 않게 차분하게 트롤의 공격을 방패로 방어할 뿐이었다.

쾅!

트롤이 휘두른 투핸드 소드를 방패를 이용해 막았지만, 충격을 완전히 해소할 수는 없었다.

티아라는 몸속을 헤집는 충격에 절로 눈썹이 꿈틀거렸지만 뒤로 물러서지는 않았다. 오히려 트롤의 품속으로 파고 들어갔다.

손에 들고 있는 것은 방패뿐이었지만 티아라의 머릿속에는 검을 들고 트롤의 빈틈을 노리며 공격하고 있었다.

직접 손을 움직이면서 말이다. 이어지는 트롤의 공격을 반격이라고 생각하면서 발 빠르게 대처해 나갔다.

무기가 들려 있지 않은 트롤의 공격은 그냥 몸으로 때우는 것이 더 낫다는 것은 이미 경험을 통해 알고 있었다. 갑옷이 조금 패이긴 했지만 그리 큰 충격을 주지는 않았던 것이다.

쾅!

"크윽."

절로 신음이 터져 나왔지만 트롤의 품으로 파고드는 것을 멈추지 않았다.

트롤은 자신의 공격을 맞고도 달려드는 티아라로 인해 당황했다. 그러자 빈틈이 곳곳에 나타났다. 티아라가 이를 놓치지 않고 오른손을 뻗어 트롤의 턱을 가격하는 시늉을 했다.

'좋았어.'

근 한 달을 투자해 이루어 낸 성과였다. 하지만 이것뿐이었다.

손을 뻗으면 트롤이 닿을 수 있는 거리까지는 파고들 수 있다. 하지만 이를 다시 말하면 트롤의 공격 범위 안으로 스스로 들어갔다는 말도 되는 것이다.

쾅! 쾅! 쾅!

트롤의 주먹과 발이 끊이지 않고 티아라의 몸을 가격했다.

한 방 한 방에 실린 위력에 티아라의 몸이 트롤과 벌어지면서 가장 위험한 간격 안으로 밀려났다.

트롤은 본능적으로 기회가 왔음을 포착하고는 두 손으로 투핸드 소드를 잡고는 있는 힘껏 내려쳤다.

트롤의 체중이 잔뜩 실려 있는 투핸드 소드가 묵직하게 휘둘러졌다. 티아라가 무턱대고 트롤의 품 안으로 파고 들어가 공격을 허용하고 무방비 상태에 놓이게 되어 위험했다.

네이얼이 이를 보고 아차 했지만, 도와주기에는 너무 멀리 떨어져 있었다.

"창!"

네이얼이 눈을 질끈 감으며 외면한 순간 트롤의 공격을 간단하게 막아서는 이가 있었다. 알렌이었다.

병사들의 실력으로는 트롤을 감당할 수 없기에, 레츠의 지시로 알렌이 병사들의 안전을 책임지고 있었다. 알렌이 바닥으로 넘어진 티아라를 발로 차서 트롤과의 거리를 벌려 놓고는 자연스럽게 트롤의 공격 범위에서 빠져나왔다.

티아라는 알렌이 자신을 발로 찼지만 아무런 불만도 터트리지 않았다. 평소 자주 있어 왔던 듯 몸을 추스르고는 상체를 감싸고 있는 갑옷을 벗었다. 그러고는 찌그러진 부분을 확인하고 망치로 두드려 펴기 시작했다.

이는 풀 플레이트 메일이 통짜로 제작된 것이 아니고 혼자서 입고 벗을 수 있게 개량한 것이라 가능했다. 통짜보다는 강도가 약했지만 몬스터랜드의 상황에 맞게 특수 제작한 것이다.

티아라가 하는 행동을 바라보며 알렌은 그녀가 트롤을 상대함에 있어 잘못된 점을 지적하기 시작했다.

"매번 하는 이야기지만, 트롤의 품을 파고든다고 끝나는 것이 아닙니다. 그리고 공격을 허용했다고 해도 치명상을 입지도 않았는데 너무 쉽게 포기하셨습니다. 다음에는 공격을 허용하는 와중에도 스스로 살아날 길을 찾으시길 바랍니다."

"네."

"토벌대가 트롤을 상대함으로써 강해지고 있다면 트롤 또한 병사들을 상대하면서 점차 공격에 틀이 잡히고 날카롭게 변하고 있습니다. 어제의 트롤이 오늘의 트롤일 거라는 생각은 버리십시오. 트롤의 진화를 따라잡지 못하면 언제나 바닥을 구르고 있는 것은 티아라 님일 것입니다."

병사 사백 명이 돌아가면서 트롤을 상대하고 있다고 한다면 트롤은 한시도 쉬지 못하고 사백 명의 인간을 일일이 상대하고 있는 것이다. 강해지지 않으면 그게 더 이상한 일이었다.

티아라는 알렌의 말이 끝날 때까지 갑옷 수리가 끝나지 않아서 망치로 뚝딱거리며 대답했다. 알렌 또한 그런 티아라에 대해 신경을 끄고 자신이 해야 할 일을 이어 갔다.

"다음 순서는 앞으로 나오십시오."

다른 백부장이 나와 트롤을 상대하는 와중에 갑옷 수리가 끝난 티아라는 다시 갑옷을 착용하고는 십부장들이 벽을 향해 뛰어드는 곳에 가서 그녀도 똑같은 행동을 따라 하기 시작했다.

이를 처음부터 지켜본 네이얼은 어느새 토벌대에 녹아들어가 있는 티아라를 발견할 수 있었다. 이미 티아라는 자신의 손을 벗어났다는 사실을 깨닫게 되었다.

티아라가 곁에 있을 때는 그리도 보기 싫었지만, 지금은 왠지 모르게 허전해졌다. 네이얼은 티아라를 만나러 왔지만 그녀를 만나지 않고 지하를 빠져나갔다.

티아라는 할아버지의 죽음이 엄청난 충격으로 다가왔다. 세상에 홀로 버려진 듯, 엄청난 고독감이 몰아닥쳐 왔다.

할아버지의 장례식은 이웃 주민과 영지에서 나온 할아버지의 동료들이 치렀다. 그때까지도 그녀는 정신 나간 사람처럼 주위 사람들의 자극에도 반응을 보이지 않았었다.

혼자만의 세상에 갇혀 있었던 것이다. 그런 그녀가 어느 날 그녀 주변에서 일어나는 자극에 반응을 보이기 시작했다.

배고픔을 참지 못하고 울음을 터트리는 동생들의 모습을 본 이후였다.

'동생, 동생.'

혼자만의 세상에 갇혀 있던 티아라가 동생들의 울음소리에 지금 자신이 무엇을 해야 하는지를 깨달은 것이다.

'내가 동생들을 책임져야 해.'

몇 날 며칠 움직일 줄 몰랐던 티아라의 입이 떨어졌다.

"테일리, 오늘이 며칠이지?"

"언니! 정신이 들어?"

테일리의 말에 티아라는 살며시 웃을 뿐이었다.

제정신을 차린 티아라는 그 길로 네이드빌 영주를 찾아갔다. 한평생을 크렌스피 가문에 충성했던 노기사의 죽음은 영지에서도 화제였다.

네이드빌 영주를 만나는 건 생각보다 쉬운 일이었다. 그리고 삼 년 뒤 네이얼의 종자가 될 수 있었다.

부모님이 돌아가신 후 사는 낙을 잃어버린 할아버지를 졸라 억지로 배워 둔 마나심법이 도움이 되었다.

티아라는 검술에 대해 아무것도 몰랐다. 완전히 문외한이었다. 할 줄 아는 것은 마나심법뿐이었다. 그래서 네이얼의 행동 자체를 모방했다.

그의 손짓 하나 움직임 하나도 놓치지 않았다.

당연히 종자로서의 티아라는 다시 찾아볼 수 없을 정도로 형편없었다. 그렇다고 네이얼에게 검술에 대해 아무것도 모르는 문외한이라고 말하지도 않았다. 이상하게 그에게 그런 말을 할 수가 없었다.

삼 년을 그렇게 지냈다.

삼 년이 지나자 검술이 무언지 알게 되었다. 그때서야 티아라는 그동안 등한시해 왔던 종자 생활을 뒤돌아보게 되었다. 하지만 뒤돌아본다고 없던 실력이 나오는 것은 아니었다. 오히려 잘하려고 하면 할수록 뭔가 한두 가지를 빼먹기 일쑤였다.

이런 생활에 적응하고 이제 종자 일에 익숙해졌다고 느꼈을 때는 네이얼의 종자가 된 지 칠 년이 흐른 뒤였다. 그때부터는 아무리 종자 일을 문제없이 해내도 인정을 받지 못했다.

네이얼의 머릿속에는 티아라는 말썽꾸러기에 나잇값 못하는 종자라는 인식이 박혀 있었다. 그리되자 종자 생활을 아무리 열심히 해도 알아주는 이가 없자 티아라는 에라 모르겠다는 식으로 예전 생활로 돌아가 버렸다.

그때 티아라는 검술 실력이 하루가 몰라볼 정도로 성장하던 시기와 맞물려 있었다. 아무리 해도 욕만 먹는 종자 일보다는 그래도 남들이 알아주는 검술을 훈련하는 게 더 좋다고 생각했다.

나이는 먹었지만 티아라는 세상 물정을 너무 몰랐다. 나이를 더 먹은 지금에서야 '아, 그때 잘못했구나' 라고 가끔 생각할 뿐이었다.

인간관계에 대해 너무 몰랐던 이유도 있었지만, 그보다 더 큰 이유는 집안에 돈이 없다는 이유가 더 컸었다.

자매 중 돈을 버는 이는 티아라 하나뿐인데, 종자 생활을 해서 벌어들이는 돈은 거기서 거기였다. 종자는 돈을 버는 게 목적이 아니라 기사가 되기 위해서 하는 것이라 돈을 그리 많이 벌지는 못했다.

어렸던 티아라가 생각하기에는 기사만 되면 돈을 벌 수 있을 거라고 생각했다. 그리고 그 방법은 네이얼을 모방하는 것이었고 말이다.

할아버지도 기사 생활을 해서 가족을 부양했으니 자신도 기사가 되어 동생들을 부양해야겠다고 막연히 생각했었다. 그렇게 지금까지 살아왔었다.

종자 생활 십 년. 이삼 년 정도 종자 생활을 더한다면 기사가 될 수 있는 이때, 위험을 무릅쓰고 토벌대에 참여한 것도 돈 때문이었다.

티아라 자신이 종자 생활과 검술 훈련에 정신없이 지내는 사이 테일리가 어느새 다 자라 좋아하는 사람이 생긴 것이다.

결혼을 하고 싶다고 조심히 말을 꺼내는 테일리에게 결혼 자금이 없으니 이 년만 기다려 달라고 딱 잘라 말할 수는 없었다. 그리고 다른 사람에게 손을 벌릴 수도 없었다.

자신들을 뒤에서 돌봐 주는 것도 벌써 십 년이다. 아무리 세상 물정을 모르는 티아라라고 해도 미안해서 더 이상 손을 벌릴 수가 없었다. 그래서 토벌대에 지원하게 되었다.

백부장이 되면 당장에 얼마만큼의 돈을 주며, 토벌대가 일을 성공한다면 처음 지급한 액수의 세 배에 해당하는 금액을 지급한다고 한다.

티아라에게는 사막의 오아시스 같았다. 토벌대의 출정 예정 기간을 일 년으로 잡고 있어서 테일리의 결혼식을 볼 수는 없지만 마음은 한결 가벼워질 수 있었다.

토벌대에 소속되어 겪게 되는 훈련은 이루 말할 수 없을 정도로 힘들었다. 종자 생활 십 년으로 체력 하나는 자신 있었다. 그런데 영지에서 지급해 주는 풀 플레이트 메일을 입고 나서는 그런 생각이 한꺼번에 지워졌다.

처음 한 달은 기초 체력 훈련을 중점적으로 받았으며, 두 달째부터 트롤과 일대일 대결을 펼쳤다. 마지막 한 달은 트롤로부터, 가상의 적으로부터 마법사를 지키는 훈련을 받았다.

하루하루가 지옥의 연속이었으며, 너무 힘들어 속에 있는 걸 밖으로 게워 낸 게 수차례였다.

돈이 없어서 훈련 중 손상되어진 갑옷도 직접 고쳐 입으며 훈련에 임했다. 훈련 막바지에는 제법 대장장이 흉내를 낼 정도였다.

"언니, 조심해서 다녀와."

"응."

"일이 잘 풀려서 빨리 돌아왔으면 좋겠다."

"알았어. 노력해 볼게."

두 동생의 배웅을 받으며 티아라가 서두르고 있었다.

"내가 없는 동안 네가 동생을 잘 돌봐 줘야 된다."

"응. 언니만큼은 못해도 그 반만큼은 할 수 있으니까 걱정하지 마."

"언니."

막내 동생이 결국 울음을 참지 못하고 티아라를 안고 놓아주지 않았다. 테일리의 눈에서도 눈물이 비춰졌다.

티아라는 막내 동생을 달래고는 떨어지지 않는 발걸음을 어렵게 떼어 내어 성으로 향했다.

티아라는 동생들에게 토벌대에 지원했다는 소리는 하지 않았다. 그냥 임무를 맡게 되어 영지를 잠시 떠나게 되었다고만 말했었다.

갑옷도 성안에 놓아두고 한 번도 집으로 가져오지도 않았다. 성으로 걸어가면서도 눈물이 멈추지 않았다. 만일 잘못되면 두 번 다시 동생들을 볼 수가 없다는 사실에 가슴이 미어졌다.

성에 도착하니 뜻밖에도 네이얼이 기다리고 있었다.

"기사님!"

"오랜만이다. 그것보다 너는 오늘도 늦는구나. 시간이 없다. 빨리 준비하자."

"네?"

아직까지도 어리둥절한 티아라가 얼떨결에 갑옷을 입으려고 하자 네이얼이 저지했다.

"이걸 입도록 해라."

온통 검은 묵 빛의 풀 플레이트 메일이었다.

"너에게 맞지도 않는 갑옷을 입고 몬스터랜드에 들어가려고 했느냐? 이것이 내가 너에게 해 줄 수 있는 마지막이다."

"……."

"뭐야? 우는 것이냐?"

생각지도 못한 선물을 받게 된 티아라가 감정을 주체하지 못하고 울음을 터트렸다.

"우중충한 색깔의 갑옷을 네놈에게 강제로 입힌다고 화를 내는 것이냐?"

네이얼의 얼굴이 찌푸려지더니 목소리에서 짜증이 배어 나왔다.

"아닙니다, 기사님."

자신의 행동을 오해했다고 생각한 티아라가 깜짝 놀라 얼른 눈물을 닦아 내고는 손을 흔들며 부정했다.

"그만 흔들거라. 갑옷을 입히는 데 방해가 되지 않느냐."

"네? 네."

"아무리 생각해도 내가 아니면 네놈을 종자로 받아 줄 기사는 없겠다는 결론이다. 무슨 일이 있어도 살아 돌아와라. 알겠느냐?"

"……네."

"네놈, 또 우는 것이냐?

"아닙니다. 아닙니다, 기사님."

"다 됐다. 배웅은 없다. 혹 배웅까지 바라는 것이냐?"

티아라는 눈물이 멈추지 않았다.

입을 열면 울먹이는 목소리가 들릴까 고개만 좌우로 급격히 흔들었다. 가만히 서 있던 티아라가 조용히 문을 열고는 네이얼을 남겨 두고 밖으로 나갔다.

혼자 남게 된 네이얼은 티아라의 흔적을 찾는 듯 한동안 시선을 거두지 않았다. 한참을 그러고 있다가 시선을 거두고는 티아라가 훈련 때 입었던 갑옷을 손으로 쓸어 보며 혼자라는 쓸쓸함을 곱씹었다.

"내가 같이 갔어야 했는데."

네이얼이 티아라와 함께 지낸 지 십 년이 넘었다. 티아라에 대해 모르는 것이 있다면 그게 이상할 정도였다.

티아라가 토벌대에 참여하는 이유를 모를 리가 없었다. 그런데 왜 자신에게 도와달라고 말하지 않았는지 티아라가 야속하게 느껴졌다.

티아라가 토벌대가 모여 있는 장소에 도착했을 때는 이미 많은 이들이 도착해 있었다. 개개인의 토벌대 병사들 모두 개조된 묵 빛의 레더 아머를 착용하고 있었다(일반 레더 아머의 중요 부분에 징을 박아 넣은 것으로 스프린트 메일과 비슷한 효과를 볼 수 있다).

마법사들 또한 무게를 최대한 가볍게 한 레더 아머를 착용하고 있었다. 기사들과 백부장들은 혼자 입고 벗을 수 있게 개조된 풀 플레이트 메일(양 옆구리가 찢어진 옷을 생각하면 비슷할 것이다. 양손을 먼저 집어넣고 갑옷을 들어 올려 머리를 집어넣으면 착용 끝이다. 단, 갈라진 옆구리를 혼자서 동여매야 한다는 단점과 그곳을 따로 방어하는 철판의 방어력이 통짜 갑옷보다 현저하게 낮았다)을 착용하고 있었다.

다들 쌀쌀한 새벽녘의 공기에 새하얀 입김을 내뿜었다. 조금 늦게 도착한 감이 있는 티아라였지만 그녀보다도 늦게 도착하는 이들은 제법 많았다. 하지만 불참하는 이는 없었다.

인원 점검이 끝나고 장비 점검이 있었다. 티아라도 자신의 장비를 확인하기 시작했다.

스무 발의 장전과 크로스보우, 카이트 실드와 레이피어 모두 가지고 있었다. 따로 필요한 장비들은 한쪽에 마련된 수레에 어제 이미 실어 두었다.

몬스터랜드에 들어가면 수레를 끌고 가는 말을 잘 지켜야 한다. 만약 몬스터와의 격전 중에 말이 죽게 되는 경우 무거운 갑옷 위에 완전군장까지 추가될 터였다.

장비 점검을 끝낸 티아라의 시선이 토벌대 선두에 나와 있는 알렌에게 향했다. 티아라뿐만 아니라 토벌대 전원의 시선이 알렌 한 사람을 향하고 있었다.

'저분이 정말 나와 같이 종자 생활을 하던 알렌 님이 맞는지 아직도 믿겨지지 않네.'

몸통을 보호하는 아쿼버스 아머만을 착용한 알렌이 강렬한 카리스마를 풍기며 토벌대 전원을 압도하고 있었다.

자신을 뜨거운 시선으로 바라보고 있는 토벌대를 천천히 둘러보던 알렌이 허리에 걸려 있는 검을 꺼내 들고는 검 끝을 토벌대를 향해 들어 올렸다. 그러고는 몸속에서 잠자고 있는 마나를 끌어올렸다.

웅! 웅! 웅!

알렌의 검에서는 완벽하지는 않지만 마나가 유형화되어 은빛을 뿜어냈다.

"오러 블레이드!"

"소, 소드 마스터!

토벌대 병사들뿐만이 아니라 그곳에 모여 있는 모든 이들이 알렌의 검에서 뿜어지는 기운에 잠식되어 갔다. 모든 이의 시선을 자신의 검으로 잡아끈 알렌이 검을 천천히 들어 올리더니 땅을 향해 내리쳤다.

쾅!

새벽녘의 공기를 가르며 엄청난 폭발음이 토해졌다. 알렌을 중심으로 초승달 모양의 크레이터가 반경 오 미터가량 크기로 생성되어 있었다.

단 한 수로 사백이 넘는 토벌대를 굴복시켜 버렸다.

"지금 바로 이 순간부터 나는 너희들의 생사 여탈권을 가진 토벌대의 총대장이다. 나는 절대복종을 원한다."

그 누구도 지금의 알렌 앞에서는 단 한 마디도 할 수가 없었다.

"이에 불복하는 자는 앞으로 나와라. 지금 앞으로 나온다면 이번 토벌대에서 제외시켜 주겠다. 단, 지금 나오지 않고 몬스터랜드에서 나온다면 내 검이 용서치 않을 것이다."

소드 마스터다. 누가 있어 알렌의 검을 받아 낼 수 있겠는가. 그 옛날 레츠가 병사의 목을 잘라 병사들을 통제했던 것과 조금 다른 방식이었지만 알렌 역시 단 한 수로 병사들을 자신의 통제권 안에 놓았다.

†제11장†

토벌대

토벌대 전원이 합심해서 주둔지를 보수하고 있었지만 그런 그들을 멀뚱히 서서 바라보고만 있는 이들이 있었다.

"우드리에 님, 저희도 주둔지 복구 작업에 합류할 수 있게 대장님께 말씀 좀 드려 주십시오."

"그렇습니다. 아무리 저희가 육체노동에 취약하다고 하지만, 저희들만 아무것도 하지 말고 구경만 하라니요. 고역도 이런 고역이 없습니다."

동료 마법사들의 호소에 우드리에는 머리가 지끈거리며 아파 왔다. 지금 눈앞에 있는 이들은 토벌대에 처음 참가한 이들이었다.

"마법사는 따로 할 일이 있다. 주둔지 정비는 병사들이 할 것이다."

"그렇다고 이리 손 놓고 있을 수만도 없지 않습니까. 저기 병사들의 시선이 느껴지지도 않습니까!"

우드리에도 눈이 있으니 알고 있었다. 하지만 마법사들을 쳐다보며 불만을 표시하고 있는 병사들 또한 이번에 처음 토벌대에 합류한 이들이었다.

토벌대가 어떻게 운영되는지 모르고 있기에 마법사들을 보며 불만을 표시하고 있는 것이었다. 말로 듣던 것과 막상 경험해 보는 것이 달라서 발생하는 일이었다.

토벌대에 처음 참가하는 이들이 갖는 아주 작은 사소한 문제였다.

"알렌 총대장님의 명령을 다 같이 들었지 않느냐? 병사들의 시선에 신경 쓰지 말고 자기 몸 상태나 점검해라. 마법사는 낮이 아닌 밤에 주도적으로 움직여야 한다."

우드리에는 동료 마법사들을 놔두고 개인 막사 안으로 들어가 버렸다.

자신들의 의견을 알렌에게 전해 줘야 하는 인물이 사라져 버리자 불만을 터트리던 마법사들도 하나둘 막사 안으로 들어갈 수밖에 없었다. 마법사들은 끝내 병사들의 시선을 견디지 못한 것이다.

티아라는 자신이 안전을 책임져야 하는 우드리에가 막사 안으로 들어가자 인상이 절로 찡그려졌다.

그녀가 받은 명령은 절대로 마법사 곁을 벗어나지 말라는 것이었다. 잠잘 때나 화장실 갈 때도 마법사의 곁을 벗어날 수 없는 것이다.

우드리에를 따라 그의 막사 안으로 들어가면서 백부장을 향해 명령을 내리던 알렌의 모습이 떠올랐다.

"백부장들은 토벌대에서 해야 하는 역할이 무엇인지 알고 있겠지?"

"네, 알고 있습니다!"

알렌의 말에 동시에 답하는 백부장들이었다.

"잠을 잘 때도 볼일을 볼 때도 자신과 한 조가 된 마법사와 따로 떨어지면 안 된다. 무슨 말인지 알겠는가?"

"네, 알겠습니다!"

단단히 기합이 들어간 목소리에 알렌이 흡족한 표정을 감추지 않았다.

"백부장들도 마법사들처럼 모든 작업에서 열외다."

"네, 알겠습니다!"

"그만 나가들 보도록."

마법사들과 한 조가 된 백부장들이 막사 밖으로 빠져나갔지만 한 명의 백부장이 막사 안에 남아 우물쭈물하고 있었다.

"무슨 일인가?"

"저, 저기."

"무슨 일이라고 묻지 않는가!"

"방금 전 지시하신 명령에 열외는 없는 것입니까?"

생각지도 못한 질문을 받게 되어서 그런지 알렌의 표정이 빠른 속도로 굳어 갔다.

티아라는 알렌이 뿜어내는 분위기가 심상치 않다고 느끼자 빠르게 말을 이어 가기 시작했다.

"저, 그것이, 같은 막사 안에서 잠을 자는 것은 그러려니 하고 지낼 수 있지만, 볼일을 보는 데도 같이 움직이라고 하시는 것은, 그것이 쪼금, 그러니까는……."

티아라는 말을 꺼내면 꺼낼수록 자신의 신세가 처량하다는 생각이 들었다.

토벌대에 합류하게 되면서 백부장이란 직책을 맡게 되었다. 훈련을 받을 때부터 마법사의 안전을 책임지는 역할을 맡게 된다는 것은 알고 있었다. 하지만 알렌은 그보다 더 나아가 마법사와 한 몸처럼 행동하길 바라고 있었다.

자신도 마법사와 한 몸처럼 뒤섞여 지낼 수 있지만, 신체적인 차이점이 분명한 만큼 조금 예외로 두고 싶은 것은 어쩔 수 없었다.

티아라는 그걸 자신의 입으로 말하기가 죽기보다 싫었지만, 어쩔 수 없었다. 토벌대에 유일한 여자는 자신이었다. 부당함은 자기 스스로 알려야 했다.

티아라가 말끝을 제대로 맺지 못했지만, 알렌도 그녀가 무엇을 말하려 하는지를 알게 되었다. 하지만 앞으로 토벌대의 안전을 위해서는 마법사의 존재가 무엇보다 중요했다.

마법사와 백부장들 간의 유대감을 높이기 위해 마련한 방책이었다. 한 명의 불편으로 열외를 만들 수는 없는 것이다.

"그래서 하기 싫다는 것인가!"

티아라는 알렌이라는 인물을 알고 지낸 지도 십 년이 넘었다. 그런데 단 한 번도 화를 내는 모습을 보지 못했는데 오늘 그 모습을 보고 말았다.

당황한 티아라는 이 상황을 벗어나고 싶어서 자기도 모르게 말이 먼저 튀어나왔다.

"아니, 하기 싫다는 것이 아니고, 그것이."

"하기 싫다는 것이 아니다? 그럼 명령대로 이행해라!"

단정적인 알렌의 말에 티아라는 더는 이의를 제기하지 못하고 막사 밖으로 빠져나올 수밖에 없었다.

우드리에의 개인 막사 안으로 들어간 티아라는 우드리에의 배려에 민망함이 극에 달해 어쩔 줄을 몰라 했다.

"막사 한편에 용변을 볼 수 있는 장소를 마련해 뒀네. 천으로 가려진 곳이라 밖에서는 안을 볼 수가 없게 만들어진 것으로 나도 그곳에서 용변을 해결할 것이니 그리 걱정하지 말게."

뜻밖의 해결책을 찾았지만, 티아라는 민망해지는 자신을 숨길 수가 없었다.

주둔지 주변을 목책을 세워 단단하게 방어막을 형성하자 알렌이 지휘 막사를 나와 병사들에게 식사 준비를 하도록 지시를 내렸다.

병사들이 수레에서 음식 재료와 식사 도구를 꺼내고는 불을 지피기 시작했다.

해가 지고 어스름이 내리는 숲 속에서 나무를 태우면서 나는 불빛과 연기로 토벌대의 위치가 밖으로 드러났다. 하지만 몬스터의 습격은 없었다.

몬스터의 습격은 다음 날 어둠이 내리기 시작하면서 시작되었다.

눈앞에서 동료들이 오크의 공격에 당하는 모습이 보였지만, 티아라는 오히려 오크가 자신에게 덤벼들지 않음을 감사하며 넋 놓고 마냥 지켜볼 뿐이었다.

"티아라 양! 가만히 서서 뭐하시는 겁니까! 병사들이 몬스터의 손에 죽어 가고 있지 않습니까! 화살이라도 쏘아서 동료들을 지원해 주세요!"

우드리에가 일단의 오크 무리에게 동료들이 당하는 모습에 입술을 질끈 깨물고 자신의 힘이 약함을 탓하고 있는데, 멍하니 서서 아무것도 안 하는 티아라를 발견하고는 그녀에게 호통을 친 것이다.

"네? 네!"

티아라는 우드리에의 호통에 그제야 자신이 뭘 해야 하는지 깨닫고는 허겁지겁 크로스보우를 꺼내서 오크를 향해 겨누었다.

핑!

대충 겨누어졌다고 느꼈는지 방아쇠를 더 세게 당기는 티아라였다. 크로스보우에서 발사된 화살이 막 병사의 숨통을 끊으려 했던 오크를 향해서 날아갔다.

"취익!"

아쉽지만 화살은 오크의 얼굴을 스치고 어두운 밤하늘을 가르고 날아갈 뿐이었다. 그렇지만 오크가 뜻밖의 공격에 잔뜩 긴장하고 있는 사이 다른 병사들이 동료를 위기에서 구해 내고 전열을 가다듬었다.

"화살이, 화살이!"

허둥지둥하며 등에 메어 있는 화살통에서 화살을 꺼내기 위해 부산을 떨어 댔다. 그 모습을 지켜보고 있던 우드리에가 티아라의 잘못된 점을 지적했다.

"시위를 먼저 고정시키고 화살을 꺼내야죠!"

티아라는 종자 생활을 하는 동안 활이란 것을 사용해 보지도 않았으며, 크로스보우는 토벌대에 합류하고 나서야 처음으로 지급받았다.

기사가 되기 위해서는 검뿐만 아니라 창과 활 등 모든 종류의 무기를 두루 사용할 수 있어야 하지만, 티아라는 검으로 수습 기사의 자격을 얻은 이후에 창과 활, 그리고 말을 타는 법까지 배울 계획이었다.

정말 대책 없이 세운 계획이었지만, 네이얼의 도움으로 그 말도 안 되는 일이 가능했다. 그래서 티아라의 활 솜씨는 십부장은 물론, 일반 병사의 수준보다 밑돌았다.

화살이 정확하지 않은 건 지금 상황에서는 중요하지 않았다. 얼마만큼 오크를 견제할 수 있느냐가 관건이었다.

기사는 이십, 마법사는 다섯, 병사는 사백. 그렇게 많지 않은 인원이다. 이런 토벌대를 노리고 주둔지 안으로 들어온 오크의 숫자만 수백을 헤아렸지만 크게 문제 될 것은 없었다.

기사는 물론 병사들도 오크를 감당할 수 있었기 때문이다. 하지만 숫자에서 밀렸다. 그것이 병사들을 힘들게 했다.

병사 일인당 최소 오크 두세 마리를 상대해야 했다. 이런 상황에서 티아라에 의해 간간이 발사되는 화살이 오크의 움직임을 빼앗으니 병사들이 한결 수월하게 싸움에 임할 수 있게 된 것이다.

티아라의 이런 움직임은 병사들에게 많은 도움을 주었지만 그리 오래가지는 않았다.

주둔지 중앙에 자리 잡고 있어서 선두에 있던 병사들을 지원할 수 있었지만, 후에 주둔지 안으로 난입한 오크들은 주둔지 구석구석을 가리지 않고 공격을 감행했기 때문이다.

눈 깜짝할 사이라는 말이 있다.

티아라는 그 말이 어떤 의미를 내포하고 있는지를 경험할 수 있었다. 목책을 단숨에 무너뜨리고 밀고 들어오는 오크가 순식간에 눈앞에서 사라지더니 우드리에를 덮치고 있었다.

"악!"

우드리에를 구할 수 없다고 생각한 티아라가 비명을 질러 댔다.

우드리에는 오크가 순식간에 다가와서 자신을 덮치는 모습을 처음부터 놓치지 않고 차분하게 지켜봤다.

전투 경험은 부족하지만 마법적 능력은 뛰어난 우드리에였기에 침착하게 자신이 할 수 있는 일을 행했다.

"블링크."

6클래스 마스터가 되어야 시전할 수 있는 마법이지만 우드리에는 살기 위해서 무리해서 사용했다.

하늘에 떠 있는 라이트 마법이 사라지는 것과 동시에 우드리에의 몸도 사라지더니 티아라의 바로 앞에 나타났다.

"티아라 양, 저를 보호해 주십시오."

안색이 파리하게 변한 우드리에가 티아라의 뒤로 몸을 숨기며 부탁했다.

5클래스 마스터였지만, 무리하게 사용한 마법으로 속이 진탕되어 한동안 요양이 필요한 내상을 입었다. 하지만 아직 쉴 수가 없었다.

우드리에는 티아라의 등 뒤로 가서는 라이트 마법을 시전했다.

“마법사와 몬스터 사이에 자리를 잡고 몬스터의 시야로부터 마법사를 차단한다.”

“절대 마법사와 다섯 발자국 이상 벗어나면 안 되고, 보통 세 발자국 안에서 마법사를 보호한다.”

영지 지하에서 훈련할 때 귀가 따갑도록 들었던 말이었다. 늦었지만 티아라가 훈련받은 대로 오크의 시야를 막아서며 우드리에를 보호하려는 움직임을 취했다. 그때였다. 알렌의 목소리가 울려 퍼진 것은.

“기사들은 주둔지 안으로 난입한 오크를 빠른 시간 내에 처리해라! 그리고 병사들은 마법사를 중심으로 방어벽을 쌓는다! 무슨 수를 써서라도 마법사를 오크의 손에서 지켜 내야 한다!”

주둔지 안에서 오크를 상대하고 있던 병사들이 서서히 마법사들을 에워싸기 시작했다. 티아라는 병사들의 움직임을 보는데 왠지 모르게 눈물이 흘러내렸다.

‘나 때문이다. 나 때문이야.’

알렌이 위기 상황에 놓여 있던 우드리에를 발견하고는 명령을 내린 것이다. 자기 한목숨 지키기도 힘들어 하던 병사들에게 자신이 맡은 역할까지 떠넘기게 한 것이다.

일반 병사 한 명이 오크 한 마리를 상대할 수 있었다. 크렌스피 영지의 병사들은 오크 두 마리 이상을 상대할 수 있었다. 처음에 오크에게 밀리던 것과는 달리 병사들이 오크를 압도하기 시작했다.

몇몇 여유를 찾게 된 병사들이 티아라와 우드리에 사이를 비집고 들어와 자리를 잡기 시작했다. 그 모습을 보며 티아라는 마법사 곁을 다섯 발자국 이상 벗어나면 안 되는데 하며 혼잣말을 할 뿐이었다.

티아라는 병사들에 의해 본의 아니게 우드리에와 떨어져 오크 앞으로 내몰리게 되었다.

오크의 공격은 빨랐다. 한순간에 티아라를 몰아붙였다가 언제 공격했냐는 듯 순식간에 티아라와의 간격을 벌렸다.

휙! 휙!

녹이 잔뜩 슨 검이 바람을 가르며 지나간 뒤에야 티아라가 방패로 막아서려는 움직임을 보이고 있었다.

머리부터 발끝까지 그녀의 몸을 감싸고 있는 풀 플레이트 메일이 아니었다면 그녀의 몸은 벌써 오크의 공격에 난자당해 넝마가 되었을 터였다.

갑옷의 무게에 평소 속도의 반도 낼 수 없기에 오크의 공격에 속수무책으로 당할 수밖에 없지만, 반대로 그 갑옷 때문에 상처 없이 지금까지 버틸 수 있었다. 그렇다고 갑옷이 만능은 아니었다.

풀 플레이트 메일이 오크의 공격에 갑옷으로써의 능력을 상실해 가고 있었다.

캉!

오크의 검이 티아라의 등허리에 큼직한 자국을 남기고 사라졌다.

"크윽!"

오크의 공격이 강해 절로 신음이 터져 나왔지만, 트롤의 공격보다는 약했다.

티아라가 조금씩 안정을 찾기 시작했다.

티아라가 자신과 붙어 있다시피 한 오크를 향해 방패를 비스듬하게 잡고는 휘둘렀다. 오크가 그녀의 공격을 피하기 위해 자연스레 뒤로 물러났다.

티아라는 그 순간 기회가 찾아왔음을 느낄 수 있었다.

처음으로 자신의 간격에 들어온 오크를 향해 망설이지 않고 검을 휘둘렀다.

"죽어!"

분명 자신의 의도대로 오크는 뒤로 물러나며 검의 사정거리 안으로 들어서고 있었다. 그래서 그 기회를 놓치지 않고 검을 휘둘렀는데, 생각지도 않은 방해자가 나타났다.

퍽!

방패를 휘두르고 거두는 그 짧은 순간을 노려 새로운 오크가 티아라의 품속으로 파고든 것이다.

오크는 방패를 잡고 있던 티아라의 팔을 향해 지체 없이 검을 휘둘렀다. 뜻하지 않은 공격에 티아라가 방패를 놓치고는 뒤로 물러설 수밖에 없었다.

"취잇!"

오크는 파고들던 힘을 이용해 오른손을 뻗어 방패를 날려 버리고는 몸을 틀면서 검으로 티아라의 옆구리를 가격했다.

카앙!

귓속을 파고드는 쇳소리와 함께 오크의 검이 티아라의 옆구리에 박혀 들어갔다.

갑옷 중 가장 취약한 부분에 공격을 허용했다. 갑옷이 충격을 이기지 못하고 부서져 나갔다.

"악!"

고통을 참지 못한 티아라의 비명 소리가 밤하늘을 가르며 퍼져 나갔다.

생각만큼 깊지는 않았지만 검이 생살을 파고드는 것을 확실하게 느꼈다. 인간 특유의 피 냄새가 피어나고 있었다.

"취잇!"

오크 특유의 콧바람 소리는 티아라의 오금을 저리게 만들었다.

오크는 마지막을 장식하려는지 오른손으로 티아라의 어깨를 감싸면서 가볍게 공중으로 몸을 띄웠다. 그러자 옆구리에 박혀 있던 검이 자연스레 빠지며 피가 튀어 나왔다.

두 다리를 티아라의 허리 어름에 올려놓고는 검을 최대한 들어 올려 티아라의 연약한 목을 노렸다. 단 한 번의 일격으로 목뼈를 부숴 버리려는 행동이었다.

오크는 한순간 승리에 너무 도취되어 있었다.

다 잡은 먹이라고 생각했는지 티아라가 들고 있는 검에서 시선을 뗀 것이 패착이었다.

"크르르르."

핏덩이가 올라와 마지막 목 울림소리가 이상하게 들려왔다. 아니, 귀가 이상해져서 소리가 이상하게 들리는지도 몰랐다. 광기로 뒤덮여 있던 오크의 눈이 검게 물들어 가기 시작했다.

티아라의 몸에 매달려 있던 오크의 몸이 서서히 땅으로 무너져 내렸다. 죽어 있는 오크의 심장에 티아라의 검이 박혀 있었다.

본능이었다.

티아라 본인도 어떻게 오크의 심장에 검을 찔러 넣었는지 모를 정도였다. 죽었다고 생각한 순간 그녀의 검은 움직였다. 반복 훈련에 따른 본능적인 움직임이 티아라의 목숨을 구한 것이다.

"하아, 하아!"

심장에 검이 박힌 채 죽어 있는 오크를 보며 착잡한 심정을 감추지 못했다. 생살을 파고드는 느낌이 티아라를 소름 끼치게 했다.

한순간이었다.

땅바닥에 몸을 누인 것이 오크가 아닌 그녀 자신이 될 수도 있었다.

티아라가 격해진 감정을 추스르고 주위에서 싸우고 있는 병사들의 모습을 살폈다. 그러고는 우드리에의 곁으로 이동했다.

병사들을 도와 한 손이라도 거들어야 했지만 부상당한 옆구리가 이상했다. 생각보다 상처가 심한 것 같았다.

그녀의 손이 옆구리로 이동했다. 흐르는 피를 조금이라도 막으려는 행동이었다. 그 순간이었다.

쾅!

와당탕탕!

뭔가가 날아와서는 티아라와 부딪쳤다. 그것은 그녀와 함께 바닥을 굴렀다.

옆구리의 상처도 문제였지만, 갑옷의 무게로 인해 바닥을 구르던 티아라는 다시 한 번 몸속이 진탕되는 것을 경험해야 했다.

"컥!"

황망하게 당한 것이지만, 무언가가 바닥을 함께 구르더니 자신 위에 올라타는 걸 느낄 수 있었다.

충격에 절로 인상이 찌푸려졌다. 감았던 눈을 뜨자 눈앞에 오크의 이빨이 보였다.

티아라의 목을 노리고 있었다.

콰작!

오크의 무식해 보이는 이빨이 팔목을 감싸고 있던 갑옷을 찌그러뜨리며 살을 파고들었다.

티아라는 팔목에 전해지는 충격을 느끼기도 전에 폐부를 쥐어짜는 비명이 먼저 터져 나왔다.

"아악!"

오크의 검이 상처 입었던 옆구리를 헤집어 놓고는 빠져나갔다. 오크는 티아라의 목뼈를 부러뜨리지 못하자 본능적으로 그녀의 가장 취약한 약점을 노린 것이다.

처음 티아라와 상대했던 오크가 그녀가 흘린 피 냄새에 흥분해서 덮친 것이다.

빠져나가던 오크의 검이 다시 한 번 티아라의 옆구리에 박혀 들었다.

"울컥! 울컥!"

목구멍에서 비명 소리가 아닌 핏덩이가 솟구쳐 나왔다.

이번 공격은 옆구리를 파고드는 것으로 끝난 것이 아니라 아예 옆구리를 관통하고 반대쪽 갑옷을 찌그러뜨렸다.

내장이 손상을 입었다. 빨리 손을 쓰지 않으면 목숨을 잃을 정도의 부상이었다.

"취익!"

그때까지도 티아라의 팔목을 물고 있던 오크가 입을 벌리고는 흉성을 토해 냈다. 그러고는 마지막을 장식하려 했다.

"젠장!"

우드리에는 오크와 함께 구르는 티아라를 보며 입술을 깨물었다.

위험한 순간도 여럿 있었지만 마지막 승자는 티아라였다. 그렇기에 자신에게 다가오는 티아라를 보며 마음 한구석이 편안해졌던 그였다. 그런데 생각지도 못한 전개가 벌어졌다.

난전 중이었다고는 하지만 오크가 이렇게 빨리 공격할 줄은 몰랐었다. 어떻게 손쓸 틈도 없이 티아라의 비명이 터져 나왔다. 그리고 이어지는 연속 공격. 이것저것 따질 틈이 없었다. 조금이라도 지체하면 티아라의 생명이 위험했다.

"터져!"

하늘에 떠 있던 라이트가 방향을 바꿔 오크의 얼굴 쪽으로 날아가더니 번쩍하고 밝은 빛을 뿜어내며 터져 나갔다.

라이트가 터져 나가는 순간 우드리에는 몸이 진탕되는 것을 느낄 수 있었다.

"울컥!"

마나가 역류하자 이를 견디지 못하고 우드리에가 핏덩이를 토해 냈다. 아무리 1클래스 마법이라고 하지만, 마나 배열을 역으로 돌려 터트린 것이니 반발력이 대단해서 내상이 심해졌다.

"쏴! 화살을 쏴라!"

우드리에가 입에서 피를 토해 내며 외쳐 댔다.

오크는 티아라의 숨통을 끊어 놓으려고 했다. 그런데 갑자기 눈앞에 무언가가 날아와 엄청난 빛을 뿜어내며 터져 나가더니 한순간에 시력을 잃어 주위가 온통 백색으로 보였다.

퍽! 퍽!

두 대의 화살이 날아와 오크의 상체에 박혀 들었지만, 아직도 시력이 돌아오지 않은 오크는 속수무책으로 당할 수밖에 없었다.

“죽어, 이 새끼야!

병사 한 명이 티아라의 위에 올라타고 있는 오크의 머리를 향해 스피어로 있는 힘껏 후려쳤다.

빡!

오크의 머리가 깨지며 뇌수와 섞여진 핏물이 땅바닥을 흥건하게 적셨다.

병사가 죽어 있는 오크를 발로 걷어차고는 티아라의 손을 잡아 동료들이 있는 곳까지 끌고 갔다.

“취익! 취익! 취익!”

병사들이 오크로부터 티아라를 구해 내는 순간 주둔지 밖에서부터 오크 특유의 울음소리가 들려왔다.

그 울음소리에 맞춰 토벌대를 공격하던 오크들이 주둔지 밖으로 몸을 빼기 시작했다.

주둔지 안으로 들어왔을 때는 수백을 헤아렸으나 끝까지 살아남아 주둔지 밖으로 빠져나간 숫자는 채 백 마리도 되지 않았다.

순식간에 빠져나가는 오크들의 모습을 확인하고는 우드리에가 티아라를 향해 달려갔다. 숨이 끊어지지 않았다면 어떻게든 살려 보기 위해서였다.

"수고하셨습니다."

마그네트가 주둔지 안으로 들어서는 알렌을 반겼다.

"피해 상황은?

"총 사상자가 열둘입니다."

생각보다 많은 수였다. 그 짧은 시간에 많은 인명 피해가 발생했다.

"사망이 둘, 거동이 불편할 정도의 부상자가 여섯, 경미한 부상자가 넷입니다."

"목숨을 잃은 자가 생각보다 많군."

마그네트 또한 알렌의 생각과 비슷했다. 오크의 공격에 너무 많은 사상자가 발생했다. 그리고 두 명의 병사는 목숨까지 잃었다.

"부상자 명단에는 목숨이 경각에 달한 이들도 섞여 있습니다. 사망자 수가 늘어날 수도 있습니다."

"저자들을 말하는 건가?"

알렌이 주둔지 한편에 마련되어진 간이 막사를 가리켰다.

"그렇습니다."

"마법사들도 보이는데 저 안에서 뭘 하고 있는 것인가?"

막사 안에서는 마법사들이 무언가를 하고 있었다. 그들은 오크의 공격에 상처를 입은 병사들을 한곳에 모아 놓고 해독 마법을 사용해 주고 있었다.

오크의 검은 잔뜩 녹이 슬어 있었다.

혹시 모를 병원균의 침투를 미연에 방지하기 위해 분주하게 움직이며 마법을 시전하는 것이다.

병사들이 오크와 맞서 싸우는 동안 그들의 보호 아래서 아무것도 하지 않고 있었던 사실이 못내 미안했던 마법사들이 스스로 자처해서 부상당한 병사들을 돌보는 것이다.

이를 더 깊이 파고들어 보면, 몬스터와의 싸움에서는 항상 뒤를 지켜야 되는 현 상황에서 마법사들이 부상당한 병사들을 치료하는 역할이라도 맡고 싶었던 것이다.

"병사들에게 해독 마법을 걸어 주고 있습니다."

"해독 마법?"

알렌은 마그네트의 설명을 들으면서 막사 안으로 들어갔다.

막사 안에는 우드리에가 핏기가 사라진 창백한 얼굴로 치료에 전념하고 있었다.

알렌의 인상이 굳어졌다.

토벌대에 속해 있는 마법사들을 고작 이런 일에 사용하려고 그렇게 보호한 것이 아니었다.

"마법사 우드리에!"

알렌의 서릿발 같은 목소리가 막사 안에 울려 퍼졌다.

"자네 지금 뭐하고 있는 것인가?"

"네?"

알렌의 질문에 오히려 의문을 표하는 우드리에였다. 알렌이 왜 이러는지 도통 모르겠다는 표정으로 말이다. 그런 우드리에를 알렌이 강제로 막사 밖으로 끌어냈다.

†제12장†

주둔지를 만들다

"지금 하늘에 뭐가 보이는가?"

우드리에가 알렌이 가리키는 하늘을 바라보자 작고 작은 별들이 빤짝거리며 자신의 존재를 알려 오고 있었다.

"별이 보입니다."

"자네 눈에는 저것이 별로 보일지 모르지만 내 눈에는 토벌대를 호시탐탐 노리고 있는 탐욕자의 눈빛으로 보이고 있다."

"네?"

"지금 우리가 있는 이곳이 어디라고 생각하는 것인가? 몬스터랜드의 어느 한 지역에, 그것도 하늘이 막힘없이 뻥 뚫린 곳에 자리하고 있다. 비행 몬스터들의 표적이 되기 딱 좋다는 말이다."

그렇다. 알렌이 걱정하는 것은 하늘을 날아다니는 비행 몬스터들이었다.

땅을 삶의 터전으로 삼고 있는 지상 몬스터들은 오히려 상대하기 편했다. 하지만 비행 몬스터들은 달랐다. 아무리 약한 존재라고 해도 그들을 상대할 수 있는 장비가 미비한 현 시점에서 그들을 만나는 것만은 어떻게 해서든 피해야 하는 상황이었다.

와이번의 비늘을 뚫을 수 있는 화살이 있다고 해도 뭐하겠는가. 화살의 양도 부족하지만, 와이번이 화살에 맞아 줄지도 의문이었다. 이런 상황에서 알렌이 믿고 있는 것이 마법사들이었다.

알렌이 생각하기에는 화살보다는 마법사들에게 믿음이 생기는 게 당연했다. 최소한 비행 몬스터들을 죽이지는 못하더라도 토벌대가 안전한 곳으로 몸을 숨길 수 있는 시간을 벌어 줄 것이라고 기대하고 있었다.

만일의 사태에 대비해 마나를 아껴야 하는 마법사들이 살아난다는 가망도 없는 병사들에게 마나를 소모하고 있으니 정말 답답할 노릇이었다.

마법사들이 부상당한 병사들을 치료하면 살아날 자도 분명 있을 것이다. 하지만 그들을 살리느라 마나를 소모해 버리면, 당장 내일 태양이 떠오른 이후에 피 냄새를 맡고 나타날 비행 몬스터를 상대할 방법이 없었다.

알렌은 몇 명의 목숨을 살리고자 수백 명의 토벌대 병사들을 죽음의 위기로 몰아갈 수는 없었다.

"나무를 심으면 됩니다."

"뭐?"

우드리에의 말에 알렌이 뭔 헛소리를 하냐고 호통을 치려 했다.

"비행 몬스터의 이목을 속이기 위해서는 주둔지 안에 나무를 심으면 됩니다. 그렇게 하면 비행 몬스터의 시야를 가릴 수 있습니다. 혹 그들이 공격을 시도한다고 해도, 주둔지 안에 세워진 나무가 일정 부분 이를 막아 줄 것입니다."

알렌은 우드리에의 말이 얼마나 효용성이 있는지 판단하기 시작했다.

뻥 뚫려진 공간에 토벌대가 모여 있었다. 그곳에 나무가 생겨난다. 그로 인해 나무 밑에 있는 토벌대는 가려지는 것은 당연했다.

비행 몬스터들로 고심하던 알렌에게 한 가지 해결책이 제시되었다. 그렇다고 마법사들이 마나를 마음대로 소모하게 만들 수는 없었다.

알렌이 영지에서 지급해 준 약초를 가져다가 즙을 내고는 부상당한 병사들에게 직접 발라 주며 말했다.

"이것이 우리가 해 줄 수 있는 치료의 전부다. 이후 죽고 사는 건 개인의 의지에 달려 있다. 다시 한 번 말하지만, 이곳에서의 죽음은 개죽음. 그 이상도 그 이하도 아니다."

병사들에게 약초를 발라 준 알렌이 마법사들을 이끌고 막사를 빠져나갔다.

알렌이 빠져나가고 막사 안에 남아 있던 병사들은 그 누구를 막론하고 소리 없이 눈물을 흘렸다. 부상당한 병사들의 가슴에는 같은 토벌대 동료라고 해도 결국에 믿을 수 있는 것은 자기 자신뿐이란 걸 뼈저리게 깨달고 있었다.

티아라도 그들 사이에 섞여 있었다.

주둔지 안에 모여 있는 토벌대원들이 바삐 움직이기 시작했다.

오크의 습격으로 주둔지 안에 피 냄새가 진동하고 있었다. 이 피 냄새는 어둠이 사라지기 전 몬스터랜드 곳곳으로 퍼져 나갈 것이 자명했다.

피 냄새를 맡고 모여들 몬스터들을 대비해야 했다.

늦은 밤 주둔지 주변에 있는 나무를 뽑는다고 난리도 아니었다. 방패 하나 달랑 들고 땅을 파려고 하니 여간 고역이 아니었다. 그것도 사방이 어둠에 휩싸인 밤에 말이다.

마법사들은 알렌의 명에 따라 소모된 마나를 회복하는 데 집중했다. 라이트 마법을 써 줄 여력이 없었던 것이다.

나무뿌리가 상처를 입건 말건 상관치 않았다.

무조건 잔가지가 많아 나뭇잎이 풍성한 것들만 골라서 뽑아냈다. 그리고 주둔지에 옮겨 심고 보니 어둠이 물러나고 새벽녘이 밝아 오고 있었다. 주둔지 안에는 전에 없는 커다란 나무

다섯 그루가 자리했다.

대륙 전역에 가뭄으로 물이 부족했다. 옮겨 심은 나무가 잘 자라도록 뿌리를 적셔 줄 물이 없는 건 당연지사. 다섯 그루의 나무가 이곳에 뿌리를 내리고 살아날 거라고 기대하는 병사는 없었다.

태양이 서서히 떠오르고 있었지만, 병사들은 자신이 맡은 역할을 착착 해결해 나가고 있었다. 가장 먼저 한 일은 토벌대 동료의 시신을 수습하는 일이었다.

병사들은 어젯밤 몬스터의 습격에서 죽지 않고 살아남았다는 사실에 안도하기보다는, 몬스터로부터 동료를 지켜 내지 못했다는 사실에 분통을 터트렸다. 그렇다고 언제까지 죽은 자를 위해 울어 줄 수는 없었다.

마음을 추스르고 토벌대 병사들이 오크의 습격으로 무너진 목책을 새것으로 교체했다. 더 나아가 목책 앞을 기점으로 땅속에 나무를 박아 넣기 시작했다.

성인 남자의 발목보다는 높고 무릎보다는 낮은 크기였다. 그 끝을 병사들이 단검을 이용해서 뾰족하게 깎아 댔다. 목책 앞을 매우 빽빽하게 메움으로써 주둔지 안으로의 접근이 쉽지 않게 되었다.

오크가 죽으면서 흘러내린 피가 주둔지 주변 여기저기에 고여 있었다. 병사들이 피가 고여 있는 땅을 뒤집어엎었다. 그러면서 오크의 시체를 땅속에 묻어 버렸다.

병사들이 맡은 역할을 착실히 진행시켜 나가자 시간은 어느새 한나절을 지나고 있었다. 주둔지 근처 일정 거리 밖에서 피 냄새를 맡고 기웃거리는 몬스터들이 모이기 시작했다. 그 수가 수십을 헤아렸지만, 백여 마리 이상으로 모이지는 않았다.

몬스터들이 조금 모일라 치면 그들 간에도 서열이 생겨나 힘이 약한 몬스터들이 밀려나면서 일정 숫자 이상의 몬스터는 모이지 못한 것이다.

알렌도 굳이 토벌대를 공격하지 않는 몬스터들을 먼저 공격할 필요를 느끼지 못하고 있었다. 괜히 공격을 시도하다 사상자가 발생하면 이만저만 손해가 아닌 것이다.

주둔지 밖에 있는 몬스터들보다는 임시로 세워 둔 간이 막사 안에 있는 부상병들을 신경 쓰는 게 병사들의 사기에도 더 낫다고 생각했다.

생사의 기로에 놓여 있던 병사 중 한 명이 끝내 사망함으로써 사망자 수가 세 명으로 늘어났다. 그래도 다른 병사들은 위험한 고비를 이겨 냄으로써 시간이 지나면 회복이 될 것이었다.

알렌은 하는 것도 없이 부상자들을 따로 모아 놓은 막사 안에서 시간을 보낼 뿐이었다.

아침이 되자 알렌이 몬스터랜드에 들어서며 가장 걱정했던 비행 몬스터가 토벌대를 공격하기 시작했다.

평균 길이가 이 미터에 육박하는 드래곤 플라이였다.

초대형 잠자리로 몬스터보다는 육식동물에 더 가까웠지만 워낙 포악한 녀석들이라 몬스터로 분류됐을 정도였다.

윙! 윙!

드래곤 플라이 특유의 날갯짓 소리에 병사들은 하던 일을 멈추고 주둔지 안으로 모여들었다. 이십여 마리의 드래곤 플라이가 나타났다. 생각보다 숫자가 적어서 다행이었다.

드래곤 플라이를 빠르게 처리해야 했다. 이들이 끝이 아니고 시작일지도 몰랐다.

병사들이 크로스보우를 발사하기 시작했다.

하늘을 자유자재로 나는 몬스터들이라 정조준하기가 힘들었다. 그러나 피부 자체는 비행 몬스터들의 특징인 단단한 외피가 없기에 일반 화살로도 사냥이 가능했다.

드래곤 플라이가 토벌대를 공격하자 주둔지 밖에서 대기하고 있던 몬스터들도 덩달아 흥분하여 토벌대가 있는 주둔지로 달려들었다. 하지만 땅에 박혀 있는 나무창에 의해 목책에 다가오지도 못하고 찔려 상처를 입거나 심하면 생명을 잃을 정도였다.

나무창을 피해 천천히 다가오는 몬스터들은 병사들이 발사하는 화살에 죽임을 당했다. 지상에서 공격하는 몬스터들은 큰 위협이 되지도 못하고 싸늘한 죽음을 맞이할 뿐이었다.

문제는 역시나 드래곤 플라이였는데, 이것도 마법사들이 본격적으로 전투에 참여하자 너무 어이없을 정도로 손쉽게 격퇴

시킬 수 있었다.

마법사들이 가슴 앞에 파이어 볼을 시전하더니 드래곤 플라이를 향해 날려 보냈다.

쾅!

드래곤 플라이를 적중하지 못하고 허공에서 폭발했지만, 그 폭발로 생겨난 화염만으로도 드래곤 플라이의 날개에 불이 옮겨 붙으며 땅바닥으로 떨어져 토벌대 손에 죽임을 당할 뿐이었다.

일반 잠자리 날개처럼 투명하지는 않았지만 열기에 특히 약한 모습을 보이는 건 똑같았다.

쾅! 쾅! 쾅!

하늘에서 연이어 터지는 파이어 볼에 공기가 후끈 달아올라 토벌대들도 그 열기를 느낄 수 있을 정도였다.

순식간에 십여 마리의 드래곤 플라이가 폭발에 휘말려 토벌대의 손에 죽임을 당하자 그때까지 살아남은 드래곤 플라이들이 황급히 그곳을 벗어나 다른 곳으로 날아갔다.

목책을 넘으려고 했던 몬스터들도 별다른 피해 없이 방어할 수 있었다.

비행 몬스터 중에서도 하급에 속하는 종류였지만, 병사들은 첫 전투에서 아무런 피해도 없이 방어해 냈다는 것에 기분이 좋아졌다.

토벌대가 주둔지를 벗어나 다른 곳으로 이동을 시작한 것은 일주일이란 시간이 지난 후였다. 부상당한 병사들이 혼자 걸을 수 있을 때까지 충분한 회복 시간을 준 것이다.

부상자라고 주둔지에 따로 떼어 놓고 임무를 하러 갈 수는 없었다. 부상자를 떼어 놓는 것은 부상자들보고 죽으라고 하는 것이나 다름없었다. 알렌은 살아남은 부상자들을 포기할 생각이 없었다. 그래서 전투에는 참여하지 못해도 혼자 걸을 수 있을 때까지 기다린 것이다.

몬스터와의 싸움 중 병사들이 부상을 입으면 토벌대의 여건상 제대로 된 치료는 해 줄 수 없다. 하지만 토벌대의 발목을 잡는다고 부상자를 버리지 않는다는 걸 병사들에게 알려 줘야 했다.

알렌이 부상자들이 회복하길 기다린 것도 이런 이유가 다소 작용했다.

토벌대가 주둔지를 완전히 떠난 것은 아니었다.

토벌대는 반나절을 걸어서 무언가를 조사하고는 어둠이 내리기 전에 주둔지로 돌아왔다. 그리고 다음 날 새벽녘에 주둔지를 떠나 어제 갔었던 곳을 다시 찾아갔다. 그곳에서 나무 몇 그루를 베어 내고는 다시 복귀하기를 반복했다.

토벌대는 그곳에 또 다른 주둔지를 만드는 작업을 시작한 것이다.

처음에는 병사들이 생활할 수 있는 공간을 찾아서 큰 나무를 제외하고는 작은 나무부터 제거했다.

기사들이 쓰러뜨린 나무를 병사들이 일정 크기로 자르는 것이 주된 작업이었다. 그러고는 늦지 않는 시간에 다시 돌아가는 것이다.

병사들은 목책을 만들 재료를 주둔지로 정한 장소에 모아 놓고는 목책을 만들지 않고 나뭇가지를 땅에 박아 넣기 시작했다. 완벽하지 않은 목책보다 지금 당장은 나무창이 상당한 도움이 될 거라는 걸 알고 있었다.

주둔지를 처음 만들기 시작할 때는 토벌대를 방어해 줄 아무런 것도 없었다. 몬스터들의 습격을 미연에 확인하고 토벌대 스스로의 능력으로 몬스터들을 상대해야 했다.

부상을 당한 병사들은 전투와 작업에는 참여하지 못해도 주변 경계는 할 수 있었다. 생각지 못한 곳에서 인력을 줄일 수 있었다.

주둔지와 주둔지 사이를 왕래할 때는 사백의 토벌대가 움직이니 예상대로 웬만한 몬스터는 토벌대를 피해 도망갔다.

토벌대의 인원이 많으면 많을수록 몬스터로부터 습격 받을 확률이 줄어든다는 확신이 들 정도였다.

일부 중형 이상 몬스터들의 습격이 있었지만, 그 수가 미비했으며 자주 있는 일도 아니었다. 알렌과 기사들만으로도 처리가 가능했다.

비행 몬스터를 방어해 줄 커다란 나무를 제외하고는 생활에 불필요한 나무를 제거해 놓았다. 그리고 상당한 양의 나무창을 만든 후, 하나둘 목책을 만들기 시작했다.

시간이 지날수록 주둔지가 완성되었으며, 어느 정도 성과를 보이자 알렌은 주둔지를 변경해야 할 때가 왔다고 판단했다.

토벌대는 새로 만들어진 주둔지로 들어가 날이 저물 때까지 목책을 만들기에 여념이 없었다. 이곳에서 지내기로 결정한 이상, 밤에 몬스터의 습격이 있을 것이란 걸 알렌이 말하기도 전에 병사들도 느끼고 있었다.

티아라가 부상으로 우드리에를 호위할 수 없게 되자 알렌은 가장 나이가 어린 기사에게 티아라의 역할을 대신하도록 지시를 내렸다.

백부장이었던 그녀의 신분이 부상과 함께 사라진 것이다. 대신 티아라는 부상자들과 함께 다른 임무가 주어졌다. 나무 위에서 주변 경계를 하는 보초병이 된 것이다.

아직 완벽하게 회복된 것이 아니라서 몬스터와 직접 싸울 수가 없었다. 그래도 그들은 토벌대를 위해서 무언가라도 하고 싶었다. 보초 역할도 자청한 것이었다.

티아라는 화살을 챙겨 들고는 주둔지 안에 있는 나무 위에 자리를 잡았다. 그녀의 곁에는 오크에게 부상을 입었던 병사들이 함께 자리하고 있었다.

서로 간에 단 한 마디의 말도 없었지만 그들에게는 보이지 않는 끈끈한 그 무언가가 존재하고 있었다.

어둠이 내린 후에 경계를 한다는 건 쉬운 일이 아니었다. 주둔지 안을 밝혀 줄 아무런 불빛도 없는 와중에 무언가의 습격을 미연에 알아채야 하는 것이다. 하지만 그들이 발견하기도 전에 몬스터들이 미리 소리로 자신들의 존재를 알려 왔다.

몬스터들이 항시 토벌대 주위를 배회하는 건 지극히 자연스러운 일이었다. 그들끼리 떠들고 외쳐 대는 소리는 일상다반사였다. 그런데 어둠이 내린 이후에는 몬스터들도 쥐 죽은 듯 조용해진다. 이런 상황에서 몬스터들이 흥분해서 외치는 소리가 들린다는 건 그들의 습격을 의미하는 것이었다.

"취잇! 취잇!"

보초를 서고 있는 경계병들이 몬스터의 습격을 알린 것과 주둔지 안을 밝혀 주는 라이트 마법이 시전된 건 거의 동시였다.

밝은 빛을 내뿜은 밝은 구체가 주둔지 안을 밝혀 주며 습격자들의 모습을 낱낱이 보여 주었다.

오크였다.

오크들은 자신들의 영역에 침범한 토벌대를 처단하기 위해 나타난 것이다.

티아라의 눈에 적의가 가득 차올랐다.

동시다발적으로 화살이 허공을 가르며 오크에게 날아갔다. 재장전이 힘들어서 문제이지 크로스보우가 보여 주는 파괴력은 단연 발군이었다.

일반 화살에도 오크들이 픽픽 쓰러지며 떨어져 나갔다. 그리고 땅속에 박혀 있는 나무창에 발목이 잡힌 오크들의 기동성도 신통치 않았다.

토벌대 병사들이 본격적으로 전투에 참여하자 오크들이 힘다운 힘 한번 써 보지도 못하고 차디찬 시체로 변해 가기 시작했다. 결과적으로 목책 안으로 들어선 오크들은 손에 꼽을 정도로 오크들이 토벌대에게 입힌 피해는 미비했다.

땅속에 박혀 있는 나무창과 이를 통과하는 몬스터들을 적절히 견제해 주는 화살로 인해 정말 싱겁게 몬스터의 습격을 막아 낼 수 있었다. 토벌대에서 몬스터를 방어할 수 있는 그럴싸한 방책이 만들어진 것이다.

반대로 토벌대에 찾아온 문제는 화살의 양이 급격하게 소모되고 있다는 사실이었다. 몬스터에 박혀 있는 화살을 되찾아온다고 하지만, 그 양은 정말 미흡할 정도였다.

토벌대는 몬스터랜드에서 삼 개월 동안 주둔지를 건설하고 몬스터들을 상대했다. 그리고 물품 조달을 위해 처음으로 영지로 돌아가고 있었다.

총 사백이 넘는 인원이 토벌대에 합류했었지만, 영지로 돌아가는 이들은 삼백오십이 조금 넘는 인원이었다.

남들이 보기에는 몬스터랜드에서 삼 개월을 버티고도 목숨을 잃은 병사가 오십뿐이라면 정말 대단한 일이라고 말할 테지만, 병사들이 느끼기에 오십 명이 목숨을 잃었다는 건 정말 어마어마한 숫자였다.

토벌대는 철저하게 몬스터와의 전투를 피해 왔다. 주둔지 건설에 주력하면서 어둠을 틈타 공격해 들어오는 몬스터들하고만 싸웠을 뿐이다.

주둔지와 주둔지 사이의 이동 중에는 별다른 타격을 입지 않았다. 역시나 사백이 넘는 토벌대의 병사들을 보고 쉽사리 덤비는 몬스터들이 없었던 것이다.

몬스터들은 어둠이 내리기만을 기다려 습격했었고, 토벌대는 그런 몬스터들을 철저한 방비를 세워 둔 후에 맞섰다.

비행 몬스터를 방어하기 위해 남겨 둔 나무가 망루로써의 쓰임새로도 탁월한 효과를 발휘하자 주둔지를 선택하는 장소도 병사들이 편히 쉴 수 있는 공간을 찾던 것에서 나무가 얼마나 망루로 활용 가능한지부터 따지게 되었다.

넝쿨 줄기로 사다리를 만들어 나무 위로 오르내리기 쉽게 만들었으며 나무와 나무 사이에 가교를 건설하여 몬스터의 습격시 궁수가 자리 잡고 싸울 수 있게 만들었다.

알렌은 병사들 중에서 활을 잘 쏘는 자들을 추려서 부상자들과 합류시켰다. 그러자 오십여 명이 넘는 병사들이 나무 위에서 전문적인 궁수로서 활약하기 시작했다.

또 주둔지를 옮길 때에도 다른 곳에 주둔지를 완성하기 전에는 절대로 주둔지를 이전하지 않았다. 그리고 토벌대가 빠져나간 주둔지를 몬스터들이 이용하지 못하게 주둔지 주변을 나무창으로 빽빽하게 에워싼 후에 빠져나갔다.

삼 개월 동안 총 일곱 개의 주둔지를 건설하는 데 성공했으며 고블린, 리자드맨, 오크 등 무리 생활을 하는 몬스터의 습격이 끊이지 않았지만, 그때까지의 인명 피해도 이십을 넘지 않았었다.

오십이 넘는 인명피해를 입은 이유는 비행 몬스터들의 습격이 있었기 때문이다.

와이번의 습격이 있었다. 단 세 마리의 와이번의 습격이었지만 토벌대는 속수무책으로 유린당할 수밖에 없었다.

와이번을 상대하기 위해 준비해 온 철시로는 하늘의 제왕이란 와이번을 상대할 수 없었다. 그들의 빠르기를 인간이 좇을 수 없었다는 게 정확할 것이다.

병사들 전원이 화망을 구성하고 화살을 쏘았지만 별다른 피해를 입히지 못했다. 몸통에 화살이 박혀도 이를 무시하고 날갯짓을 계속하니 땅으로 떨어질 일이 없었다.

마법사들도 와이번의 외피를 뚫고 타격을 입힐 수는 없었다. 외피는 고사하고 날갯죽지 하나도 제대로 된 타격을 입힐 수 없었다.

파괴력이 낮은 클래스에 속한 마법들은 그냥 몸으로 받아냈으며 파괴력이 높은 클래스의 마법들은 얄미울 정도로 피해

다니며 철저하게 농락했다.

병사들을 공격하기 위해 땅으로 한 번씩 내려올 때마다 알렌과 기사가 몸을 던져 앞에 나타났지만, 교활한 와이번은 절대 그들과는 맞서지 않았다.

토벌대에서 가장 취약한 부분을 집중적으로 공격하고 하늘로 재차 날아오를 뿐이었다.

알렌이 병사들이 가지고 다니는 스피어를 와이번에게 던져 상처를 입혔지만, 땅으로 떨어뜨릴 정도는 아니었다. 스피어가 몸에 박혀 들었지만 와이번은 유유히 날아서 토벌대 곁을 떠났을 뿐이었다. 와이번들은 수레를 끌고 있던 말을 노리고 토벌대를 공격한 것이었다. 말들을 전부 강탈하자 떠난 것이다.

비참한 패배감이 토벌대를 강타하고 지나갔다.

단 한 번의 습격에 삼십에 가까운 병사들이 목숨을 잃었으며 기백을 넘는 병사들이 크고 작은 부상을 입었다. 그나마 다행이라면, 물품 조달을 위해 몬스터랜드를 벗어나 영지로 돌아가야 하는 시기와 겹쳤다는 것이다.

알렌이 병사들을 추스르고 영지를 향해 토벌대를 이끌었다.

"형님, 허락해 주십시오."

"안 된다고 몇 번을 말해야 하느냐!"

테일 남작은 네이얼의 철없는 요구에 화가 나 있었다.

토벌대에 합류시켜 달라니, 몬스터랜드가 얼마나 위험한 줄 모른다면 철이 없어 그런다고 이해라도 할 것이나, 네이얼은 그곳이 어떤 곳인지 잘 알고 있었다. 모른다는 게 더 이상할 것이다.

"도대체 네가 토벌대에서 뭘 하겠다는 것이냐? 네놈이 한번 생각해 봐라. 알렌을 토벌대의 대장으로 임명하면서 가장 걱정하던 게 뭔 줄 아느냐? 지휘권에 혼선이 생기는 것이다, 이 놈아!"

"제가 언제 대장 자리를 달라고 했습니까? 그냥 토벌대에 합류시켜만 달라고요."

"알렌의 실력이 뛰어나다고 해도 그놈 신분은 노예다. 그런데 토벌대에 귀족이 참가해 봐라. 알렌의 명령을 병사들이 따를 것 같으냐?"

네이얼은 테일 남작의 말에 짜증이 울컥 솟는 걸 가까스로 참아 냈다.

"형님, 그걸 말이라고 하시는 겁니까? 마그네트 경이 보통 인물입니까? 크렌스피 영지의 사대가신 가문을 제외하고는 가장 첫손에 꼽히는 가문의 후계자이십니다. 장차 노스엘 가문으로 인해 사대가문이 오대가문이 될 거라는 소리가 나돌 정도입니다. 토벌대에 차출된 기사들은 전부 익스퍼트 중급의 실력으로 모두 준남작의 위를 하사받은 귀족이옵니다. 기사들 중 르엔 경과 시카스 경은 사대 귀족가문의 자제들이며 제 사촌인 트비리에도 섞여 있습니다. 그리고 마법사들은 어떻습니까? 서자의 신분이지만, 그 잉그리안 자작님의 첫째아들인 우드리에……."

네이얼은 테일 남작의 주장을 조목조목 따져 가며 잘못된 점을 지적하기 시작했다.

다른 귀족들은 토벌대에서 제 역할을 잘하고 있는데 왜 그만은 귀족이라는 이유로 안 된다는 것인지 이해할 수 없었다.

네이얼이 안 되면 다른 이들도 안 돼야 했다. 반대로 다른 귀족들이 된다면 네이얼도 돼야 맞는 것이다.

테일 남작은 동생의 주장에 가슴이 답답해지며 무언가 묵직한 게 들어앉는 느낌을 받았다. 어릴 적에는 그리도 자신을 잘 따르던 동생이었는데, 그 말은 이제 옛것이 되고 말았다.

스물둘이라는 젊디젊은 나이에 기사서임을 받고는 지금 나이 서른둘, 결혼을 해서 자식까지 두엇 둘 나이였는데도 아직도 혼자 생활하고 있었다.

그러고 보니 네이얼에게 결혼하라며 중매를 서기 시작하면서부터였던 같다. 그때 왜 그리 못마땅하다는 표정을 했는지, 지금에 와서야 알게 되었지만 말이다.

테일 남작은 분명 티아라의 토벌대 지원을 반대했다.

자신뿐만 아니라 영지에 있는 모든 가신들이 반대하고 나선 일을 네이얼이 티아라가 꼴도 보기 싫다며 토벌대에 집어넣었다. 그런데 이제 와 걱정돼서 못살겠다고 하면 어떻게 하란 말인가. 그렇다고 네이얼의 주장대로 토벌대에 보낼 수는 없었다.

레츠가 강력하게 밀어붙여서 어쩔 수 없이 명령을 따르고 있었지만, 가신들은 이번 토벌대 원정을 회의적으로 보는 자들이 대다수였다. 테일 남작 또한 회의적인 입장이었다.

레츠는 일말의 가망성만을 보고 토벌대를 차출했다. 호수가 존재하고 있다면야 일정 부분의 피해를 감수하는 것은 너무도 당연한 일이다. 그러나 만에 하나 호수가 존재하지 않는다면 지금까지의 노력은 모두 헛수고로 변할 것이다.

개죽음, 딱 그것이었다.

내일이면 토벌대가 물품을 조달하기 위해서 영지로 들어설 테지만 과연 몇 명이나 살아 돌아올지도 미지수였다. 토벌대 병사들 중 절반 이상만 살아온다면 성공이라고 판단하고 있었다.

가신 가문에서도 자식들을 토벌대에 참여시킬 때, 자식이 아직 어리다는 이유로 사촌형제들을 보냈다.

테일 남작도 자크 가문의 위신을 위해서는 직계 가족을 보내야 했지만, 테일 남작은 절대 그럴 수 없었다.

테일 남작은 자신이 직접 토벌대에 참여하면 참여했지 그의 가족들을 몬스터랜드에 집어넣을 수는 없었던 것이다.

토벌대가 삼 개월 만에 영지로 돌아왔다. 영지가 부산스러워지며 왁자지껄하게 떠들썩해졌다.

병사들은 단 하루뿐이지만 가족의 품으로 돌아갈 수 있었다. 알렌은 사망한 병사들의 유가족들을 일일이 찾아가 병사의 유품을 건네줬다.

오열하는 유가족을 뒤로하고 레츠를 만나러 성으로 향하는 알렌은 와이번의 습격에 아무것도 하지 못한 자신이 그렇게 싫을 수가 없었다.

와이번의 습격을 적절하게 막아 냈다면 사망자의 수를 반으로 줄일 수 있었다는 사실에 유가족들 앞에서 더욱 죄스러웠다.

영지는 사망한 병사들의 유가족을 위로하는 것보다 삼 개월 동안 죽은 이가 오십을 넘지 않는다는 사실에 놀라움을 금치 못했다. 그 어떤 토벌대들도 해내지 못한 일이었던 것이다.

몬스터랜드에서 살아 돌아온 병사의 가족들이 떠들어 대는 환호성에 유가족들이 오열하는 소리가 묻혀 들리지 않았다.

알렌은 몬스터랜드에서 틈틈이 작성했던 자료를 레츠에게 넘겨주고는 조용히 기다렸다. 레츠는 자료를 꼼꼼하게 읽어 보고는 생각보다 토벌대를 잘 이끌어 준 알렌을 감탄의 시선으로 바라봤다.

레츠의 예상을 뛰어넘는 활약을 보였기 때문이다.

"대단하군. 정말 대단해."

레츠는 자신의 감탄을 숨기려 하지 않고 오히려 밖으로 내보였다. 굳이 숨길 이유가 없었던 것이다. 그러나 감탄을 표현한 시간은 매우 짧았다.

"비행 몬스터를 상대할 장비가 부족하다고?"

"그렇습니다."

"내가 무얼 해 주길 바라는가?"

"발리스타를 주십시오."

"발리스타는 공성무기다. 크기가 매우 크다는 단점이 있지. 토벌대에서 사용하기에는 맞지 않는 무기다."

발리스타는 성을 공격하기 위해 만든 공성무기로 활처럼 생겼지만 일반적인 화살의 작동 원리와는 다르게 두 개의 기둥에 감아 놓은 밧줄의 장력에 의해 작동되는 것이었다. 윈치로 손쉽게 활시위를 당길 수 있게 만들어져, 화살, 창 등을 발사하도록 만들어진 무기였다.

"작은 크기로 개량해 주십시오. 한 사람 내지는 두 사람이 들고 다닐 수 있을 정도의 무게와 크기로 만들어 주십시오."

알렌의 요구에 레츠의 얼굴이 가볍게 찌푸려졌다. 쉬운 일이 아니었던 것이다.

"만들 수 있다고 장담도 할 수 없으며 혹 만들어 낼 수 있다고 하더라도 시간이 너무 모자라다."

"지금 당장 만들어 달라는 것이 아닙니다. 삼 개월 뒤에 보급해 줄 물품 목록에 속해 있으면 됩니다."

“삼 개월 뒤라. 장담은 할 수 없지만 내 한번 힘써 보겠다.”

“감사합니다.”

알렌은 그 후로도 레츠에게 토벌대가 필요로 하는 모든 것을 요구했다. 레츠는 최대한 그의 요구를 수용할 수 있도록 지원을 아끼지 않았다.

토벌대는 이틀이란 짧은 시간의 휴식을 갖고 몬스터랜드를 향해 출발했다.

병사들이 제시간에 도착하지 않아 영지의 치안대가 병사들을 강제로 끌고 오는 통에 작지 않은 소란이 발생했었다.

몇몇 병사들은 치안대와 몸싸움까지 벌였었는데, 알렌이 직접 움직이자 병사들은 언제 난동을 부렸냐는 듯 조용히 뒤를 따랐다.

토벌대는 오십의 신병을 포함해서 현지에서 화살을 조달하기 위해 대장장이, 그리고 부상당한 병사들을 치료해 줄 의사가 새로 합류했다. 그리고 알렌도 생각지도 못한 다섯의 기사와 두 명의 마법사를 지원받을 수 있었다.

토벌대에 일반인이 포함된 이유는 삼 개월 동안 사망한 병사의 수가 적었던 것이 크게 작용했다.

알렌이 건네준 자료를 확인한 레츠가 토벌대에 일반인을 차출해도 그리 위험하지 않다는 결론을 내린 가장 큰 이유였다.

병사들의 지원은 당연히 이루어지는 일이었다. 그러나 다섯 명의 기사와 두 명의 마법사들의 지원은 토벌대의 뜻밖의 성과에 레츠가 내린 포상이라고 보는 게 정확했다.

계획에 없었던 만큼 영지 지하에서 훈련을 전문적으로 받지 않은 신출내기도 포함되어 있었다.

토벌대가 몬스터랜드에 들어서고 한나절이 조금 지난 시점이었다.

키아아아아!

토벌대를 악몽으로 몰고 갔던 존재의 울음소리였다.

†제13장†

그 남자가 바라본 토벌대

'뭐야, 이거 왜 이래?'

네이얼은 지금 자신의 눈이 잘못된 게 아닐까 라고 생각하고 있었다. 자신의 눈이 이상한 게 아니라면 병사들의 눈이 잘못된 것이 분명했다. 그것이 아니라면, 눈앞에 보이는 몬스터들을 신경도 쓰지 않고 제 갈 길만을 갈 수는 없었다.

뭔가 잘못되어 가고 있었다. 토벌대가 몬스터를 토벌해야 정상이지, 몬스터를 피해 움직이는 토벌대는 누가 봐도 이상한 것이다.

그도 토벌대에 참여한 경험이 있었다. 그런데 그때의 토벌대와는 너무도 다른 모습에 이질감을 느끼고 있었다.

이번에 합류한 신병들도 네이얼과 비슷한 반응을 보이고 있었다. 그러나 군중심리처럼 동료 병사들이 자연스레 행동하자 그들도 억지로 따라 하고 있을 뿐이었다.

그가 지금 생각하지 못한 것이 있었다. 바로 토벌대의 목표가 다르다는 사실이었다.

기존의 토벌대는 몬스터를 사냥하기 위해서 몬스터랜드에 들어왔다. 그러나 알렌이 이끌고 있는 토벌대는 몬스터 사냥이 목적이 아니라 혹시나 있을지도 모르는 호수를 찾는 것이 목적이었다. 애초에 목표 자체가 달랐던 것이다.

토벌대를 공격하지 않는 몬스터를 일일이 쫓아다니며 전투를 치를 필요가 전혀 없었다.

네이얼이 결국 참지 못하고 최소한 어떻게 된 일인지 알아보기 위해 마그네트를 찾아갔다. 그의 뒤로 새로 토벌대에 합류한 기사들도 있었다.

"흠흠, 저 마그네트 경. 궁금한 것이 있는데 질문해도 되겠습니까?"

마그네트의 나이는 중년을 훌쩍 넘어가고 있었다. 테일 남작보다도 연배가 윗줄에 있었다. 더군다나 토벌대 내에서 알렌 다음의 지휘권을 가지고 있었다.

네이얼의 행동이 조심스러울 수밖에 없었다.

"뭔가?"

네이얼이 마그네트에게 자신의 의문점을 물어봤다.

"왜 저기 보이는 몬스터들을 사냥하지 않습니까?"

"잡을 필요가 없어서라네."

"네?"

네이얼은 마그네트의 말에 황당해했다. 잡을 필요가 없어서라니, 토벌대가 몬스터를 사냥하지 않고 뭘 한단 말인가.

"토벌대 주위에 우후죽순처럼 모여드는 몬스터들은 우리를 공격하지 않는다네."

몬스터가 토벌대를 공격하지 않는 것은 알고 있었다. 그러나 토벌대라면 공격하지 않는 몬스터들도 일부러 쫓아다니며 사냥해야 했다.

네이얼은 아직도 마그네트의 말을 이해하지 못했다.

이때 알렌의 뒤를 따르던 티아라가 네이얼과 마그네트가 나누는 대화를 듣고는 관심을 나타냈다.

"기사님, 그 이유에대해서는 제가 답변해 드리겠습니다."

"네놈은 또 언제 왔냐? 필요 없으니까 관심 꺼."

네이얼은 티아라가 부상으로 백부장의 자리에서 물러났다는 소식을 접하고는 어제 하루 종일 그녀를 붙들고 잔소리를 해 댔다. 그날 일로 마음이 상했는지 티아라는 하루 종일 네이얼을 피해 알렌의 곁에만 붙어 있었다.

"저에게 어찌 그러십니까?"

티아라는 네이얼의 의문을 풀어 주려고 했는데, 네이얼은 그녀를 보자마자 타박을 주고 있었다. 그녀는 자신의 마음도 몰라주는 네이얼이 그리 야속할 수 없었다.

"어찌 그러냐고? 맡은바 임무도 제대로 수행하지 못해서 직

위해제 당하고 쫓겨난 놈이 지금 나에게 할 소리냐!"

"그, 그것과 이번 일은 다른 일입니다. 그리고 쫓겨난 것이 아니라 알렌 총대장님의 부관 역할을 하기 위해 보직을 변경한 거란 말입니다."

티아라의 말에 네이얼은 더욱 열불이 터졌다.

네이얼이 토벌대에 왜 참여했단 말인가. 그런데 종자라는 놈이 기사가 있는데도 다른 놈 밑에 있어야 한다고 했다. 그것이 토벌대의 대장이란 사실은 네이얼에게 전혀 고려 사항이 아니었다.

한 번은 티아라에게 부관을 그만두고 곁에 있어 달라고 했더니 어림없는 소리 하지 말라며 얼마나 쏘아붙이던지, 네이얼은 이런 대접을 받기 위해 토벌대에 들어온 것이 아니었다.

"부관은 어서 총대장님에게나 가 봐."

"지금 절 비아냥거리시는 거예요? 정말 야속합니다."

"비아냥거리시는 거예요가 아니라 거리시는 거다."

티아라는 네이얼이 자신의 말을 빈정거리자 그렇게 속상할 수가 없었다. 이제는 말꼬리까지 물고 늘어졌다. 자신에게 왜 이렇게 대하는지 모르겠다.

그들을 지켜보며 소리 죽여 웃고 있는 이들이 수백이 넘는다는 사실도 잊어버리고 둘의 다툼이 끊임없던 바로 그때였다.

"끼아아아아!"

귀청을 찢어발기는 소리에 토벌대 전체가 발칵 뒤집히는 건 한순간이었다.

하늘의 제왕. 재앙. 공포. 온갖 수식어를 가지고 있는 존재가 토벌대 전체를 공황에 빠져들게 만들었다.

'재수도 없구나.'

네이얼은 몬스터랜드에 들어온 지 얼마 되지도 않았는데, 벌써 와이번을 상대할 줄은 몰랐다. 그것도 무려 세 마리였다.

토벌대가 있는 상공을 선회하는 것으로 보아 그냥 지나가는 것은 아니었다.

와이번이 나타나자 네이얼은 티아라를 이끌고 근처에 있는 나무 밑으로 이동했다. 티아라의 반항이 있었지만 이를 철저하게 외면했다.

와이번이 그냥 돌아가 줬으면 정말 좋겠지만, 공격을 해 오면 티아라가 걱정이었다. 자신은 어떻게든 도망칠 수 있겠지만, 티아라는 힘들었다.

네이얼은 등에 멘 활을 꺼내 들었다.

크로스보우는 연사력이 떨어지는 관계로 잘 사용하지 않았다. 와이번을 잡기 위해 제작했다는 철시를 꺼내고는 시위를 매겼다.

네이얼이 계속 뭐라 뭐라 떠들며 반항하는 티아라를 무시하고 와이번의 움직임을 주시하고 있을 때였다. 그때 정말 꿈에도 생각지 못한 일들이 자신의 주변에서 벌어지고 있었다.

와이번의 울음소리를 들은 병사들은 수레와의 거리를 벌리기 시작했다. 정확히 말하면 수레를 끌고 있는 말과의 거리를 벌렸다. 그리고 개인 간의 거리도 충분히 벌리기 시작했다.

한곳에 뭉쳐 있으면 와이번의 공격대상이 되기 때문이다. 마지막으로 병사들은 그냥 바닥에 주저앉아 버렸다. 그러고는 와이번을 피할 생각도 없이 꼼짝도 하지 않고 있었다. 그들의 손에는 스피어가 하늘을 향해 세워져 있었다.

'그놈들이다.'

알렌은 와이번의 울음소리를 듣는 순간 온몸에 소름이 돋았다. 피가 뜨겁게 달아오르기 시작하더니 숨이 가빠 왔다.

그는 수레를 향해 뛰어가더니 그 위에 있는 투창을 양손에 하나씩 들고는 순식간에 나무 위로 올라가 기척을 숨겼다.

기사들은 마그네트의 지시하에 병사들 사이사이에 자리를 잡고 크로스보우를 꺼내들기 시작했다. 몇몇은 투창을 들고 있기도 했다.

마법사들은 수레와 기사들 사이에 자리를 잡더니 바닥에 등을 대고 아예 누워 버렸다.

알렌은 따로 지시를 하지 않았음에도 스스로 자신이 해야 하는 일을 착착 진행시키는 병사들을 바라보며 각오를 다졌다. 그 처절한 패배를 곱씹으면서 말이다.

그때는 뭘 어떻게 해야 병사들의 목숨을 구할 수 있는지를 몰랐다. 병사들이 죽어 나가고 있는데 알렌은 와이번을 잡는다고 이곳저곳 쓸데없이 뛰어다니기만 했다.

그는 정말 아무것도 못했다.

병사들은 와이번에게 유린당하고 있는 사이에 스스로 살아남는 방법을 터득해 냈다.

더 이상은 와이번을 피해 숲 속으로 도망치는 어리석은 짓을 하지 않았다.

와이번을 피해 숲 속으로 들어간다면, 토벌대 무리와 떨어져 나가면 그 순간 몬스터들의 습격을 받을 것이란 사실을 잘 알고 있었다.

와이번을 공격할 수도 없다. 그렇다고 피할 수도 없다. 그런 가운데 몇몇 병사들이 몸을 바닥에 최대한 붙이고는 스피어를 세워서는 와이번을 견제하기 시작했다. 이 방식은 생각 외의 효과를 보여 줬다.

와이번은 하늘에서 자유낙하를 하여 지면과 충돌 직전 날개를 펼치고는 그때 생긴 반발력을 이용해 먹이를 낚아채고 하늘로 날아오른다.

이때 땅바닥과 가까워지면 가까워질수록 양력을 모으기가 힘들어져 하늘로 다시 날아오르는 데 많은 시간이 소모된다. 이런 이유로 와이번은 땅바닥에 몸을 누이고 있는 병사를 공격하려면 반격당할 것을 예상해야 했다.

다른 방식의 사냥과 곡예비행을 가능하게 할 정도로 와이번의 비행기술이 뛰어나지만, 야생에서는 가장 빠르고 강력하며 성공확률이 높은 사냥방식을 사용하는 건 당연했다.

그때까지 병사들을 유린하며 살인을 즐기던 와이번들은 병사들을 죽이는 데 어려움을 느끼자 말을 낚아채고는 유유히 사라진 것이다.

와이번들은 말고기의 달콤함을 절대로 잊을 수가 없었다. 그래서 토벌대의 시야로는 보이지도 않는 곳에서 감시하고 있었다.

토벌대의 뒤만 따라다니면 살아 있는 싱싱한 말을 얻을 수 있다고 생각했다. 그래서 무작정 토벌대를 따라다녔다.

토벌대가 크렌스피 영지로 복귀하자, 숲 속에서 묵묵히 기다렸다. 혹시나 그들이 다시 숲으로 들어오길 바라면서 말이다.

크렌스피 영지 안으로 들어가고 싶었으나 그곳에 들어가는 건 목숨을 걸어야 했다. 말고기에 미쳐 있던 와이번이라도 주저할 수밖에 없는 일이었다.

와이번의 입가로 침이 흘러내렸다. 그리도 기다리던 말을 잡아먹을 생각을 하니 몸이 근질거려 미칠 지경이었다.

동료들과 같이 사냥에 동참하지만, 먼저 사냥에 성공하는 자가 모든 걸 독차지할 수 있었다. 동료의 눈치를 볼 시간이 없었다.

하늘을 선회하며 조금씩 땅으로 내려서던 와이번이 한순간에 커다란 날개를 접고는 목표를 향해 엄청난 속도로 자유낙하 했다.

"키아아악!"

와이번 한 놈이 움직이자 다른 녀석들도 울음을 토해 내며 사냥에 동참했다.

펑! 펑! 펑!

와이번의 공격이 시작되자 마법사들이 거침없이 마법을 쏘아 대기 시작했다.

선두에서 사냥을 시도했던 와이번이 마법사들이 사용한 마법에 적중 당하자 자유낙하를 포기하고는 다시 하늘로 날아올랐다.

지금이 기회였다.

먹잇감을 앞에 둔 와이번들 간에 동료의식은 없었다. 그저 하나의 먹이를 노리는 경쟁자일 뿐이다.

동료가 주춤한다는 것은 자신에게 더 많은 기회가 발생한다는 것이다. 와이번이 더욱더 의욕적으로 몸을 움직였다.

선두로 나서는 순간 토벌대의 반발도 만만치 않음을 느낄 수 있었다. 몸을 감싸고 있던 비늘을 뚫고 들어와 고통을 입힐 정도였다. 그래도 포기하지 않고 계속 하강을 시도했다. 고통은 잠깐일 뿐이었다.

지상과 충돌한다고 생각이 들 정도로 지면과의 거리가 가까워졌다. 순간 와이번이 날개를 최대한 펼쳤다. 와이번 주위로 엄청난 돌풍이 발생했다.

화아악!

와이번은 관성의 법칙을 무시하고는 지상과 일정거리를 유지한 상태에서 상공에 멈춰 섰다. 그러고는 유유히 말을 낚아채려고 했다.

네이얼은 토벌대 전원이 미쳐 돌아가고 있다고 생각했다. 와이번의 공격에 몸을 피할 생각부터 하지 않고 자리에 주저앉는 모습이 도저히 믿기지가 않았다.

병사들이 정신을 차리지 못하고 스스로 목숨을 포기하고 있으면 지휘권을 가진 자들이 앞으로 나서서 병사들을 통제해야 하는데 아무도 나서는 이가 없었다.

와이번의 공격이 시작됐는데도 반격을 시도하는 이 또한 없었다. 네이얼이 결국 참지 못하고 욕지거리를 내뱉으며 활시위를 잡아당겼다.

"아직 아닙니다. 잠시만 기다렸다 공격해야 합니다."

"무슨 소리야!"

티아라가 활시위를 잡아당기는 네이얼의 팔을 잡아채며 말했다.

"마법사님들 쪽에서 공격이 있을 것입니다. 그 이후에 공격해야 합니다."

네이얼이 무슨 말도 안 되는 소리를 하느냐고 호통을 치려는 순간 정말로 마법사들이 와이번을 향해 공격을 단행했다.

마법사들은 뭔가 특별한 기술을 사용하거나 높은 클래스의 마법을 사용하지도 않았다. 와이번이 자유낙하로 하강을 시작하자 낮은 클래스의 마법을 연속적으로 시전했다.

"포그 클라우드."

"매직 미사일."

"라이트."

"윈드 커트."

마나가 뭉치며 와이번의 시야에 안개가 생성되더니 그걸 뚫고 매직 미사일이 와이번의 머리를 향해 날아왔다. 그리고 매직 미사일 사이사이에 밝은 빛을 내뿜는 구체가 날아와 시야를 어지럽혔다. 바람의 칼날 또한 마찬가지였다.

마법사들은 마법을 사용해서 와이번에게 타격을 입힌다는 생각이 아니었다.

그저 와이번의 하강을 자유롭게 하지 못하게 막을 뿐이었다. 그렇기에 모든 마법은 와이번의 머리를 향해 날아왔으며 더 정확히 말한다면 와이번의 눈을 향해 날아온 것이다.

높은 클래스에 속해 있는 마법들이 와이번들에게 적중만 하면 상당한 피해를 입힐 수 있었다. 하지만 어떻게 알아차리는지는 모르지만, 와이번들은 파괴력이 강한 클래스의 마법은 귀신같이 알아차리고는 유유히 피해 버렸다.

자신들의 비행에 방해를 줄 수 있다는 사실 자체만으로도 와이번들은 파괴력이 강한 마법을 감지하고는 일찌감치 피해 버리는 것이다.

반대로 낮은 클래스의 마법은 비늘을 뚫고 타격을 입히지 못한다는 사실을 알고 있는지 이를 무시하고는 자유자재로 비행기술을 선보였다.

마법사들이 그 틈을 파고든 것이다. 낮은 클래스의 마법을 피하지 않는다는 사실을 알아채고는 와이번의 눈만을 중점적으로 노린 것이다.

와이번의 몸체에 비해 눈은 정말 작아서 인간의 눈으로는 식별해 내기도 힘든데 그 빠르기란 이루 말할 수 없었다. 그렇지만 마법사들은 와이번의 눈을 공격해야만 했다. 살아남기 위해서 말이다.

마법은 멈출 줄을 모르고 무한정으로 와이번을 향해 날아갔다. 정확도는 상관없었다. 물량으로 밀어붙여 와이번의 시야를 빼앗을 뿐이었다.

네이얼은 마법사의 모습을 보며 당황스러움을 감추지 못했다.

'아니, 저런 공격이 통할 거라고 생각하는 건가?'

네이얼은 그들의 모습을 보며 계란으로 바위 치는 격이라고 생각했다.

한 방을 노려야 했다. 파괴력이 강한 마법으로 한 방을 노려야 했다. 그래야 와이번에게 타격을 줄 수 있었다. 그런데 낮은 클래스의 마법에 집중포화 당한 와이번이 주춤거리더니 하강을 멈추고 다시 날아오르는 모습에 얼떨떨해졌다.

마법사들의 공격이 성공을 거두자 기다렸다는 듯이 기사들이 나서기 시작했다. 그들은 단체로 화살을 발사했다.

화망을 구성해 날아간 화살들은 와이번의 날개를 중점적으로 노렸다. 하강 중이라 명중시키기가 힘들었다. 그리고 얇은 비막으로 덮여 있는 날개였지만 비늘보다 못해도 꽤 강한 강도를 자랑했다.

화살이 몸통을 감싸고 있는 비늘에 막혀 튕겨져 나왔다.

일반 화살로는 뚫을 수조차 없으며, 통짜 쇠로 만든 철시라야만 열에 두세 개가 비늘을 뚫고 박힐 정도였다.

기사들이 발사한 화살들은 거의 대부분이 와이번의 빠르기를 쫓지 못하고 허공중으로 사라졌으며 그중 몇 개만이 적중할 수 있었다.

기사들은 화살로는 와이번을 어떻게 할 수 없다는 것을 알고 있었다. 그렇지만 멈추지 않았다.

다가오지 못하게만 해도 공격은 성공한 것이었기에 잠시도 주저할 틈이 없었다. 하지만 와이번은 하강을 멈추지 않았다. 기사들의 화살이 비늘을 뚫고 들어와도 이를 무시할 뿐이었다.

와이번이 엄청난 속도로 하강하고는 날개를 활짝 펼쳤다. 말을 낚아채고는 다시 날아오르려는 예비 동작이었다.

그 순간 기다렸다는 듯이 기사와 병사들이 득달같이 와이번을 향해 공격을 시도했으며 나무 위에 있던 알렌도 와이번을 향해 뛰어내렸다.

지면에 몸을 최대한 낮추고는 꼼작도 하지 않았던 병사들이 기다렸다는 듯이 크로스보우를 발사했다.

일반적인 화살이라 와이번의 비늘을 뚫고 박혀들지는 않았다. 그렇지만 상관없었다.

병사들이 원했던 것은 와이번에게 타격을 입히는 것이 아니라 와이번의 이목을 빼앗는 것이다.

마법사들이 한 마리의 와이번을 상대하고 있었다.

기사들은 눈앞에 있는 와이번은 자신들이 상대해야 한다고 믿었다. 그랬기에 몸을 사리지 않고 와이번을 향해 득달같이 달려들 수 있었다.

와이번의 육중한 몸에서 발생한 돌풍이 대단해 움직임을 방해했지만 이를 악문 기사들은 기사라는 자부심 하나를 위해서라도 이를 이겨 내고 있었다.

"죽어!"

마그네트가 영지에서 공수해 온 투창을 들어 올리더니 온몸을 비틀며 와이번의 몸통을 향해 집어던졌다.

투창은 멀리 떨어져 있는 목표를 강하고 빠르게 맞추기 위해 개량된 창이었다. 여기에 익스퍼트 최상급에 다다른 기사가 온 힘을 쥐어짜 던지기까지 했다.

투창은 날아갈수록 속도가 배가 되었다.

팟! 팟! 팟! 팟!

투창이 일정속도 이상을 초과해서 날아가자 공기를 찢어발기는 소리가 울려 퍼졌다. 그 소리가 모든 이의 시선을 사로잡을 정도였다.

"뭐하고 있는가! 공격하지 않고!"

동료들의 시선이 한순간 자신이 던진 투창에 닿아 있자 마그네트가 호통을 치며 공격을 종용했다.

그가 던진 창은 와이번의 비늘을 뚫고 몸통에 박혀 들었다. 날개를 노리고 던진 것이지만 몸통에 박힌 것이다.

"끼야야야야!"

말을 낚아채던 와이번이 몸속을 헤집고 돌아다니는 투창으로 인해 비명을 질러 댔다.

발만 뻗으며 말을 낚아챌 수 있었지만 지금은 하늘로 날아오르는 게 먼저라고 생각했다. 본능이 그렇게 말했다. 지금 위험에 노출되어 있다고 몸을 피하라고 말이다.

와이번의 날갯짓이 빨라지기 시작했다. 양력이 발생하며 몸이 떠오르고 있었다.

기사들은 와이번이 다시 하늘로 비상하려는 움직임을 놓치지 않았다. 이번에 와이번을 잡지 않으면 다음에 언제 이런 절호의 기회가 찾아올지 몰랐다. 무조건 잡아야 했다.

"날개! 날개를 노려라!"

자신들만으로는 날아오르려는 와이번을 막을 수 없을 것 같았다. 병사들에게도 화살을 발사할 것을 명했다.

"날개를 꺾어 버려!"

따다다다당!

역시나 일반 화살로는 와이번에게 어떠한 해도 입히지 못한다는 결론만을 도출해 냈지만, 병사들이 와이번에게 어떻게든 대항하고 있다는 사실 하나만으로도 좋은 징조였다.

투창을 가지고 있는 건 전문적으로 훈련받은 몇몇 기사들뿐이었다. 그 수가 적은 것은 당연한 일이었지만 그들이 보여 주는 위력은 대단했다.

와이번을 잡을 수 있다는 생각이 들 정도였다. 하지만 손에 들려 있는 투창은 한정되어 있었다.

와이번에게 상당한 타격을 입힐 수 있었지만 손에 들고 있는 투창이 떨어지면서 공격에 공백이 생겼다. 와이번이 그 틈을 놓치지 않았다.

네이얼이 하늘로 올라가는 와이번의 모습을 보며 한탄을 터트렸다. 다 잡았다고 생각했는데, 손안에 쥐었다고 생각했는데 유유히 빠져나가는 와이번의 모습에 화가 났다.

네이얼이 화살을 발사했다.

핑!

화살을 발사하는 속도가 점점 빨라졌다.

마나를 실어서 쏘아 대는 화살이다. 파괴력이 상승하는 건 당연했다. 명중만 시킨다면 쏘는 족족 와이번의 몸속에 박혀 들어갔다.

"철시가 떨어졌습니다. 일반 화살뿐입니다."

"일반 화살이라도 준비해."

네이얼 옆에서 화살은 건네주던 티아라가 철시가 떨어졌다고 하고 있었다. 하필 이렇게 중요한 시점에 철시가 떨어지다니 정말 짜증나는 일이었다.

핑!

아무리 마나를 실어 쏘아 보내도 화살 자체가 가지고 있는 파괴력이 떨어졌다. 와이번의 비늘은 뚫지 못하고 튕겨져 나왔다.

"날개라도 노려 보세요!"

"벌써 그렇게 하고 있다."

일반 화살이 튕겨 나오자 네이얼은 비교적 강도가 낮은 날개를 노리기 시작했다.

알렌은 와이번의 몸통을 노려 치명상을 입히고 싶었지만 와이번이 날아오르자 날개를 노릴 수밖에 없었다.

알렌이 나무 위에서 뛰어내리자 병사들이 쏘아 대는 화살이 오히려 그를 위협하고 있었다. 몸에 날아와 박히지는 않았지만, 피부를 스치며 지나가는 화살에 생채기가 났다.

마그네트가 그 모습을 확인하고는 병사들의 발사를 저지시켰다. 기사들이 쏘는 화살들도 멈췄다. 알렌이 어떻게든 와이번을 처리해 줄 것이라고 믿은 것이다.

알렌의 경지는 소드 마스터이다. 검에 있어서만큼은 그 누구에게도 밀리지 않는다고 자신할 수 있었다. 그렇지만 스피어는 아니었다.

검에 오라를 입히는 것하고 스피어에 오라를 입히는 것은 천지 차이이다. 누가 있어 삼 미터에 육박하는 스피어를 둘러쌀 수 있겠는가. 하지만 알렌은 그 일을 해냈다.

마나를 유형화 시켜 스피어를 감쌀 수는 없었지만 일반적인 오러라면 가능했다.

쾅!

알렌의 스피어와 와이번의 날개가 강하게 충돌했다. 스피어가 비늘을 박살 내며 살을 파고 들어갔지만 와이번의 통짜 뼈까지는 어쩌지 못하고 도로 튕겨져 나왔다.

뼈를 부수지 못하고 튕겨 나온 스피어로 재차 공격을 단행했다. 도약력을 잃고 지면으로 떨어지는 중이라 힘이 들어가지 않았다. 기합이 자연스레 터져 나왔다.

"으라차!"

쾅!

연속으로 똑같은 부위를 공격했지만 와이번의 날개 뼈는 부러지지 않았다. 하지만 충격은 줄 수 있었다.

하늘로 날아오르던 와이번이 충격으로 더 이상 날갯짓을 못하자 날아오르지 못하고 떨어지는 것이었다.

와이번보다 알렌이 먼저 지면에 착지했다. 그러고는 자신을 향해 떨어지는 와이번을 보며 그동안 쌓아 왔던 분노를 폭발시켰다.

와이번을 난도질하고 피를 봐야만 가슴속에 쌓인 울분이 조금이라도 해소될 것이다.

"까가가각!"

스피어의 창날이 와이번의 비늘을 뽑아내다시피 갈라 내고는 지나갔다.

파아!

와이번의 살이 터지며 엄청난 양의 피가 뿜어져 나왔다. 와이번의 고통에 찬 비명이 뒤를 이었다.

"끼아아악!"

고통에 몸부림치며 떨어지던 와이번이 알렌의 상체를 덮쳐왔다.

쾅! 쾅!

알렌은 자신에게로 떨어지는 와이번을 스피어로 연속으로 후려쳤다. 그러자 그 커다란 몸체를 가진 와이번이 들썩거리더니 알렌의 힘에 의해 옆으로 벗어나 지면과 충돌했다.

쿵!

그렇게 높지 않은 곳에서 떨어졌지만 워낙 육중한 몸체라 지면과의 충돌로 땅이 울릴 정도였다.

와이번이 고통에 몸부림을 치기 시작하자 알렌은 그곳에 있지 못하고 뒤로 멀찍이 물러났다. 와이번이 더 이상 하늘로 날아오르지 못한다는 것을 알고 행한 일이었다.

"마그네트! 와이번을 죽여라!"

알렌이 뒤에서 달려오고 있는 마그네트를 향해 말하고는 다른 와이번을 상대하기 위해 움직였다.

"네, 알겠습니다!"

마그네트의 대답에 강한 살기가 느껴졌다. 알렌만이 와이번에 악감정이 있는 것이 아니었다. 기사들도 와이번에게 유린당한 아픔이 있었으며, 그건 병사들도 마찬가지였다.

알렌은 아직도 상공에서 배회하고 있는 와이번을 노려봤다. 처음 공격을 시도한 와이번은 마법사들의 견제로 안심할 수 있었지만 마지막 와이번은 자신이 상대해야 했다.

세 번째 와이번은 정말 교활한 놈이었다. 동료가 당하는 모습을 확인하자 지면으로 하강을 멈추고는 사태의 추이를 지켜본 놈이었다. 그 덕분에 기사들은 지면에 떨어진 와이번에게 집중할 수 있었다.

알렌은 상공에서 선회만을 하는 와이번을 지면으로 끌어내려야 공격을 할 수 있다고 판단했다. 결정을 하자 행동으로 옮기는 게 빨랐다.

투창을 한가득 쌓아 둔 수레에 올라서고는 그 수레를 끌고 있던 말의 등을 베어 버렸다. 자연스러운 동작에는 말의 등뼈가 부셔질 정도의 파괴력이 있었다.

갑작스런 고통에 비명을 지르며 몸부림치던 말이 서서히 죽어 갔다. 그 모습을 본 병사나 기사들은 알렌이 왜 저런 행동을 하는지 몰랐다. 다만, 알아서 잘하실 거라고만 믿었다.

죽은 말 옆으로 따뜻한 피가 흐르며 김을 뿜어내고 있었다. 그 냄새를 맡은 와이번들이 순식간에 이성을 잃을 정도였다.

당황한 것은 마법사들이었다. 알렌의 행동에 와이번이 미쳐 날뛰기 시작하자 마법사들의 견제가 통하지 않았다. 하지만 알렌은 상관하지 않았다.

피 냄새에 미쳐 날뛰던 와이번이 순식간에 말의 시체를 노리며 하강했다. 그 위치가 알렌이 머리를 들어올리면 와이번과 눈이 마주칠 정도의 위치였다.

파팍! 팟! 팟! 팍!

마그네트가 던졌던 투창의 속도보다 배는 빠른 속도였다. 공기를 찢어발기는 정도를 넘어서 날아가는 투창 주위가 진공 상태로 변하는 것을 느낄 정도였다.

일전에는 병사들이 가진 스피어를 투창 대용으로 사용했었다. 아무리 똑같은 창이라도 던지기만을 위해 개량한 투창에 미치지 못하는 건 당연했다.

지금과 같은 속도가 나지 않았다. 더군다나 스피어는 병사들이 사용할 무기였다. 함부로 사용할 수도 없었다. 하지만 지금은 달랐다. 마음대로 사용할 투창이 널려 있었다.

알렌이 손에 들려 있던 투창들을 전부 사용하고는 수레 위에 있는 투창을 집어 들었다. 아무리 빨리 집는다고 해도 허리를 굽혀야 했다.

지체되는 건 당연했다. 이를 눈여겨본 네이얼이 들고 있던 화살을 던져 놓고 알렌에게 달려갔다.

"기사님, 뭐하시는 것입니까?"

당황한 티아라의 목소리가 들렸지만, 네이얼은 그곳에서 꼼짝도 하지 말라고 지시하고는 수레 위에 있는 투창을 집어서 알렌에게 건네기 시작했다.

네이얼이 자신의 허리 어름에서 투창을 들고 있자 알렌은 알아서 투창을 빼들며 와이번을 향해 던졌다.

좌악!

네이얼이 투창을 건네는 속도보다 알렌이 투창을 잡고 던지는 속도가 빠른 나머지 네이얼의 손바닥이 투창과의 마찰로 화상을 입는 일이 벌어졌다.

손바닥을 흔들며 아파하는 네이얼의 모습을 힐끗 돌아본 알렌이 해결책을 제시했다.

"놔!"

대체 뭘 놓으라는 것인지 뜻 모를 소리였지만 네이얼은 알렌의 말을 이해했는지 척척 잘도 행동했다.

알렌이 투창을 던지고 돌아서는 순간 허공에 투창을 놓아 버린 것이다.

알렌은 투창이 바닥에 떨어지기 전에 잡아서 하강하고 있는 와이번을 겨냥해서 던지는 것이다.

네이얼은 알렌이 집어던진 투창이 하늘 위에서 어떤 작용을 하는지 몰랐다. 알렌이 던지는 속도를 맞추기 위해서는 잠시도 한눈을 팔 시간이 없었다.

알렌이 투창을 던지는 사이 마법사들도 한 마리의 와이번을 향해 마법을 시전하기 시작했다. 알렌이 와이번을 흥분시켜 놓은 관계로 죽자 사자 마법을 난사할 수밖에 없었다.

낮은 클래스의 마법이 소용없자 파괴력이 강한 마법을 사용하기 시작했다. 그러나 한번 흥분한 와이번은 이를 무시하며 행동할 뿐이었다.

알렌이 던진 투창이 전부 와이번을 맞춘 것은 아니었다. 하지만 두 개 중에 하나는 여지없이 와이번의 비늘을 뚫고 박혀 들었다.

영향이 없을 수는 없었다. 와이번이 고통을 견디지 못하고 하강을 멈추고 옆으로 빠져나갔다. 알렌이 그런 와이번에게 투창을 선사해 줬다.

팍!

투창이 와이번의 비늘을 박살 내며 박혀 들어갔다. 피가 튀는 것은 당연했다. 투창에 실린 위력이 와이번의 중심을 빼앗을 정도였다.

마지막 남은 와이번은 몸을 뚫고 들어오는 투창의 고통에도 아랑곳하지 않고 하강을 계속했다.

처음에는 말이 죽으면서 흘린 피 냄새에 흥분해서 움직였지만, 지금은 목표가 달라졌다. 자신에게 감히 고통을 선사하고 수레에서 오롯하게 버티며 투창을 던지는 알렌을 찢어 발겨야만 속이 풀릴 것 같았다.

평소 같았다면 부상을 입는 순간 몸을 피했을 것이다. 하지만, 지금은 자존심에 상처를 입은 뒤였다.

와이번의 두 눈에 불꽃이 활활 피어올랐다. 정말 있을 수도 없는 일이었다. 인간은 언제나 한 끼 식사밖에 안 되는 존재였다. 그런데 상황이 달라진 것이다. 그것도 자신의 영역인 숲 속의 창공에서 말이다.

몇몇 와이번이 만용을 부려 인간들의 마을로 들어섰다가 죽임을 당하는 경우가 종종 발생했지만, 자신들의 영역인 숲 속에서는 절대 인간의 손에 죽는 경우를 찾아볼 수가 없었다. 그만큼 와이번이란 종족은 숲 속의 창공에서는, 아니 모든 지역의 하늘에서는 제왕이었다.

와이번의 눈에 살심이 짙게 깔리며 알렌에게 이 모든 죄를 물을 태세였다. 자신의 동족을 죽인 죄를 물을 것이고, 자신에게 고통을 선사한 죄를 물을 것이며, 마지막으로 감히 한 끼 식사뿐인 존재가 이빨을 드러냈던 것에 대한 죄를 혹독하게 물을 것이다.

"끼아아아아!"

와이번이 자신의 결심에 대한 확고한 맹세를 토해 냈다.

알렌은 와이번의 울음소리가 그렇게 듣기 싫을 수가 없었다. 저 자신에 찬 외침 소리가 터져 나왔던 목에서 비명 소리가 울려 퍼지게 만들고야 말 것이다. 그리고 죽은 병사들의 넋을 위로할 것이었다.

그 순간 와이번의 몸에서 마법이 날아와 폭발했다.

쾅!

우드리에가 6클래스의 마법인 익스플로전을 시전했다. 와이번의 속도가 빨라서 명중시킬 수 없었지만, 가장 중요한 순간에 제대로 명중시킨 것이다.

강력한 폭발을 일으킨 익스플로전에 의해 하강하던 와이번의 중심이 흩트려졌다. 그 모습을 본 알렌은 이제 끝이 멀지 않았음을 알았다. 눈앞에 죽은 병사들의 웃는 모습이 보이는 것 같았다.

알렌이 온몸을 쥐어짜 낸 마나가 담긴 투창을 던져 올렸다. 빠른 속도로 날아간 투창이 와이번의 날개에 박혀 들어갔다.

콰짝!

오러를 사용해 두드려도 멀쩡했던 날개 뼈가 부서져 나가는 소리가 들려오더니 날개가 덜렁거렸다.

"으하하하!"

가슴속에서 터져 나오는 통쾌한 웃음소리가 멈출 줄을 몰랐다.

"봐라. 병사들이여! 드디어 내 손으로 너희들의 피맺힌 원한을 씻어 내고 있다! 저 추운 대지 위에 몸을 누이고 있는 병사들이여. 이제는 편히 잠들 수 있길 바란다!"

한참을 미친 듯이 웃던 알렌이 돌연 네이얼의 목덜미를 잡고는 수레에서 멀어졌다. 날개 뼈가 부러진 와이번이 제대로 날 수 있을 리가 만무했다.

쾅!

와이번과 부딪힌 수레가 조각조작 박살나 지면과 정면으로 충돌했다.

엄청난 굉음과 먼지를 동반했으며, 지면과의 충돌이 너무도 대단해 와이번이 그 충격으로 허공으로 튕겨져 올라갔다.

쿵!

지면을 울리며 와이번이 꼬꾸라졌다.

지면과의 충돌로 몸속이 진탕되었는지 와이번은 엄청난 양의 피를 토해 내며 죽어 가고 있었다.

토벌대가 단번에 두 마리의 와이번을 잡아냈다.

일전에 철저하게 유린당했던 것과는 너무도 다른 모습이었다. 그 무엇보다 병사들의 동요가 없었던 것이 큰 요인으로 작용했다.

일전에 그렇게 난리치던 병사들이 맞는지 의심이 들 정도로 차분하게 자신들이 해야 할 일이 무엇인지 알고 실천했다. 이제는 마지막 한 마리였다. 그 와이번도 심각한 부상을 입고 있었다.

그때였다. 마법사들의 외침이 들려온 것은 말이다.

"몸을 피하십시오!"

알렌의 시선이 자연스레 마법사들에게로 향했다. 그의 눈에 당황하며 소리치고 있는 마법사들이 보였다.

콰작!

언제 날아왔는지 와이번이 한입에 알렌을 물고는 날아올랐다.

자유낙하를 통한 공격만을 시도했던 와이번이 상공에서 마법사의 눈을 피해 사라졌다가 상당히 먼 거리에서부터 활강을 하며 소리 소문 없이 날아와 알렌을 노린 것이다.

〈『크렌스피 사가』 제6권에서 계속〉

크렌스피 사가

1판 1쇄 찍음 2009년 6월 17일
1판 1쇄 펴냄 2009년 6월 19일

지은이 | 과 니
펴낸이 | 정 필
펴낸곳 | 도서출판 **뿔미디어**

기획, 편집 | 김대식, 허경란, 장상수, 권지영, 심재영, 소성순, 장보라
관리, 영업 | 김미영
출력 | 예컴
본문, 표지 인쇄 | 광문인쇄소
제본 | 성보제책사

출판등록 | 2002년 9월 11일 (제1081-1-132호)
주소 | 부천시 원미구 중3동 1058-2 중동프라자 402호 (우)420-023
전화 | 032)651-6513 / 팩스 032)651-6094
E-mail | BBULMEDIA@paran.com

값 8,000원

ISBN 978-89-6359-110-0 04810
ISBN 978-89-5849-916-9 04810 (세트)